Ein Junge mit marokkanischen Wurzeln kommt im Tessin zur Welt und wird in die Obhut einer alten Witwe gegeben, Elvezia. Die spricht Dialekt, klappert mit ihren Zoccoli durchs Haus, wärmt dem Jungen die Milch für die Ovomaltine, sie lehrt ihn das Vaterunser und näht jedes Jahr ein neues Karnevalskostüm. Bei Elvezia ist sein Zuhause. Und draußen, da wartet ein ganzes Dorf mit Schnee bis in den Frühling hinein, mit tausend Spielen auf der Piazza, einer Bude im Wald, dem Einkaufsladen, dem Fußballplatz.

Als seine Mutter ihn dann das erste Mal mit nach Marokko nimmt, erwartet ihn dort eine andere Familie, die eine fremde Sprache spricht und ihn einem seltsamen Ritual unterzieht. In dem Kind regen sich erste Zweifel. Auf dem Dorffest schmeckt die Wurst nicht mehr; Schweine fressen ihre eigene Kacke, hat die Mutter gesagt. Auch irritierend, dass er plötzlich aus dem Religionsunterricht geholt wird. Und wozu nur soll er Arabisch lernen?

Alexandre Hmine lässt mit starken Bildern und Momentaufnahmen eine Kindheit und Jugend vorbeiziehen, in der sich immer mehr ein Zwiespalt auftut. Zwischen zwei Welten hin- und hergerissen, droht der Heranwachsende die Balance zu verlieren, Identität und Zugehörigkeit stehen auf dem Prüfstand. Ein Entwicklungsroman unserer Gegenwart, originell erzählt – und preisgekrönt.

# Alexandre Hmine

# Milchstraße

Roman

Aus dem Italienischen
von Marina Galli

EDITION BLAU
Rotpunktverlag

**REIHE**
Literatur aus der Schweiz
in Übersetzung

Dieses Buch erscheint mit Unterstützung der
ch Stiftung für eidgenössische Zusammenarbeit dank
der Beteiligung aller 26 Kantone. Die Übersetzung
wurde von Pro Helvetia subventioniert.

Die Übersetzerin, die Mentorin Barbara Sauser
und der Verlag bedanken sich dafür.

Der Rotpunktverlag wird vom Bundesamt für Kultur
mit einem Strukturbeitrag für die Jahre 2021–2024
unterstützt.

Die Originalausgabe ist 2018 unter dem Titel *La chiave
nel latte* bei Gabriele Capelli Editore erschienen.

www.rotpunktverlag.ch
www.editionblau.ch

Lektorat: Daniela Koch
Umschlag und Satz: Patrizia Grab
Druck und Bindung: Friedrich Pustet, Regensburg

ISBN 978-3-85869-905-3
1. Auflage 2021

Dieses Buch ist auch als E-Book erhältlich.

»*Es ist schon spät. Geh heim zu deiner Frau, Berto.*«
Umberto Saba, *Drei Gedichte für meine Amme*

*Casablanca, Flughafen Mohammed V, 1395 Hidschri. Eine Marokkanerin besteigt ein Flugzeug nach Europa. Sie ist siebzehn und schwanger. Sie flieht, um der Unehre zu entkommen.*

*In der Schweiz wird sie von ihrer Schwester erwartet, die dort seit einigen Jahren verheiratet ist.*

*Vezio, Kanton Tessin, 1976. Sieben Monate nach der Geburt gibt die junge Mutter ihren Sohn in die Obhut einer alten Witwe.*

Ich sehe Elvezia. Das Haar grau, nach hinten gekämmt und mit Haarspray fixiert, eng zusammenliegende, funkelnde Augen, hervortretende Halsadern. Sie trägt einen dunklen, knielangen Rock, Wollstrümpfe und Zoccoli. Sitzt krumm am Tischende. Ich sehe auch die Tante und ihren Mann dort in der Stube vor der Anrichte stehen. Sie ist schwarz angezogen. Auf ihrer Mischlingshaut glänzt Gold. Er trägt ein helles Hemd und hat eine Glatze.

Alle blicken nach unten. Sie lächeln liebevoll. Blicken zu mir auf dem Teppich. Ob ich sitze oder liege, weiß ich nicht.

Vielleicht ist es auch nur ein Foto, vielleicht hat meine Mutter es aufgenommen.

Ich sehe die Gitterstäbe des Betts, die abgeblätterte Wand, das Zimmer im trüben Licht. Es ist stickig. Der Boden knarrt unter Elvezias Zoccoli. Sie trägt ein weißes, geblümtes Nachthemd. Tritt ans Bett, nimmt das weggestrampelte Duvet und deckt mich bis zu den Schultern zu. Ich sage nichts. Rolle mich auf die Seite, schiebe die Arme zwischen die Knie und warte.

Sie krault meinen Nacken. Das mag sie, sie mag es, meine Locken unter der Handfläche zu spüren. Ich hingegen mag es, mit den Fingern über ihren Handrücken zu fahren, dem Lauf ihrer Adern zu folgen, ab und zu vorsichtig draufzudrücken.

Die Umrisse und Farben entschwinden. Ich höre Elvezia:
»Dein Wille geschehe. Wie im Himmel so auf Erden...«
Gedämpft dringen ihre Worte zu mir, vielleicht weil ich
den Kopf unter die Bettdecke gezogen habe oder weil ich
allmählich einschlafe. Ich kann sowohl das Vaterunser als
auch das Ave Maria. In Gedanken spreche ich mit:
»Wie auch wir vergeben unseren Schuldigern...«

Ich höre sie jeden Tag. Manchmal bittet mich Elvezia, sie mit
ihr zusammen aufzusagen, oft sonntags vor dem Essen, oder
sie spricht sie alleine, flüsternd und mit gesenktem Kopf.
»Und führe uns nicht in Versuchung...«

Ich höre, wie der Fußboden knarrt. Wie die Bettfedern quietschen. Elvezia zieht an der Kordel. Alles wird schwarz.
Amen.

Ich spiele im Hof. Sehe den Flickenasphalt. In einer Ecke
mein Dreirad. Das leuchtende Blau der Fensterläden, halb
geschlossen, damit die Sonne in der Stube nicht blendet.
Den Blechbriefkasten an der Wand. Die Haustür – die Mase-
rung des hellen Holzes –, das Mattglas. Das gekippte Badezimmerfenster. Die imposante, graue Fassade des Hauses,
das unseren Hof auf der anderen Seite begrenzt. Die Gartenmauer und die spitzen Gitterstäbe. Den Schuppen, wo das
Holz gestapelt ist. Die Treppe hinunter zum Gemüsegarten.
Vielleicht jage ich der Katze nach.
Hinter dem Maschendraht ein weiteres Nachbarhaus –
die Stockwerke kann ich nicht zählen –, ein Baum, der mitten im Garten steht, und hohes, wucherndes Gras. Diesseits
des Zauns ein Zipfel Erde, auf dem Elvezia Salat anpflanzt,
und die erste Stufe einer zweiten Steintreppe.
Vielleicht bin ich gestolpert.

Ich purzle hinunter.

Unten an der Treppe rufe ich. Die Hände sind aufgeschürft, Blut tropft, die Schläfen pochen vor Schmerz. Heulend rufe ich Elvezia.

Ich sitze auf ihrem Schoß. Keinesfalls den Rotz hochziehen, wehe dir. *Bofagh sü*, draufpusten, sagt sie und schmiert meine Beule mit Euceta ein.

Ich nehme die Rolle weg, öffne die Balkontür und setze meine Stiefel in den frischen Schnee. Atme die klare, reine Luft ein und bewundere die Aussicht: Die Berge verschmelzen mit dem milchigen Himmel und den Flächen der Felder. Ich trete ans Geländer. Streiche über die weiche Schneeschicht. Mit dem Unterarm fege ich einen Teil hinunter. Auch die Straße zur Piazza liegt unter einer weißen Schneedecke – ein langer, noch unberührter Pfad. Der Sohn der Bauernfamilie ist damit beschäftigt, einen Weg durch den Hof zu schaufeln.

Wie schön der Schnee, der auf den Stromleitungen liegen bleibt.

Ich gehe ans Balkonende. Die Sicht auf die Hauptstraße ist versperrt, weil der Pflug einen Schneehaufen aufgetürmt hat. Den Maschendraht erkenne ich gerade eben noch. Weiter oben lassen sich ein paar Felsen, der Lattenzaun vom Spielplatz und ein Baum erahnen.

Ich renne auf die andere Seite. Betrachte den ganz weißen Nachbargarten: Die Schneeschicht gleicht die Unebenheiten des Bodens aus, verdeckt die Pflanzen und das Gelände. Vom Kirchturm lese ich die Uhrzeit ab. Bis die Bar aufmacht, dauert's noch.

Ich ziele auf Elvezia. Werfe einen frischen Schneeball. Ich treffe nicht, erschrecke sie aber. Keuchend dreht sie sich um, massiert sich den Rücken. Ich soll mich gefälligst gut einpacken, schimpft sie, beißend kalt sei es. Dann schaufelt sie weiter.

Ich sehe die akkurat zusammengefalteten Stoffservietten, die orange Ovomaltinedose und die Zuckerschale aus Steingut, die beiden Teller, auf denen Elvezia Zwieback vorbereitet hat. Sie sind mit Butter und Marmelade bestrichen – Erdbeer, Kirsch, Brombeer oder Zwetschge. Ich muss auf Elvezia warten und darf nicht mit dem Stuhl schaukeln, Rücken gerade, Hände auf dem Tisch. Stecke die Serviette in den Pyjamakragen.

Ich höre ihre Zoccoli über die Fliesen schleifen. Sie trägt die dampfenden Tassen an den Tisch. Meine stellt sie neben den Teller, dann streut sie das Ovomaltinepulver ein und mahnt mich zu pusten, es sei heiß. Aber warum sollte ich es eilig haben?

Ich gehorche und puste.

Während wir warten, erzählt sie mir von ihrem verstorbenen Mann – er hat das Haus gebaut, in dem wir wohnen –, Geschichten aus ihrer Kindheit, von den beschwerlichen Fußmärschen zur Schule, von ihren Lehrern und den riesengroßen Klassen.

»Ein Hirn wie ein Sieb!«, tadelt sie sich, wenn ihr Gedächtnis sie im Stich lässt.

Ich höre ihr gern zu.

Gedankenverloren pfeife ich vor mich hin. Elvezia runzelt die Stirn, ihr Blick verdüstert sich und sie mahnt:

»Ruhe! Am Tisch wird weder gepfiffen noch gesungen!«

Ich kann mir das Lachen nicht verkneifen. Jetzt reicht es ihr aber: »Noch einen Mucks«, droht sie und fixiert mich, »und ich zieh dir die Ohren lang!«

Vom Kindergarten ist nicht viel zu sehen, aber ich schaue jedes Mal hin, wenn wir daran vorbeifahren. Schon von Weitem habe ich die Hecke und die Postauto-Haltestelle im Blick. Dann erspähe ich das Gittertor, den Eingang und ein Stück der Rutsche – oder ist es die Schaukel? Das Gebäude markiert eine Grenze, von hier an fällt die Straße steil ab – das Auto wird schneller –, die Häuser weichen den Bäumen, werden seltener.

Ich drehe mich um und sehe die freiliegende Fassade die kleinen Fenster den Spielplatz die grünen Hänge.

Ich gehe durch den kurzen Korridor bis zu meinem Fach. Hänge den Beutel an den Haken und setze mich auf die Bank.

Auf meinem Kittel taste ich den Umriss des aufgenähten Häuschens ab.

Rechts liegt das hell beleuchtete Zimmer, wo die Staffeleien stehen. Hier male ich blaue Himmelstreifen, halbkugelige Sonnen, Strahlen, die bis ins Weiße hinunterreichen, noch mehr Häuser, rauchende Schornsteine.

Links ein quadratischer Mehrzweckraum.

Von der Liege nebenan breitet sich Uringeruch aus.

Heute kommt der Nikolaus mit den dicken Stiefeln. Er fährt mit dem Traktor vor.

Wir singen:

»Lasst uns froh und munter sein ...«

Wir sitzen auf den Bänken und warten, bis wir an der Reihe sind. Er ruft uns mit Namen auf. Verteilt prall gefüllte Säckchen voller Erdnüsse, Mandarinen, Marzipan und Schokolade.

Lustig, lustig, traleralera. Auf den Teller hat er nichts gelegt.

Ich will unbedingt herausfinden, wer sich unter dem weißen Bart versteckt, meine ganze Fantasie biete ich auf. Jemand behauptet, es zu wissen.

»Wer ist es?«

»Geheimnis«, sagt er und fährt sich über die Lippen, als würde er einen Reißverschluss zuziehen.

Ich knie auf dem Teppich in der Stube und lege bunte Magnetbuchstaben aneinander, in der Hoffnung, dass sich ein Wort ergibt. Irgendjemand hat sie mir geschenkt. Elvezia sitzt im Sessel neben dem Ofen und liest die *Libera Stampa*. Vor dem Umblättern befeuchtet sie sich die Fingerkuppe. Hin und wieder lässt sie die Zeitung sinken und beugt ihren Kopf nach vorn, um mich über den Brillenrand hinweg anzusehen. Durch die beiden Fenster scheint die Nachmittagssonne herein.

Ich wühle im Haufen, hebe einen Buchstaben auf, überlege, ob ich ihn nehmen soll und wohin er kommt, will, dass Elvezia zu mir schaut, und frage sie, was ich geschrieben habe. Sie hat mir geraten, kurze Wörter zu schreiben – vier, höchstens fünf Buchstaben – und Vokale zu gebrauchen, aber meistens lege ich lange Reihen voller Konsonanten. Ich höre nicht auf sie, weil sie so lustig reagiert, wenn das Resultat unaussprechbar ist.

ASDFGHJKL

Sie lacht laut heraus, schüttelt den Kopf:

»Nein, mein Kind, doch nicht so.«

Also mische ich die Buchstaben wieder und fange von vorne an: Konsonant, Vokal, Konsonant, Vokal.

MAMA

Elvezia schaut zu. Liest und korrigiert.

Im Ofen knistert das Holz. Ich sehe das Gusseisen und das orange Rechteck. Das Metallrohr, das nach einem Bogen in der Wand verschwindet. Ich liege auf einer Decke, die Beine über die Sessellehne gestreckt. Auf dem anderen Sessel döst die Katze. Draußen ist es dunkel.

Neben der Nähmaschine mit Tretantrieb steht ein kleines Radio. Schwarz ist es, breiter als hoch. Vier weiße Zahlen, die herunterklappen, zeigen die Uhrzeit an.

Normalerweise schaltet Elvezia es an, wenn sie die Nachrichten hören will, oder am Sonntagnachmittag. Wegen der Sprachsendung *La costa dei barbari*.

Es ist nicht Sonntag, es muss ein Samstag sein. Ich höre die Übertragung der Schweizer Eishockeymeisterschaft. Mein Lieblingsklub ist der HC Lugano. Ich nicke ein. Die Stimme des Kommentators wird lauter und reißt mich aus dem Schlaf.

»Ab ins Bett«, sagt Elvezia.

Meine Lieblingszahl ist die Neun. Wir gucken nach, noch bevor wir uns hinsetzen. Wir stürmen hinein, heben das Glas hoch und rufen:

»Sieben!«

»Eins!«

Ich sehe die roten Fliesen, aneinandergereihte Tische und die beiden Türen. Ganz hinten die Küche – ich kann das Mittagessen schon riechen. In meinem Rücken weitere

Tischreihen voller hungriger und lärmender Kinder und über die ganze Längsseite dort oben die kleinen Fenster, durch die Licht in den Saal dringt.

»Neun!«

»Du Glückspilz!«

Ich esse gern in der Schulmensa. Nudeln mit Schinken-Rahm-Soße. Fischstäbchen, die ich in Mayonnaise tunke. Schokoladenpudding.

»Tauschen wir?«

Ich trinke den Grapefruitsaft.

Nervig ist nur, wenn man mit dem Abräumen dran ist.

Er sollte jeden Moment eintreffen. Ich warte im Hof. Ein Abend im späten Frühling. Die Sonne ist noch nicht untergegangen. Ich kicke den Ball gegen die Mauer. Mit rechts, mit links. Mit dem Linken bin ich besser.

Ich erkenne das Auto. Endlich ist er da, der Nachbar von gegenüber. Er bremst ab und parkt in der Einfahrt, neben unserem Schuppen. Ich bin ganz zappelig. Lasse den Ball in eine Ecke des Hofs kullern, laufe zum Tor und mache ihm auf.

Und da ist auch er. Der Nachbar hat den Fernseher zwischen Arme und Brust geklemmt und greift nach einer Tüte mit einer Schachtel.

»Na, hallo du«, ruft er mir zu, als er mich bemerkt.

Ich erwidere seinen Gruß und halte ihm auch die Haustür auf.

»Jemand zu Hause?«, ruft er, als er durch den Korridor geht.

Sie hat uns gehört. Elvezia tritt aus der Kochecke und begrüßt ihn, dann gehen wir alle in mein Zimmer. Er kümmert sich darum, den Apparat zum Laufen zu bringen.

Nachdem er ihn auf der Kommode platziert hat, verlegt er das Kabel, richtet die Antenne, schaltet ihn ein und beginnt, die Sender einzustellen.

»Kriegst du auch bestimmt keinen gewischt?«, fragt Elvezia.

Was bleibt, ist das Grau, das ins Blaue aufsteigt – ein Rauch ohne Feuer –, und die Aufregung. Es verblassen sogar die Fähnchen mit dem Schweizerkreuz die Treppe die Kirche die Felsen die Bäume das grüne Gras.

Wir feiern den Geburtstag des Vaterlands.

Wo bin ich? Auf der Wippe? Auf dem Karussell? Im Sandkasten? Auf der Schaukel? Auf den Stufen des Mini-Theaters? Auf der Wiese? Oder ich sause rastlos hin und her.

Und die Hunde? Ich sehe sie nicht wild herumspringen, sich in den Maschendraht verbeißen, ich höre sie nicht bellen.

Der Rauch wird dichter.

Dieses Jahr habe auch ich etwas beigetragen. Elvezia hat mir ein Holzscheit mitgegeben.

»Guck, die Katze tanzt allein, tanzt und tanzt auf einem Bein. Kam der Hase zu der Katze, bitte reich mir deine Tatze. Mit dem Hasen tanz ich nicht: Ist mir viel zu zappelig!« An dieser Stelle macht die Lehrerin Hasenohren.

Wir bilden einen Halbkreis, sitzen im Schneidersitz auf dem grünen Spannteppich. Die Bänke hinter uns sind huf-eisenförmig aufgestellt. Die schwarzen Augen der Lehrerin, reglos im Weißen. Schneeweiße Haut. »Guck, die Katze tanzt allein…«, jetzt lächelt sie. Dann beginnt sie in die Hände zu klatschen.

Wir machen es ihr nach.

Ich spiele auf den kalten Fliesen des Korridors. Auf der einen Seite des Spielfelds habe ich Kartonstreifen mit Klebeband befestigt, um die beiden Ecken abzurunden. Und auf der anderen Seite stehen meine Pantoffeln, um den Puck aufzuhalten. Die Tore habe ich aus abgebrochenen Farbstiften, weiterem Karton und Orangennetzen gebastelt. Mit bunter Malkreide habe ich die Abwehrzonen und die Mittellinie aufgezeichnet. Den Puck hat Elvezia beigesteuert: ein schwarzer Knopf, einer von den dicken. Drei oder vier zusammengesetzte Legosteine sind die Spieler. Auf den Rückseiten habe ich mit schwarzem Stift Trikotnummern hingeschrieben. Die Mannschaften, die gerade nicht spielen, ruhen sich am Rand, unter der Garderobenleiste, aus.

Heute trifft der HC Lugano auf Davos. Ich bewege die Spieler und mache gleichzeitig die Berichterstattung:

»Die Bündner kämpfen verbissen… Ein unerlaubter Befreiungsschuss… Zwei Strafminuten für einen Stockschlag… Tor!«

»Mach nicht so'n Krach!«

Elvezia reklamiert, ihr Hörgerät fange an zu pfeifen, wenn ich so rumschreie. Sie kocht Pudding. Ich rieche das Karamell und höre, wie der Stabmixer gegen den Topfrand schlägt.

Ich senke die Stimme.

Plötzlich verdunkelt sich das Mattglas. Da kommt jemand. Ich muss unterbrechen. Eine Freundin von Elvezia tritt zur Tür herein.

»Pardon«, entschuldigt sie sich und versucht, durch den Korridor zu gehen, ohne auf die Spieler zu treten. Ich richte die Banden und die Tore wieder auf. Lasse in der Spielfeldmitte anspielen.

»Bob Hess schlängelt sich erfolgreich durch die gelb-blaue Verteidigung und versenkt den Puck im Netz.«

Auch wenn es zwei kleine Dorfläden gibt, kaufen wir fast nur in einem ein, dem an der Hauptstraße neben der Bar. Man muss eine kleine Treppe hochsteigen und dann einige Meter am Laden entlanggehen. Elvezia hat mich beauftragt, ein Brot zu kaufen, *un lunghin*.

An der Metalltür ist die Farbe an mehreren Stellen abgeblättert. Ich öffne sie und höre die Glocke. Jetzt weiß die Frau vom Laden, dass jemand da ist. Sie wohnt im ersten Stock und ist alt. Manchmal hört sie nichts, dann muss man warten und rufen oder die Tür von innen aufmachen, damit die Glocke ein zweites Mal bimmelt. Der Raum ist eng. Überall ist Ware aufgestapelt. Das Brot aber sieht man nicht, sie lagert es im Hinterzimmer. Die Süßigkeiten schon, die sind auf dem Tisch zu meiner Linken und auf der Theke ausgestellt: Smarties, Sugus, Chupa Chups, Schokoladentafeln – am besten schmeckt mir Milchschokolade.

Man könnte fast auf die Idee kommen zu klauen, so lange dauert es.

»Große Uhren machen tick tack, tick tack…«

Ich habe ihr sowohl den Text als auch die Choreografie beigebracht.

»Kleine Uhren machen ticke tacke, ticke tacke…«

Wir singen und klatschen im Takt mit.

»Und die kleinen Taschenuhren machen…«

Elvezia sitzt im Sessel neben dem Ofen. Ich stehe vor ihr. Werde immer schneller, ticke tacke, bis sie mir, ticke tacke, nicht mehr folgen kann. Ticke tacke! Ticke tacke! Ticke tacke!

Das Telefon klingelt: ein schriller Ton. Ich raffe mich auf, um abzunehmen. Sehe das karierte Deckchen – weiß und orange – und den grauen Apparat auf dem kleinen Tisch in der Ecke meines Zimmers.

Ich höre ihre sanfte und liebevolle Stimme, die fragt, wie es mir geht, ob ich etwas brauche, die sagt, morgen komm ich dich besuchen, die wissen will, ob ich glücklich bin.

Das WC ist sehr eng. Die Tür ist ramponiert und hängt lose in den Angeln. Sie quietscht und wackelt. Man kann sie nur anlehnen. Manchmal geht sie mit einem Luftzug wieder auf, manchmal, weil jemand anderes hineinwill. Die Kloschüssel steht quer zur Tür. Ich will nicht, dass man meinen Schnie-del sieht: Wenn ich pinkle, rücke ich vorsichtshalber mein linkes Bein vor und schiebe mein Becken nach rechts hoch.

Elvezia hat Blumen und die Gießkanne mitgenommen. Ich versuche, meinen neuen Ball – einen weiß-schwarzen Tango – auf dem Kopfsteinpflaster zu führen. Er rollt mir weg, vor allem da, wo die Straße abschüssig wird. Wir begegnen niemandem, nur ein paar streunenden Katzen. Das letzte Stück ist zu steil, unmöglich, den Ball unter Kontrolle zu behalten. Ich nehme ihn in die Hand.

Das Gittertor ist rostig. Um es zu öffnen, muss ich kräftig mit der Schulter dagegenstoßen. Ich trete ein, lasse den Ball auf den Boden fallen, setze mich drauf und warte auf Elvezia. Sie hat sicher beim Brunnen angehalten, um die Gießkanne mit frischem Wasser zu füllen.

Da kommt sie. Bevor sie den Friedhof betritt, hält sie sich am Tor fest und holt Luft. Massiert sich den Rücken, dort, wo sie Schmerzen spürt.

Jetzt kniet sie vor dem Grab ihres Manns. Im Zickzack zwischen den Grabsteinen übe ich dribbeln.

Zu wenig Platz, zu viel Kies. Beschleunigen und lenken gleichzeitig ist gar nicht so einfach.

Auf dem gepflasterten Weg, der den Friedhof in zwei Teile trennt, versuche ich, den Ball in der Luft zu halten.

Kopfbälle sind schwierig.

Der Lehrer hat uns auf dem grünen Teppich versammelt. Wir sitzen im Kreis. Zählen und rechnen find ich gut. Ich habe es schnell gelernt. Zu Hause übe ich, zusammen mit Elvezia oder alleine. Es macht Spaß, so schnell wie möglich bis hundert zu zählen, auf Italienisch oder Dialekt:

»*Vün düu trii…*«

Unser Klassenclown hingegen will nichts davon wissen, Stäbchen zu zählen und zusammenzufügen. Auch heute wirft er lieber damit um sich. Jedenfalls bis ihm der Lehrer einen Klaps verpasst.

Ich sehe mich dort im Morgenlicht, wie ich Stäbchen verschiebe und Zahlen vorsage.

Es sind immer achtzehn. Ich nehme eine Scheibe Schwarzbrot aus dem Körbchen und breche es in Stücke, um das letzte bisschen Soße aufzutunken. Elvezia bemerkt den übrig gebliebenen Raviolo auf meinem Suppenteller. Ich weiß, dass sie mich nicht zwingen wird, ihn aufzuessen. Sie hat es mittlerweile aufgegeben. Es sind immer achtzehn. Sie fragt nur:

»Isst du nicht auf?«

»Nein«, sage ich, »heute ist etwas durcheinander geraten, es waren neunzehn.« Sie lacht laut auf. Dann spießt sie den Raviolo auf ihre Gabel, lässt ihn auf ihren Teller fallen und schneidet ihn in der Mitte durch.

Die Hackfleischfüllung quillt hervor.

Ein warmer, sonniger Tag. Die Zuschauer stehen dicht gedrängt um das rechteckige Spielfeld oder sehen sitzend von den erhöhten Bänken an der Längsseite aus zu. In der Schule gelte ich als einer der Besten: Ich kann den Ball gut kontrollieren, kann gut dribbeln und schießen. Doch hier ist alles viel schwieriger. Ich spüre die Aufregung: Meine Mitspieler schaffen es nicht, einen Pass zu mir nach vorne zu schlagen, ich irre ziellos im Strafraum umher, und die gegnerischen Verteidiger kommen mir vor wie böse, unbezwingbare Riesen.

Die herumschreienden, anfeuernden, protestierenden Zuschauer lenken mich ab. Der Lehrer, der auch den Trainer spielt, will mehr Tempo und fordert uns auf, uns freizulaufen und nicht wie eine Herde Schafe dem Ball hinterherzurennen.

Ich bewege mich an der Abseitslinie und strecke den Arm hoch. Jemand sagt, man solle *quello negro*, diesen Neger da, decken.

Ein Aufschrei, dann bricht die Menge in tosenden Jubel aus. Ein paar Mitspieler kommen zu mir, feiern. Fallen über mich her. Meine Knie geben nach, ich sacke zusammen. Es werden immer mehr, auch die Ersatzspieler kommen und drücken mich auf den Rasen. Am Rücken tut's weh, doch ich bin glücklich, ich bin der Held.

Der Schiedsrichter pfeift uns zurück. Basta, das Spiel geht weiter, wir müssen uns wieder in Stellung bringen. Ich richte mich auf und kehre, von Kreide und Erde beschmutzt, in unsere Spielfeldhälfte zurück, langsam, damit die Menge mich noch etwas länger feiern kann.

»Bravo, Juary«, gratuliert mir der Lehrer.

Hier, an der steilsten Stelle, gehe ich mitten auf der Fahrbahn. Wenn die Hunde anfangen zu bellen und direkt hinter dem Zaun herlaufen, weiche ich nach rechts aus. Weil sie mir Angst machen. Ich weiß, dass sie nicht darüberspringen können. Der Zaun ist zu hoch. Doch was, wenn sie ihn durchbeißen?

Ich laufe schneller. Hüpfe die Treppe zur Kirche hoch, biege nach links ab auf den Weg am Felsen entlang. Sehe rote Ameisen und ein paar davonhuschende Eidechsen. Es geht weiter bergauf, ich lege ein Stück auf Asphalt zurück, dann auf einer Schotterstraße und lande schließlich auf einem grasbewachsenen Pfad.

Rundherum ist, abgesehen vom Gelb des Löwenzahns und dem Weiß der Schneeglöckchen, alles grün. Ununterbrochen zirpen die Zikaden. Jetzt kann ich die Backsteinmauer sehen. Ich biege in den Wanderweg ein, noch ein paar Schritte den Waldrand entlang, und ich bin am Ziel.

Unsere Hütte ist fast fertig. Für die letzte offene Stelle am Dach müssen wir uns noch ein Wellblech besorgen.

Ich lege die Matte aus und setze mich.

Mein Freund sagt, diesem Franscini haben wir es zu verdanken, dass wir zur Schule müssen.

Er macht das Feuer an. Ich bereite die Cervelats vor.

Am Dreikönigstag werde ich bei der Aufführung der Pfarrei mitspielen. Ich darf eine der wichtigsten Rollen übernehmen. Den König Balthasar.

Ich stehe auf, um es mir aus der Nähe anzusehen. Das Kostüm gefällt mir gut. Ich streiche über den Stoff und frage Elvezia, ob sie heute noch damit fertig wird. Sie überlegt. Flehend blicke ich zu ihr, die Hände zum Gebet gefaltet, bis ich ihre Nase berühre. Sie nickt, trotz ihres verdrießlichen

Blicks. Während sie näht, lege ich mich auf den Teppich und spiele mit *Silvans Zaubertrickkiste*.

Studiere die Ringe.

Doch ich kann mich nicht konzentrieren. Ich will wissen, was zur Hölle Weihrauch ist.

»'ne Pflanze«, sagt Elvezia und zieht sich eine Nadel aus dem Mund. »Lenk mich nicht ab, mein Kind.«

»Und Myrrhe?«

Elvezia überhört meine Frage. Stattdessen runzelt sie die Stirn. Ein Zeichen, dass ich ihr auf die Nerven gehe. Ich gebe auf und versuche mich weiter an den Zaubertricks. Der Zauberstab ...

»Simsalabim!«

Ich sehe sie nicht, sehe sie noch nicht. Höre den Motor, als sie vor das Tor gefahren kommt. Das Hupen.

Die automatische Gangschaltung, als sie wieder anfährt. Nachdem sie bei der Post, wo die Straße breiter wird, gewendet hat, kommt sie zurück.

Die Päckchen stapeln sich am Fuß des Schemels, auf dem unser kleiner Baum thront. Bunte, blinkende Lichter beleuchten die Stube, aber auch der Schnee: Flocken so groß, dass das dunkle Fenster davon getupft ist. Ich in Pyjama, Wollsocken und Pantoffeln.

Ich sehe die geöffneten Türchen des Adventskalenders, die Schokolade ist verputzt. Nun widme ich mich den Päckchen. Hebe sie hoch, schüttle und drehe sie und versuche zu erraten, was sich in ihnen verbirgt. Die weichen sind vermutlich Kleider. Die mittelgroßen Schachteln Gesellschaftsspiele. Vielleicht genau diejenigen, die ich mir gewünscht habe:

*Risiko… Monopoly… Cluedo…* Ich versuche mich auch zu erinnern, was Elvezia bekommt. Meine Mutter hat ihr einen Seidenschal gekauft, das weiß ich. Die Tante ein Fläschchen Eau de Cologne. Das größte Paket aber ist für mich. So riesig, dass wir es an der Wand aufstellen mussten.

Ich packe es aus.

Mitternacht ist schon vorüber. Ich beginne oben an einer Ecke. Nur weißer Karton. Aufgeregt reiße ich bis zum Boden weiter.

Ein Tischhockey. Fantastisch!

Ich will alle auf der Packung aufgedruckten Figuren sehen. Also reiße ich alles weg und lasse die Papierfetzen auf den Teppich fallen.

Von der Türschwelle aus beobachtet mich Elvezia, ihr Blick ist düster. Das Haar zerzaust. Ich sehe ihr Nachthemd, die bläulichen Adern auf ihren Waden, die Wollsocken und die Zoccoli.

Sie tadelt mich, weil ich das Papier zerfetzt habe, und befiehlt mir, es aufzuheben. Dann ab ins Bett, aber dalli!

Früh bin ich auf den Beinen. Klebe die Nummern auf. Stelle die Spieler auf ihre vorgesehenen Positionen. Richte Tore, Batterie und Lämpchen ein, die bei einem Treffer aufleuchten.

Den Puck lege ich in die Spielfeldmitte und fordere Elvezia zu einer Partie auf.

Sie faltet gerade das heil gebliebene Geschenkpapier zusammen. Vielleicht hat sie mich nicht gehört. Ich frage noch einmal, diesmal lauter. Ich solle nicht so rumschreien, sagt sie, sie habe schon verstanden. Nur habe sie keine Ahnung, wie man dieses Hockey spiele.

Ich sehe den grauen Schulbus, das Parkmanöver des Fahrers an dieser engen Stelle, die Eingangstür, den Wartebereich

und meine Klassenkameraden, die von der Kontrolle zurückkehren und stolz ihren Preis herumzeigen – einen
Apfel? Einen Aufkleber? Zahnpasta?

Meine Zähne gewinnen nie etwas. Jedes Mal brauche
ich wieder eine neue Füllung. Jedes Mal die Nadel, die ins
Zahnfleisch sticht, der Sauger, das unangenehme Geräusch
des Bohrers und die Frage:

»Wie oft putzt du dir die Zähne?«

Nur wenn ich Lust habe, also fast nie. Nach den Mahl-
zeiten sagt Elvezia »*I deenc*, die Zähne!«, doch ich gehorche
ihr selten. Gehe ins Bad, drehe den Hahn auf und spucke
nach ein paar Sekunden ein wenig Wasser aus.

Und gut ist.

»Zwei oder drei Mal.«

Sie behaupten, ich bräuchte eine Zahnspange, ich soll es
mit meinen Eltern besprechen.

Nein, nein.


Wenn keine Autos dort stehen, ist es lustiger, weil wir über
den ganzen Platz rennen und dribbeln können, ohne befürchten zu müssen, irgendwelche Wagentüren zu ver-
beulen. Es gibt auch keine Unterbrechung wegen Bällen, die
unter einem Auto stecken bleiben. Ärgerlich ist einzig die
nah gelegene Schlucht. Am Abhang sieht man Balkenstücke,
vermoderte Schuhe, Eimer, alle erdenklichen kaputten
Spielsachen. Ganz unten sogar alte Möbel und verschim-
melte Matratzen.


Ich laufe, so schnell ich kann, doch ich habe keine Chance,
unmöglich, ihn einzuholen und zu stoppen. Der Ball rollt
davon. Ich bleibe am Rand der Schlucht stehen, verschwitzt,
außer Atem, sehe, wie er immer kleiner wird und ein letztes
Mal aufspringt.

Ich zeige ihn den anderen.

Sie sind sauer. Jemand sagt:

»Jetzt musst du ihn holen!«

Da geh ich nicht runter. Ich habe Angst. Da gibt es Kreuzottern. Man hat keinen Halt. Es ist zu steil. Ich könnte abrutschen. Und wer weiß, ob ich wieder hochkäme?

Ich stehe in den Pedalen und trete fester, um Schwung zu holen, bevor es wieder steil hochgeht.

Das Fahrrad ist blau – ein dreigängiges Rennrad. Ich habe ein Stück Karton an die Gabel des Hinterrads gesteckt, das rattert beim Fahren. Am Lenker habe ich einen Tacho anbringen lassen.

Es ist einer jener Sommernachmittage, an denen die Sonne den Asphalt zum Glühen bringt und es besser wäre, bei geschlossenen Fensterläden zu Hause zu bleiben. Eine Bruthitze. Aber ich will es versuchen – ich habe es ihr versprochen –, will zu ihr fahren.

Ich radle über die Brücke und bereite mich auf den steilsten Abschnitt vor. Beschleunige. Hier spenden Berge und Bäume Schatten. Ich drücke den Schalthebel herunter und nehme den letzten Kilometer zum nächsten Dorf in Angriff. Das Atmen fällt mir immer schwerer, ich spüre die Anstrengung vor allem in den Beinen, ein wenig auch in den Armen. Ich sporne mich selbst an, mache mir Mut, nicht aufzugeben. Heute will ich nicht absteigen und schieben.

Ich bin oben. Kann wieder Luft holen, mich aufrichten, in den zweiten Gang schalten.

Beim Hinunterfahren kitzelt der Wind auf meiner Haut. Ich brauche nicht mehr in die Pedale zu treten. Kann den

Moment genießen. Ich muss nur auf die Schlaglöcher und die trockenen Kuhfladen aufpassen. Bilde ich mir das bloß ein, oder ist sie es ...

Ein langer, blonder Zopf, die schon hervortretende Wölbung ihrer Brust ...

Tückische Kurven, hoch und runter, kleine Pause, um mich zu erholen und einen Schluck Wasser zu trinken.

Vergebens. Weil kein Hund bellt, das Auto nicht auf dem Parkplatz steht, alle Rollläden heruntergelassen sind.

Es ist eine feste Verabredung zwischen uns geworden. Ich richte die Antenne für das optimale Bild, rufe Elvezia und lege mich wieder hin. Ich höre, wie ihre Zoccoli über den Teppich schleifen, auf den Fliesen und dann auf den Holz-dielen klappern.

Die Fensterläden sind geschlossen. Der Fernseher taucht mein Zimmer in schummriges Licht.

Da kommt sie. Ich ziehe die Decke weg, damit sie es sich auf der Bettkante gemütlich machen kann.

Ihr Gelächter, das oft in Hustenanfälle übergeht. Vor allem die Komiker haben es ihr angetan, *Zuzzurro e Gaspare* und *D'Angelo* mit dem Lied *Has Fidanken*. Den Ohrwurm von *Greggio* hingegen, wenn er sagt *cerrrto che è lui*, kann sie nicht ausstehen. Sie schüttelt den Kopf und kommen-tiert:

»Skandalös! ... Du Trottel! ... Makkaroni! ... Esel!«
Ich mag die Showgirls, am meisten Tini Cansino.
Irgendwann schlafe ich ein.

Dieses Weiß kenne ich! Wie weiß das Mattglas ist! Ich laufe durch den Korridor und reiße die Tür auf. Die Schneeschicht, die sich über Nacht gebildet hat, ist fast so hoch, wie ich groß bin. Der Hof ein unüberwindbares Hindernis. Ich sehe die Spitzen der Gitterstäbe, die Gartenmauer aber nicht. Von der Fußmatte aus atme ich die reine Luft ein. Frage mich, wie man jetzt wohl zur Postauto-Haltestelle kommt.

Ich rufe Elvezia, sie soll sich das ansehen.

Weil sie mich nicht hört, gehe ich zu ihr in die Küche.

Sie habe es schon gesehen, sie werde sich später ums Schneeschaufeln kümmern, sagt sie.

Wie das?

»Es pressiert nicht«, beruhigt sie mich. Die Schulen bleiben heute sowieso geschlossen.

»Was?«

Dann breche ich in Jubel aus, als hätte Kenta Johansson den Puck ins Tor gepfeffert.


Ich laufe über die roten Fliesen, vielleicht gehen wir in Zweierreihen. Links die Stufen zur Ecke, wo wir uns bei Regen die Pausen mit unserer Art Hockey vertreiben: Auf dem glatten Boden rutschen wir auf den Knien herum, in der Hand einen Pantoffel, der unser Schläger ist, und versuchen, den Gummiball zu treffen. Zur Rechten eine Reihe von Garderobenständern, die oft für ein anderes Spiel gut sind: Sobald die Pausenglocke klingelt, darf keiner mehr mit den Füßen den Boden berühren, sonst ist man tot, hat verloren.

Wir gehen die Treppe hinunter, auch hier sind die Fliesen rot. Hinter der Glasfront der Sportplatz, noch einmal Stufen, der Wald, ein Himmelsstreifen.

Ganz hinten, da, wo es auf den Korridor unserer Klasse geht, schaltet man besser das Licht ein, bevor man um die Ecke biegt, wegen der zweiten, engen Treppe ohne Fenster.

Es soll ein Holzauto werden. Ich hasse Laubsägearbeiten. Mir gelingt keine gerade Linie, der Rand wird wellig, unsauber. Sofort tut mein Handgelenk weh.

Ich rufe den Lehrer und bitte ihn, mir zu helfen.

Wenn er an meinem Brettchen herumwerkelt und erklärt, wie ich vorgehen muss, kommt mir immer derselbe Gedanke: Soll er dieses Auto doch alleine fertig machen, dann wird es sowieso schöner.

Ich springe vom Holzschuppen herunter und bringe mich in Stellung, sodass ich alles überblicken kann. Sie winken mir zu, ich soll kommen, rudern mit den Armen, ermutigen mich. Jetzt ist der richtige Moment.

Ich laufe über den Kies. Renne, so schnell ich kann, durch die Arkaden hinunter auf die Piazza. Es ist fast geschafft. Die Befreiung naht, Einzelne wagen schon kleine Schritte in Richtung der abgehenden Straßen.

Ich schieße kräftig – ohne die geringste Angst, mir wehzutun – mit dem linken Fußrist. Die Büchse fliegt, kreist und kreist und landet im Brunnen. Ich höre den dumpfen Aufprall, die Freude jener, die davonlaufen.

Freiheit für alle!

Motorengeräusch. Die übliche halbe Stunde Verspätung. Sie hält an, hupt zweimal und fährt weiter.

Als sie bei der Post gewendet hat, stehe ich bereits auf der Hauptstraße und erwarte den weißen Range Rover.

Wir lassen das Ortsschild hinter uns. Die Straße verläuft eben bis zur Brücke, zwischen dem Grün und dem Grau der Felswände. Dann beginnt sie anzusteigen und macht beim Schießstand eine scharfe Kurve. An der grauen Mauer haben unachtsame oder waghalsige Autofahrer Spuren hinterlassen – schwarze Streifen, zerbrochene Backsteine.

Ich blicke zur verlassenen Autowerkstatt. Sehe die Plakate am Holztor: Chilbi, Tombola, Fußballspiele.

Und manchmal passiert es, dass man genau dort, wo die Straße eng ist, dem Postauto begegnet. Wir halten den Atem an. Schweißtropfen perlen meiner Mutter von der Stirn, sie schaut sich unruhig um, macht ruckartige Bewegungen, dreht die Musik leiser und flucht auf Arabisch. Ich versuche ihr zu helfen und passe auf, dass sie der Leitplanke nicht zu nahe kommt.

Der Busfahrer bedankt sich und grüßt.

Ohne zu wissen, wo ich bin, wache ich mit einem Fuß auf dem Kissen auf. Ich mag dieses Bett nicht, so groß, so hart, so tief. Das Zimmer mag ich auch nicht, obwohl es viel größer ist als meins. Es gibt keinen Fernseher, keinen Schrank. Nur einen Nachttisch, einen Garderobenständer und einen Spiegel. An der Wand eine Fototapete mit einer exotischen Landschaft – kristallklares Ozeanwasser, Palmen und Sand. Es ist das Gästezimmer.

Ich habe Hunger. Schlüpfe in meine Hausschuhe und gehe zum Zimmer meiner Mutter. Die Tür steht weit offen.

Sie liegt auf der Seite zusammengerollt da, den Kopf auf dem Arm, hat das Bettlaken ganz für sich alleine. Ihr Freund hingegen liegt in Unterhosen, die Beine ausgestreckt, auf dem Rücken. Im Spiegel der Schranktür sieht man den Hund. Auch er schläft.

Ich gehe um das Bett herum, tippe meiner Mutter auf die Schulter und flüstere ihr zu, dass ich Hunger habe.

»Wie spät ist es denn?«, murmelt sie und reibt sich die Augen. Was sie sagt, verstehe ich nicht, vielleicht bittet sie mich, noch zehn Minuten zu warten, vielleicht schläft sie wieder ein.

Meine Hände zittern auf dem Ruder. Die Wasseroberfläche glitzert im Sonnenlicht, der See liegt ausgebreitet
zwischen den grünen Hängen. Der Freund meiner Mutter
kontrolliert die Geschwindigkeit und gibt mir die Richtung
an.

Ich höre seinen strengen, leicht unzufriedenen Tonfall:
»Kurs halten.«

Sein kastanienbrauner Bart, das nasse, nach hinten ge-
kämmte Haar, die Geheimratsecken, das kantige Gesicht,
eine Goldkette auf seiner Brust.

Er korrigiert unseren Kurs. Auf seinen Bizeps hat er sich
ein Herz mit dem Namen meiner Mutter tätowieren lassen.

Und wo ist sie? Hinter uns, am Sonnenbaden. Ich kann
mich nicht umdrehen.

Alle wissen schon, wer an der Tür klopft.

»Herein!«, rufen wir im Chor.

Der Lehrer geht durch das Klassenzimmer und schüttelt
ihm die Hand. Der Priester in seiner üblichen dunklen
Soutane. Die Brille mit dicken rechteckigen Gläsern. Das
Haar schütter, grau. Eine widerspenstige Strähne auf der
Stirn. Vom schmalen, runzligen Hals hängt das Kruzifix
herunter. Er blickt in die Runde und nickt uns mit einem
kaum angedeuteten Lächeln zu.

Meine Klassenkameradin erhebt sich und geht zum
Lehrerpult. Die Caran-d'Ache-Schachtel dient ihr als Tablett
für Füllfeder und Tintenkiller. Ihr Gang ist anmutig und
selbstsicher. Der Lehrer winkt mich mit dem Finger herbei,
ich soll mitkommen und an mein Etui denken.

Ich stehe auf: Alle Blicke sind auf mich gerichtet, auch
der des Priesters. Ich sehe ihre Verwunderung. Ein paar
scheinen mich zu beneiden.

Der Lehrer führt uns in einen engen, spärlich beleuchteten Raum, gibt uns Aufgaben und geht zurück in den Religionsunterricht.

»Warum bist du hier?«, fragt mich meine Mitschülerin.

Sie wirkt eher erfreut als verwundert. Ich antworte, dass meine Mutter die Schulleitung kontaktiert hat, damit ich vom Unterricht mit dem Pfarrer befreit werde.

»Warum?«

»Weil ich Muslim bin.«

»Was ist ein Muslim?«

Ich weiß nur, dass sie an Allah glauben. Ich sage es ihr.


»Herrgott noch mal!«, knurrt Elvezia und packt mich am Ohr. »Ich zeig dir gleich, wo's langgeht!«

Dann zieht sie mich, ohne ihren Griff zu lockern, in den Hof. Dort gelingt es mir zwar, mich von ihr loszumachen, aber nicht davonzulaufen. Mit einer Hand hält sie mich fest, mit der anderen zieht sie mir die Schuhe aus. Sie untersucht sie finster. Dann schleudert sie sie über das Gittertor auf die Hauptstraße.

»Da haben wir's!«, ruft sie triumphierend aus.

Ihre Hände sind mit Scheiße verschmiert. Sie entdeckt einen braunen Fleck neben der Fußmatte. Wieder packt sie mich am Ohr – ich kann die Scheiße riechen –, drückt mich tief runter, bis ich fast den Beton berühre. Ich sage, dass ich es nicht absichtlich gemacht habe, es sei mir nicht mal aufgefallen.

»Das wär ja noch schöner!«, sagt sie und drückt noch fester.

Dann lässt sie mich los und geht ins Haus zurück.

Ich nutze die Gelegenheit, um mich davonzumachen und den Rest auf später zu verschieben, wenn sie sich beruhigt hat. Beeile mich, die Schuhe zu holen, bevor sie überfahren werden.

Verflucht, ich schaffe es nicht, sie anzuziehen, vor lauter Aufregung kriege ich den Knoten nicht auf.

Mitten im Hof steht Elvezia und holt Luft. Besen und Eimer in der Hand. Als sie begreift, dass ich ihr davonlaufen will, brüllt sie:

»Verfluchter Bengel!«

Sie stürzt sich auf mich, mit dem Besen bewaffnet. Ich lasse die Schuhe fallen und renne davon, schneller als Said Aouita.

Meine Fingerspitzen an ihren Hüften beim komplizierten Versuch, sie zu umarmen.

»*Nona nona*«, sagt sie und drückt, zerquetscht mich fast.

Ich versinke in ihrem üppigen Bauch. Muss lachen, nuschle was und warte darauf, dass sie wieder loslässt.

Es ist Abend. Wir sind bei der Tante, stehen im Gang. Links eine Kommode, wo sich Nippes, Briefumschläge und Postkarten stapeln. Auch wenn ich kein klares Bild habe, sehe ich um uns herum meine Mutter und mindestens drei ihrer Schwestern, die sich auf Italienisch, Arabisch und Französisch unterhalten, kichern und die Sprachen sogar im selben Satz vermischen.

»*Fredo fredo*«, sagt die Großmutter und erschauert in ihrer weiten, hellblauen Dschellaba. Dann zeigt sie auf den Schnee, der die Gehwege bedeckt, und kommentiert auf Arabisch.

Sie lachen. Weshalb?

Ich verstehe nur ein einziges Wort: Marokko.

Meine Mutter übersetzt: Sie möchte, dass du mit nach Marokko fährst.

Was soll ich dort?

Auch heute bin ich wieder hier. Ich lege den Ball mitten auf die Straße und mache ein paar Rückwärtsschritte, bis ich mit dem Absatz das Mäuerchen zum Garten der Nachbarn berühre. Von dieser Stelle aus verdecken die kleine Kiefer und ein Stück der Mauer zwei Drittel des Tors – ein Hindernis, das ich zu umgehen gelernt habe. Ich betrachte die Position, überlege. Die rechte Ecke will ich treffen, die schwierigste. So wie Maradona. Der Ball muss die richtige Höhe haben: hoch genug, um über die Kiefer zu fliegen, aber keinesfalls zu hoch, um die darüberliegenden Fenster nicht zu treffen.

Ein Hupen unterbricht mich. In der Kurve taucht ein grauer Maggiolino auf. Ich hole hastig den Ball und stelle mich wieder an den Straßenrand. Das Auto wird langsamer, hält an. Ein Mann steigt aus. Ich kenne ihn vom Sehen. Er ist nett. Jedes Mal, wenn wir uns treffen, fragt er: »Wie steht's?«

Heute aber fordert er mich auf, mich hopphopp ins Tor zu stellen. Eigentlich sei ich kein Torwart, gebe ich zurück, ich spiele im Sturm, schieße Elfmeter und Tore.

Er hängt sein Gilet an den Zaun und fordert mich heraus: Wenn ich drei von fünf Penaltys halte, kauft er mir ein Milky Way. Ich bin einverstanden, werfe ihm den Ball zu und platziere mich in der Mitte des Tors.

Mit der Handfläche poliert er seine Stiefel.

Ich halte nur einen einzigen. Trotz der Hechtsprünge auf dem Asphalt. Trotz der drei letzten Elfmeter, die er aus größerer Entfernung geschossen hat, praktisch ohne Anlauf zu nehmen.

Zu stark. Zu treffsicher. Gnadenlos.

Ich klopfe mir den Schmutz von den Hosen und vom T-Shirt. Kontrolliere, ob auch nichts zerrissen ist.

Das Milky Way kauft er mir trotzdem.

Die Krankenschwester ist auf den Kopf gestellt – ihr Clownlächeln erschreckt mich.

»Was ist dein Lieblingstrickfilm?«, fragt ihre honigsüße Stimme. »Magst du *Remì*? Meine Kinder lieben ihn. Süßer, kleiner Remì, la la la la ... Das schaust du doch, nicht wahr?«

Ich will gerade antworten, aber Menschen zeigen auf Maschinen, gestikulieren, erklären Dinge, die ich nicht verstehe.

Na?

Meine Sicht wird trübe, die Umrisse verschwimmen, es vibriert. Ein hoher, unangenehmer Alarmton erklingt und spitzt sich zu einem Pfeifen zu. Ich sehe weiße und schwarze Ringe. Oder auch nicht, es ist eine Spirale mit einem kleinen, schwarzen Punkt in der Mitte. Pfiii...

Ich mag lieber Chobin. Und Lupin, immer auf der Suche nach dem nächsten Abenteuer, keiner so gewitzt wie du, Lupin. Und Margot. Wenn Katzenaugen glühen, wird euch nachts was blühen, wir nehmen nur, was uns gehört. Und Arnold.

»Weeen?«, fragt eine weibliche Stimme.

Grinsen. Brunga ist böse: Er befreit sie nicht. Grinsen und Nebel. Das Pfeifen wird schwächer. Danach nichts mehr: Alles schwarz still bis ich wieder aufwache.


Warum bin ich hier? Umgeben von diesem Weiß: ihr Kittel, mein Nachthemd, die Laken, der Nachttisch, die Wände. Mein Gehirn kommt nur langsam in Gang.

Die Krankenschwester hält eine kleine Schere in der Hand. Meine Kehle ist trocken, der Mund klebrig.

Sie lächelt. Fängt an, von meinem weißen Schniedel zu reden, und rollt behutsam die Gaze ab. Fragt, ob ich Schmerzen hätte. Ein bisschen schon, antworte ich, aber nicht allzu schlimm. Das sei normal am ersten Tag, sagt sie, morgen gehe es bestimmt schon besser.

Sie wirft die vollgesogene, blutverschmierte Gaze in den Mülleimer und beginnt, mich zu waschen. Kamille, es riecht nach Kamille. Manchmal trinkt Elvezia eine Tasse Kamillentee, bevor sie sich schlafen legt.

Da wäre er nun also, in seiner neuen Gestalt – taub, runzlig, kaum wiederzuerkennen.

Ich sehe Stiche: Schwarze Fäden durchziehen ihn in unregelmäßigen Abständen, heben sich vom Fleisch ab, diagonal und horizontal. Bleibt er für immer so?

Die Krankenschwester wickelt ihn wieder in eine saubere Gaze und befestigt sie mit einer Klammer. Alles in Ordnung, schön sauber, sagt sie und geht wieder.

War das wirklich nötig?

Wir gehen Hand in Hand. Ein sonniger Nachmittag, vielleicht ein Mittwoch. Der Himmel ist klar. Gewimmel, das Gedränge in der Stadt so dicht, dass wir uns ständig voneinander lösen müssen, um voranzukommen. Was wir uns sagen, höre ich nicht.

Ich blicke mich um: hohe Gebäude, Leuchtreklamen, meine Lieblingsläden – der Franz Carl Weber. Ich schaue die Leute an, die uns anschauen.

Warum glotzen die alle so?

Ich beobachte die Männer, die meine Mutter anstieren. Sie warten darauf, ihren Blick zu treffen, mustern sie von Kopf bis Fuß, als würden sie sie ausmessen. Wenn sie es merkt, erwidert sie den Blick ein paar Sekunden lang, dann entzieht sie sich wieder und schaut woandershin.

Im Café sagt jemand, wir könnten Geschwister sein, macht ihr Komplimente. Sie tut so, als wäre sie überrascht, lächelt ausweichend, streicht mir über die Locken.

Da ist der See. Das Schaufenster die Stühle die Spiegel. Man muss ein paar Stufen nehmen. Herzlicher Empfang. Der Friseur ist nett und sympathisch. Wir plaudern ein wenig.

Den üblichen Schnitt, den, der allen gefällt. Du hast aber schönes Kruselhaar, ein Negerchen, wie wunderbar, du hübsches Marokkanerköpfchen mit putzigen, schwarzen Löckchen...

Ich sehe sie beide im Spiegel. Er steht hinter mir, mit der Schere bereit. Sie sitzt auf einem Stuhl, die Beine übereinandergeschlagen, in die Zeitschrift *Novella Duemila* vertieft.

Elvezia steht auf und durchstöbert den Papierstapel auf der Anrichte. Ich folge ihr, mit scharfem Blick. Meine Mutter sitzt aufrecht am Tisch und wartet. Sie trägt eng anliegende Bluejeans und hohe Schuhe. Auf dem karierten Tischtuch ihre Barclays und ihr Feuerzeug, der Aschenbecher, zwei bis zum Rand gefüllte Tassen Kaffee und die Zuckerdose. Sie hebt das Kinn, dreht den Kopf zum Fenster und bläst die Rauchwolke aus.

Der Aschenstab wird immer länger. Gefährlich lang. Ich habe Angst, dass er auf den Teppich fällt.

Elvezia reicht ihr das Zeugnisheft. Sie legt die Zigarette ab und beginnt zu blättern. Sie soll umblättern, das sind die Noten des ersten Halbjahrs, die neuen sind weiter hinten, sagen wir.

Ich sehe ihre strahlenden Gesichter. Sie sind da, ganz nah, ich spüre, wie sie mich küssen und streicheln, von der einen Seite und von der anderen. Hände gleiten durch meine Locken, auf meine Wangen.

Komplimente.

Elvezia, die in ihrem fehlerhaften Italienisch erzählt, auch vom Lob des Lehrers berichtet.

»Ein schlaues Köpfchen!«

Meine Mutter verspricht mir ein Geschenk: Ich darf mir etwas aussuchen.

Wir sitzen im Schneidersitz auf den Stufen vom Sportplatz. Vor mir der grüne Hang. Weiter oben der Wald. Heute wird nicht Fußball gespielt. Das Sammelalbum muss gefüllt werden.

Mein Klassenkamerad behauptet, Schwarze seien unfähig, ohne Talent, Nieten. Deshalb gäbe es für afrikanische Mannschaften keine Doppelseiten.

Vor lauter Irritation bin ich nicht schlagfertig genug, um zu erwidern:

Und was ist mit Südkorea? Und Kanada?

Ich will meine doppelten Bilder nicht mehr mit ihm tauschen.

Die Genugtuung, als Marokko die Vorrunde der Gruppe F gewinnt, vor all diesen Weißen auf den Doppelseiten.

»*Schusch, tlata*«, wiederhole ich ihr zuliebe.

Die Stube liegt im Nachmittagslicht. Auf dem Tisch die üblichen zwei Tassen Kaffee, die Zigaretten, der Aschenbecher, die Zuckerdose. Meine Mutter findet, ich sollte Arabisch lernen, und beginnt mit den Zahlen.

Soll das ein Scherz sein?

»*Raba'a, chamza, sitta.*«

Sie hat angeboten, einmal die Woche herzukommen, um mir die ersten Grundlagen beizubringen.

»Sagen wir Mittwochnachmittag?«

Nein.

»*Saba'a, tamania, tisa'a.*«

Ich sehe weder sie noch Elvezia. Ich höre bloß unsere

Stimmen, Zahlen und Satzfetzen, meine Verweigerungs-
versuche – *Mì a parli ur dialètt*, ich spreche Dialekt! –, ihr
Beharren – Es ist deine Sprache!

»*Vün, düu, trii*... Lern du lieber Dialekt!«

»*Aschno?*«, fragt sie.

Was?

Ein Lächeln entwischt ihr. Sie ist durcheinandergeraten,
korrigiert sich und übersetzt:

»Was?«

Ich bringe ihr bei, dass *asnón* im Dialekt Esel heißt, sogar
großer Esel.

Für sie bedeutet *dar* Haus. Für mich hingegen ist es bloß eine
Präposition mit Artikel. *Dar* Elvezia. Bei der Elvezia.

Die Einladungen für das Fest sind auf weiße Karten gedruckt.
Ich ziehe eine aus dem Umschlag und klappe sie auf. Die
goldenen Schriftzeichen treten leicht hervor. Ich sehe mich,
wie ich im Wohnzimmer auf dem roten arabischen Sofa mit
den gelben Fransen sitze, die Füße baumeln in der Luft. Ich
drehe die Karte in den Händen, versuche zu verstehen, wo
oben und unten ist. Ich fahre mit dem Finger über die
unebene Oberfläche, über die Linien, Buchstaben und
unverständlichen Wörter, von rechts nach links und von
links nach rechts. Halte inne, dieses Zeichen kenne ich:
Neunzehnhundertsechsundachtzig.

Ein heller, runder Metalltisch. Im bleichen, trockenen Sand
Zigarettenstummel. Ein paar blaue Sonnenschirme flattern
im Wind. Ein stillstehendes Karussell, vielleicht ist es kaputt. Palmen. Wir treffen ihn in einem Park. Die grauen
Haare. Seine Zähne, die weit auseinanderstehen. Weder
hübsch noch jung.

Unterhalten wir uns? In welcher Sprache?

Beim Kaffee erzählt ihm meine Mutter, wer ich bin, er hört interessiert zu, nickt.

Die Markierungen auf dem Asphalt, die niemand beachtet, auch wir nicht. Der Taxifahrer lehnt sich aus dem Fenster und beklagt sich, es geht nur stockend voran, mehrmals drückt er auf die Hupe, deutet mit den Händen auf Auswege. Die rote Ampel scheint nur eine Empfehlung zu sein.

Ich betrachte die Autos – alt, verbeult, fast ausschließlich französische Marken –, die spazierenden Marokkaner, die Strandbäder. Dann blicke ich dorthin, wo Ozean und Himmel verschmelzen.

Sie schaut ins Leere und murmelt meinen Namen. Zwar kann sie mich nicht sehen, aber sie spürt meine Anwesenheit. Ich habe eine Urgroßmutter. Sie sagt:

»*Eschi!*«

Das heißt: Komm! Ich trete näher. Sie merkt es, legt die Gebetskette auf den Nachttisch und will nach meinen Fingern greifen. Ich setze mich neben sie und strecke ihr meine Hände hin. Sie beginnt, langsam mit einer kreisenden Bewegung darüberzufahren.

Ich betrachte ihre glasigen Augen, den zahnlosen Mund, die Haare am Kinn. Sie sieht älter aus als Elvezia.

Wie alt ist sie wohl?

Einen Moment lang hält sie inne, tastet meine Hände mit den Fingerkuppen ab, dann streichelt sie fester weiter, auch mit dem Handrücken. Und sie redet, obwohl sie weiß, dass ich sie nicht verstehen kann.

Wieder hält sie inne und wartet darauf, dass ich etwas sage. Wartet …

Sie fährt fort, jetzt gibt sie einen so schwachen und

matten Ton von sich, dass nicht einmal die anderen sie verstehen würden.

Ich studiere ihren müden Körper, höre ihr zu. Hoffe, dass jemand kommt, mich zu erlösen.

Die Palmen bilden einen Trichter. Dazwischen eingezwängt die blasse Sonne.

Die Vorbereitungen für das abendliche Fest sind in vollem Gange, ein hektisches Hin und Her, vom Schlafzimmer ins Bad und vom Bad ins Schlafzimmer. Meine Mutter und die Tanten wühlen im Schrank und in den Schubladen, drehen und wenden die Stücke auf der Suche nach der elegantesten Kombination, beraten sich. Auch meine Meinung wollen sie hören.

*»Zuina?«*

Sie fragt, ob sie schön sei. Ich bejahe, sie ist *zuina, très zuina.*

Die Tante setzt sich auf die Bettkante und lackiert sich die Fingernägel rubinrot. Sie trägt einen weißen Bademantel, ihre Haare sind in ein blaues Handtuch eingewickelt. Ein paar nasse Haarsträhnen hängen heraus, die sie vergeblich versucht hat, wieder zurückzustopfen. Sie hat tolle Kurven, steht Sabrina Salerno in nichts nach. Aber jetzt trägt sie keinen BH, sodass die Wölbung ihrer Brust nicht so stark ist.

Ich spiele Nintendo auf dem mir zugewiesenen Bett. Muss Leute retten, die aus einem brennenden Haus springen, bewege die Trage.

Die Tante steht auf, zieht den Gürtel des Bademantels enger und nimmt das Necessaire aus dem Schrank. Sie fragt:

*»Gagni?«*

Ich lasse jemanden sterben, antworte *oui, bien sûr* und

bringe ihr bei, wie man »gewinnen« auf Italienisch sagt. Sie schmunzelt und wiederholt es:

»*Vincere, vincere.*«

Als sie sich hinunterbeugt, um das Necessaire auf das Kissen zu legen, schiele ich verstohlen in ihr Dekolleté.

Sie sind bereit: elegant, parfümiert, im Geschmeide. Bevor sie gehen, kommen sie zu mir und drücken mir zum Abschied ein Küsschen auf die Wange.

Ich folge ihnen bis ins Wohnzimmer. Dann höre ich das Hallen ihrer Absätze und einige unverständliche Wörter meiner Mutter und des Portiers.

Ich klettere aufs Sofa, schiebe die Vorhänge zur Seite und schaue hinunter. Ein beiger Mercedes wartet mitten auf der Straße.

Die Blinker gehen aus, und er fährt los.

Der Fernseher empfängt einen einzigen Sender. Einen arabischen.

Die Großmutter ist mit ihrem Gebet fertig. Sie folgt mir ins Wohnzimmer und setzt sich auf einen Pouf.

Dann steckt sie sich die Finger in den Mund, um mich zu fragen, ob ich noch Hunger habe. Ich verneine, *la.* Sage es noch einmal und schüttle dabei den Kopf.

»*Suchun*«, fährt sie leicht klagend fort.

*Cus'è*, was soll das sein?

Sie wischt sich den Schweiß von der Stirn. Vielleicht möchte sie sagen, dass es in Marokko sehr heiß ist. Ich pflichte ihr bei:

»Ja, ja«, und zupfe wie wild an meinem T-Shirt.

Sie lacht und gestikuliert. Mir bleibt schleierhaft, warum.

Das Treiben vor dem Haus wird immer lebhafter. Scharen von Jungen in abgerissenen Kleidern eilen herbei. Sie verfolgen einander, prügeln sich, schreien aufgeregt herum. Ich sehe junge Männer und alte Frauen, die lautstark mit der Zunge trillern. Autos bahnen sich einen Weg durch die Leute, die es nicht kümmert, dass sie die Straße versperren.

Sind die alle wegen mir hier?

Kennt die jemand?

Auch das Pferd ist da, ich gebe sofort meiner Mutter Bescheid.

»Yalla!«, ruft der Onkel vom Korridor aus.

Auf Dialekt würde man *des'ciólati* sagen, beeil dich.

Wir gehen Hand in Hand hinunter. Sie sehe ich nicht. Ich bin in Grau gekleidet – eine maßgeschneiderte Dschellaba und die Babuschen.

Als wir aus dem Haus treten, wird das Getriller noch lauter. Jemand macht Fotos, andere klatschen Beifall.

Meine Mutter führt mich zum Pferd. Nun sehe ich sie: das kastanienbraune Haar, das ihr über die Schultern fällt, die blonden Strähnen, der blaue Lidschatten.

Sie sagt etwas zum Reiter. Er sieht mich mit großen Augen an. Dann streckt er den Arm aus und hilft mir in den Sattel. Das Pferd scharrt mit den Hufen, wiehert und sträubt sich. Mir ist unwohl, ich habe Angst. Meine Mutter ruft etwas, das ich nicht verstehen kann. Winkend bedeutet sie mir, ruhig zu bleiben.

Langsam schreiten wir los. Die Menschenmenge klatscht zu den ersten Schritten mit.

Jetzt habe ich keine Angst mehr. Aber Schmerzen. Die Pferdemähne peitscht mir ins Gesicht, und ich kann nichts dagegen tun. Ich muss es meiner Mutter sagen. Ich drehe mich um und versuche, sie herbeizuwinken. Diese verflixten *Juhu Juhu* übertönen meine Worte. Ich rufe nach ihr, gestikuliere.

Endlich versteht sie, wurde auch Zeit.

Der Reiter rückt nach hinten und zieht mich näher zu sich heran. So ist es besser, auch wenn mir die Mähne ab und zu trotzdem noch ins Gesicht klatscht.

Überall sind Menschen, sogar an den Fenstern der umliegenden Häuser.

Die Feierlichkeiten gehen auf der Terrasse weiter, wo ein Festzelt aufgebaut worden ist. Ich sehe die roten und grünen Rechtecke, die gelben Linien, Tische voller Tabletts süßer und salziger Speisen – nie zuvor gesehene Köstlichkeiten. In einer Ecke spielt ein Orchester arabische Melodien.

Die Tante erklärt mir, dass dieses Instrument Oud heißt.

Es gibt Marokkaner mit Krawatte und auch ärmlich gekleidete Gäste, die sich eingeschlichen haben.

Sie plaudern, essen und tanzen.

Nun bin ich ganz in Weiß. Weiß der Fes, an dem eine Krone festgemacht ist, weiß die Dschellaba, mit goldenen Nähten und Knöpfen, weiß und silbern der karierte Mantel und weiß die Babuschen.

Ich werde auf einen vorbereiteten Thron gesetzt: Auf dem Sofa steht ein Stuhl ohne Beine, auf dem Stuhl ohne Beine liegt ein Kissen und auf dem Kissen ein buntes Tuch.

Da sitze ich, stumm, posiere für die üblichen Fotos und muss mir die Kopfbedeckung jedes Mal, wenn sie wegen der zu schweren Krone verrutscht, wieder zurechtrücken.

Küsschen, Foto und der Nächste, bitte.

Jetzt werde ich auf einer wackeligen Holzscheibe von vier sich in den Hüften wiegenden Frauen herumgetragen. Der Reihe nach treten die Gäste heran und legen zusammengerollte Geldscheine auf die Scheibe.

Ich in einem Meer aus Dirham denke an die vielen Spiele, die ich mir kaufen werde.

Ich bin müde, möchte runter, die Musik geht mir auf die Nerven. Mit einer Hand muss ich die Krone festhalten, damit sie nicht runterfällt, und ich habe Angst, dass die Frauen durch dieses ganze Hüftgeschwinge ins Straucheln geraten.

Da kommen andere Frauen: Sie lösen einander ab.

Das Geld geht an das Orchester.

»*Öllapeppa*, meine Güte!«

Elvezia macht ein verdutztes Gesicht.

»Wofür soll denn das gut sein?«

Sie hat das Klebeband durchgeschnitten, das Füllpapier aus der Schachtel genommen, ein halbes Bettlaken abgewickelt, und nun hält sie das Geschenk in den Händen.

Ich hebe den Deckel und führe es ihr vor. Ich erkläre, dass es zum Kochen von Fleisch oder Fisch benutzt wird, »und Couscous kannst du da auch reinmachen«.

»*Cus'è?*«

Sie hat nicht verstanden. Dreht den Tontopf in den Händen und betrachtet ihn aufmerksam. Ich sage es noch einmal und versuche, die Silben voneinander abzuheben:

»Cous-cous.«

»*Cus'è?*«, fragt sie stirnrunzelnd. »Sprich deutlich!«

»Cous!«, Pause. »Cous!«

Sie lacht von Herzen. Ohne etwas zu sagen, läuft sie in die Küche und sucht einen Platz für die Tajine. Von dort aus

Ich gehe ins Wohnzimmer und lege mich aufs Sofa.

Wie soll ich mir bloß die Zeit vertreiben?

Ich stöbere in den Schubladen. Papiere, Umschläge, Fotoalben, eine vierbändige *Göttliche Komödie*, Zierdeckchen, Teegeschirr und weiterer Kram. Im Fach unter dem Fernseher finde ich Videokassetten. Ein paar sind auf Arabisch angeschrieben, andere Etiketten sind leer. Ich greife zufällig eine heraus, stecke sie in den Videorekorder, schalte ihn ein und lege mich wieder hin.

Das lächelnde Gesicht eines Manns in Nahaufnahme. Der Bildausschnitt wird größer. Er ist nackt. Ich betrachte seinen Körper. Den schwarzen Busch um sein Geschlecht. Eine Frau kniet vor ihm und streichelt ihn vom Bauch zu den Schenkeln, vielleicht kratzt sie ihn auch.

Noch eine Nahaufnahme des Gesichts, der Mann schließt die Augen und flüstert in einer mir unbekannten Sprache. Arabisch ist es nicht.

Jetzt legt die Frau ihre Lippen an das Geschlecht des Manns. Sie küsst es und beginnt zu lecken. Um besser sehen zu können, trete ich näher an den Bildschirm heran. Ich drehe lauter. »Nimm sofort die Kassette raus!«, kreischt meine Mutter.

Das Klassenzimmer ist dasselbe, auch die Bänke stehen gleich. Ich habe mir den Platz gleich beim Lehrerpult ausgesucht. Dort sitzt der Lehrer und korrigiert Hausaufgaben. Ich sehe seine nervöse Hand, die ihm auch mal ausrutschen kann, wenn er wütend wird, und den einschüchternden dichten, braunen Bart. Er trägt ein helles Hemd. Meine Klassenkameraden sehe ich nicht, weder vor noch neben mir.

Ich schreibe einen Aufsatz. Ich wünschte, die Italienischstunde endete nie, oder dass mir der Lehrer erlauben würde, zu Hause weiterzumachen. Rastlos gleitet der Füller übers Papier. Seite um Seite. Inspiriert von *Die tollen Fuß-ball-Stars*, aber auch von den Berichten auf *Telelombardia* und anderen Sportsendern, schreibe ich über ein unvergess-liches Spiel. Ich verwende Ausdrücke wie »er flitzt über den ganzen linken Flügel«, »die Nerven liegen blank«, »ein Wunder von einem Torhüter«. Lasse Protagonisten und Situationen meiner Lieblingszeichentrickserie neu aufleben, genauso irre wie der Katapultschuss der *Tachibana*-Brüder und der Tigerschuss von *Kojiro Hyuga*. Es macht mir Spaß. Ich bin beim Elfmeterschießen angekommen, werde recht-zeitig fertig.

Auf dem weißen karierten Papier prangt ein lächelndes Ge-sicht, das der Lehrer in die untere Ecke gezeichnet hat.
Ich freue mich.

Die Piazza ist wie verwandelt. Im Schatten der Kiefer an der Mauer, wo sonst Autos parken, hat man den Kochherd und die Buvette aufgebaut. Ich sehe die roten Gazzosa-Kisten, den Kühlschrank, die Brotkörbe und den dunklen, dampfen-den Topf. Die mit Plakaten tapezierte Mauer. Die Lautspre-cher. Auf dem ganzen Platz stehen Holztische und Bänke.
»*Rosamunde, schenk mir dein Herz und sag Ja...*«
Ich fische den Geldschein, den ich von Elvezia bekom-men habe, aus meiner Umhängetasche, kaufe ein Getränk und beschaffe mir Besteck. Sitze mit den anderen Kindern am Tisch. Wir amüsieren uns. Warten, bis wir an der Reihe sind.
»*Hörst du La Montanara? Die Berge, sie grüßen dich...*«

An das Telefongespräch mit meiner Mutter und an ihre Ermahnungen erinnere ich mich erst, als sie mir den Teller reichen. Es sei ein ekelhaftes Tier. Wusstest du, dass es seine eigene Kacke frisst?

Ich frage, ob ich den Risotto auch ohne die Würste haben kann, *per piasé*, bitte schön.

Sie wollen wissen, warum. Verblüfft, fassungslos. Gibt's so was? Immer diese Extrawürste. Ich hätte sie doch bisher immer gegessen, und zwar gerne. Ich denke an die Kacke. Behaupte, ich hätte keinen großen Hunger. Sie erwidern im Chor:

»Gib Ruhe und iss!«

Während ich zum Tisch zurücklaufe, betrachte ich die Würste. Beschnuppere sie. Ich denke an die Worte meiner Mutter. Es steht in unserem Heiligen Buch geschrieben, dem Koran. Ich bin unentschlossen. Frage mich, ob ich in der Hölle landen werde, welche Bestrafung mich erwartet.

Auf dem Asphalt ein schlecht gemaltes Himmel-und-Hölle.

Ich setze mich hin und esse alles auf.


Um meinem Ärger Luft zu machen – wohl weil Inter verloren hat –, gehe ich nach draußen. Ich knalle den Ball gegen das Garagentor, immer wieder, von nah und sogar von ganz nah, um das Ächzen des Holzes zu hören und weil ich will, dass der Ball, der zurück vom Tor quer über die Einfahrt fliegt, hinter mir an der Rückseite der Mauer abprallt und wieder bis vor meine Füße rollt. Kein leichtes Unterfangen, denn der Schuss muss kräftig sein, aber gerät er zu hoch, trifft er nicht die Mauer, sondern das Metallgitter darüber und wird abgefälscht.


Plötzlich taucht ein Auto auf. Der Ball prallt gegen die Vordertür. Der Fahrer bremst – eine richtige Vollbremsung –, es kommt zum Stehen. Der Ball fliegt hoch hinaus, springt auf, rollt weg. Ich befürchte, das gab eine Beule. Wie gelähmt bleibe ich stehen, starre auf die Autotür und warte darauf, zurechtgewiesen zu werden.

»Hab ich dir den Fußball kaputt gemacht?«, fragt er betroffen.

Elvezia hakt den Stab ein, öffnet die Luke und lässt die Leiter herunter. Ich höre, wie das Holz die Schiene herabgleitet. Schaue hoch. Sie drückt dagegen, um sich zu vergewissern, dass sie hält, mahnt zur Vorsicht, ich solle keine Dummheiten machen. Dann hängt sie den Stab wieder an den Haken. Katzenfuttergeruch. Ich klettere nach oben.

Da steht die braune Truhe, verkratzt und löchrig. Unter dem Deckel, den ich nur mit Mühe hochheben kann, finde ich die eingebundenen Primarschulhefte. Ich sehe die zerknitterten, mit Malfarben beklecksten Umschläge. Meinen Namen darauf. Sonst erkenne ich nicht viel mehr, nur einen zerfransten Teppich, verknitterte Tücher, Spinnweben, Staub und ein paar Balken. Durch das Klappfenster aber kann ich ein Stück Himmel sehen. Vom anderen Fenster aus einen großen Teil des Dorfs, wie Bäume und Felder verschwimmen. Durch die offene Luke die Küche.

Ich rufe nach ihr.

Elvezia schaut hoch.

Die Dachbalken, ständig stoße ich mich.

Von oben nach unten, lachend, die wundersamen blauen Augen weit aufgerissen. Er sagt, er würde es uns jetzt zeigen. Ohne jede Verlegenheit, ganz unbefangen lässt er die Hosen herunter. Und zeigt uns seinen braunen Flaum.

Er beginnt zu masturbieren.

Sein Penis ist prall, ein paar Venen sind angeschwollen.

Er kommentiert die Bilder, die über den Bildschirm flimmern:

»Das ist eine spanische Massage.«

*Cus'è?*

Wir sind zu dritt, sitzen auf einem dunkelbraunen Sofa, seine Füße liegen auf dem Tischchen.

Das Wohnzimmer ist riesig, die Möbel sehen teuer aus. Hinter uns eine breite Fensterfront, die auf einen blühenden Garten geht.

Jetzt reibt er schneller, so wie wir mit dem Joystick, wenn die Athleten laufen und Medaillen gewinnen sollen.

Ich schaue auf seinen Penis, sein hochrotes Gesicht, den Schweiß, der ihm den Hals hinunterrinnt, den Fernseher.

Was ist los? Er stößt einen kurzen, spitzen Schrei aus, und ein milchiger Strahl ergießt sich über seine Beine. Ein paar Tropfen fallen auf die Fliesen.

Es ist keine Pisse. Warum?

Er bricht in ein lautes Lachen aus und fragt uns, ob wir gut hingeschaut hätten. Er scheint stolz auf die Reichweite seines Strahls zu sein. Wortlos lachen wir mit. Er fährt mit der flachen Hand ein paarmal über seinen Schenkel, dann springt er auf und läuft ins Bad.

Kommt mit einer Rolle Toilettenpapier zurück. Kniet nieder und wischt auf.

Wir sind selten bei der Sache, sitzen in der zweiten oder dritten Reihe, am Fenster mit Blick auf den Sportplatz. Die Rollläden sind halb heruntergelassen. Im hinteren Teil des Klassenzimmers stehen keine Bänke. Dort sehe ich Schränke und ein Waschbecken. Der Lehrer schreibt an die Tafel und erklärt Mathe. Immer wieder gibt er ein seltsames Geräusch von sich, wenn er durch die Nase ausatmet und den Mund dabei zuhält. Er trägt eine Brille mit eckigen Gläsern.

Ich halte das eine Ende des Füllers zwischen Zeigefinger und Daumen der linken Hand, mit der Rechten ziehe ich am anderen Ende wie bei einer Steinschleuder, dann lasse ich los, und Tintenkleckse landen auf dem Blatt meines Tischnachbarn.

Wir amüsieren uns.

Jetzt ist der Moment gekommen, aufzustrecken und am Unterricht teilzunehmen. So sieht der Lehrer, dass ich interessiert bin.

Ich frage ihn, warum einige der U auf dem Kopf stehen. Er verzieht den Mund zu einem spöttischen Lächeln und nickt, legt die Kreide in die Rille unter der Tafel und kommt auf mich zu. Der Ausdruck auf seinem Gesicht verspricht nichts Gutes. Mit dem Ellbogen überdecke ich die Kleckse auf dem Blatt.

Er bleibt nicht vor unserem Pult stehen, sondern dahinter.

Warum?

Ich blicke zu ihm. Er ist eindeutig wütend. Lächelt nicht mehr. Ich bekomme es mit der Angst zu tun. Er zischt durch die zusammengebissenen Zähne. Ich spüre seine linke Hand an meinem Kopf, die rechte liegt auf dem Genick meines Banknachbars.

Eine Runde Ohrenziehen? Eine Abreibung?

Nein, er verpasst uns eine Kopfnuss. Es tut höllisch weh, wir winseln. Doch es bringt nichts: Der Lehrer holt ein zweites Mal aus. Wir schaffen es, Widerstand zu leisten, Nein zu sagen, uns seinem Griff zu entziehen.

»A vereinigt mit B!«

Er ist rot und hat abgerundete Ecken. Ich nehme den Hocker, stelle ihn schräg in die Mitte des Zimmers und klappe die zwei Tritte heraus. Breitbeinig nehme ich auf dem zweiten Platz. Ich verfolge die French Open: Es spielt der unausstehliche Ivan Lendl. Neben dem Fernseher steht ein rechteckiger Spiegel. Weil dort meine Videospiele aufgestapelt sind, sehe ich mein Spiegelbild nicht.

Da kommt Elvezia. In der Linken hält sie das Besteck und eine Stoffserviette. In der Rechten das Mittagessen – eines meiner Lieblingsgerichte: panierte Pouletstücke mit Rösti. Inklusive Salatblatt und Zitronenschnitz. Sie stellt den Teller auf den oberen Tritt und reicht mir Messer und Gabel. Dann fragt sie, was ich trinken möchte.

»*Tè frecc*, Eistee«, sage ich, ohne vom Bildschirm aufzusehen.

Sie geht in die Küche und füllt das Glas.

Das Publikum stört. Lendl protestiert.

Die Tante kommt mich besuchen. Auch heute hat sie mir ein Geschenk mitgebracht. Zu mir ist sie immer besonders nett. Sie zieht das Paket aus der Plastiktüte. Da stehen wir, vor der Anrichte.

»Ich hoffe, sie gefallen dir«, höre ich sie sagen.

Es ist leider kein Videospiel. Das sieht man schon an der Schachtel.

Meine Mutter und Elvezia sitzen am Tisch und beobachten uns. Ich rieche Kaffee und sehe Zigarettenrauch. Nehme das Geschenk und mache es auf, versuche dabei, das Papier nicht zu zerreißen.

Ein Paar Schuhe.

»Na?«, die Tante will sogleich wissen, ob sie auch dieses Mal ins Schwarze getroffen hat. »Die sind total modern.«

Ich finde sie grässlich. Weiße Ellesse mit grünen Punkten und Fransen. Sehen aus wie für Mädchen. Alle würden mich auslachen, wenn ich damit rumliefe, vor allem hier im Dorf.

Ich weiß nicht, ob ich es sagen soll. Elvezia nickt begeistert und sagt: »Wirklich schön.«

Die Frühlingssonne scheint. Ich renne gegen den Wind. Das blaue T-Shirt – die Nummer elf – bauscht sich auf.

Wir treten gegen die Tabellenführer an. Liegen zehn zu null im Rückstand. Sie sind technisch und konditionell stärker. In den Zweikämpfen, bei den Kopfbällen, im Antritt – sie dominieren das Spiel. Und geben sich nicht zufrieden. Greifen weiter an, unnachgiebig, gierig. Sie wollen Tore. Alle, auch die Verteidiger. Ihr Goalie rückt bis zum Strafraum vor.

Unser Trainer ruft uns Anweisungen und Befehle zu, fuchtelt mit den Armen.

Der Schiedsrichter hat gepfiffen: Elfmeter. Ein kleiner Trostpreis für diese Schmach. Die Gegner protestieren, der des Fouls Beschuldigte ist fuchsteufelswild. Einige meiner Mitspieler bieten sich an, strecken die Hände in die Höhe, wollen auf sich aufmerksam machen.

Der Trainer sagt meinen Namen.

Ich bin nicht erschöpft, aber wie gelähmt – der Schiedsrichter muss den Ball auf den Elfmeterpunkt legen. Sie haben den Ersatztorhüter eingewechselt, ich mustere ihn: die Mütze in die Stirn gezogen, blonde Haarbüschel, die an den Seiten hervorstehen. Schmächtig, sogar etwas kleiner als ich. Ich messe mit Blicken den Raum um ihn herum ein.

Der Ball fliegt im hohen Bogen über die Latte. Ein Fehlschuss, der hinter dem Tor aufschlägt.

Unter der Dusche weine ich.

Da ist zuerst das Blatt Papier voller Sterne auf dem Tisch: Einige sind schwarz, andere grün. Ich ziehe eine waagrechte Linie nach rechts, fahre nach links runter, rechts wieder hoch, in die gleiche Richtung runter und nochmals hoch, bis ich wieder am Anfangspunkt bin. Fünf Zacken, fünf Spitzen, fünf Dreiecke. Einige davon sind aber unregelmäßig geworden, unterscheiden sich in Form und Größe. Das Fünfeck in der Mitte wird zu groß.

Ich gerate durcheinander, komme vom Weg ab, und der Stern schließt sich nicht.

Neben dem Blatt liegen Farbstifte.

Dann sind da ihre Finger. Das funkelnde Gold, die glatte, gebräunte Haut. Die Armreifen.

Ich schaue auf. Meine Mutter sagt, ich müsse aufpassen, der Marokko-Stern habe nur fünf Zacken, nicht sechs wie der israelische.

Sie nimmt einen blauen Filzstift und malt einen sechszackigen Stern. Das ist eindeutig einfacher: Man muss bloß zwei gleichseitige Dreiecke übereinanderlegen. Ich probiere es auch, mit Grün.

Sie sagt, dass *unserer* grün sei, der israelische blau. Blau auf weißem Grund. Ich male ein Quadrat rot aus und lasse in der Mitte ein weißes Kreuz, das Schweizerkreuz.

Das Blatt ist voller Sterne und Kreuze.

Wer auf einer der Bänke sitzt, sieht die Berge, die Felder und die Straße, die zum Dorfplatz führt. Diejenigen, die mit dem Rücken zum Geländer stehen, haben die Hauptstraße im Auge.

Vom Balkonende aus kann ich sie sehen. Ich sehe sie und rufe: »*Uela lì!*«

Ich stoße zu ihnen. Es ist ein Treffpunkt geworden, vor allem in der warmen Jahreszeit, nach dem Abendessen.

Sobald wir etwas hören – Stopp –, verstummen wir und versuchen zu erraten, wer da kommt. Mittlerweile kennen wir jedes Geräusch. Fremde brettern hier selten vorbei. Besonders faszinieren uns die schweren Motorräder. Sie bremsen erst kurz vor der Kurve ab, genau auf der Höhe unseres Bänkchens, schalten einen Gang zurück, neigen sich, geben dann Gas, und das Motorrad richtet sich wieder auf. Die Biker schrecken vor nichts zurück, nicht einmal vor dem Postauto. Manchmal nicken oder winken sie uns zum Gruß zu. Wenn sie keinen Helm tragen, können wir sie lächeln oder sogar rauchen sehen. Wir unterhalten uns, wir Jungs über die Motorräder, die Mädchen über die Fahrer. Oder wir tratschen.

Sie wollen wissen, aus welchem Grund ich nicht bei meiner Mutter lebe.

Mir wurde erklärt, dass sie sich nicht um mich kümmern konnte, weil sie arbeiten musste. Ich sage es ihnen.

»Und was ist mit deinem Vater?«

Wir essen in einem Nobelrestaurant am See. Heute Abend durfte ich es aussuchen.

Ich sehe das Tagliolini-Nest mit Sahne. Wir sprechen über Fußball. Der Bekannte meiner Mutter erklärt mir, wie das von Arrigo Sacchi entwickelte Vier-vier-zwei-System funktioniert. Er sagt, dass Milan ein kleinmaschiges Rechteck bilde, das sich nach einem bestimmten Mechanismus hin- und herbewegt. Sie decken den Raum ab, greifen zu dritt an, erobern den Ball und spielen ihn schnell nach vorne. Eine ganz neue Art, auf dem Feld zu stehen. Ein

Schauspiel mit erstklassigen Darstellern: Baresi, Gullit, Van Basten...

Doch ich kann es nicht ertragen, dass jemand von Milan spricht, als wäre es die beste Mannschaft auf dem Planeten, mit den besten Spielern und dem besten Trainer. Deshalb stimme ich eine Lobeshymne an auf die Paraden von Zenga, die Klasse von Scifo und die Tore von Altobelli. Er erzählt auch von seiner Firma, von seiner Frau und den zwei Töchtern, vor allem von den Töchtern. Sie besuchen beide das Gymnasium.

Nach dem Essen steckt er mir jedes Mal unter dem Tisch augenzwinkernd eine Hunderter- oder Fünfzigernote zu.

Er hat graue Haare, erste Anzeichen einer Glatze.

Als wir uns verabschieden, gibt er meiner Mutter einen Kuss auf die Stirn.

Das Hin und Her geht weiter. Es herrscht ein Wahnsinnsverkehr. Ein schöner Frühsommerabend. Ich lehne am Geländer. Es ist noch hell.

Ein Pinzgauer taucht auf. Wir wollen Kekse. Und rufen: »*Biscuits! Biscuits!*«

Die Soldaten werfen uns mehrere Packungen zu. Wir teilen sie untereinander auf.

Einer sagt, er wird sich ausmustern lassen. Weil man im Morgengrauen aufstehen muss. Weil man marschieren und den Zucchini gehorchen muss. Er wird es wie sein Cousin machen: Tickt man aus, wird man freigestellt, sie schicken dich zurück nach Hause. Ein anderer hingegen kann es kaum erwarten, einzurücken, wie Rambo Granaten zu werfen, wie Tackleberry das Gewehr zu schultern.

»Und du?«

Ich? Ich schüttle den Kopf, winke ab. Ich bin doch kein Schweizer. Ich habe den marokkanischen Pass. Kein Militärdienst. Was mir eigentlich recht ist.

»Auch nicht unten in Marokko?«

Meine Mutter hat mir erklärt, dass diejenigen, die im Ausland leben, nicht einberufen werden. Gott sei Dank. Sie hat mir nämlich auch gesagt, dass man dort in die Wüste in den Krieg geschickt wird. In den echten.

Nach der Kurve beschleunigt sie. Die Straße ist eng, aber übersichtlich. Jedes Mal schaue ich zu den Häusern meiner beiden Freunde – die blauen Gardinen, das Garagendach, der Gitterzaun, die beiden Gärten. Wenn alles frei ist, schert sich meine Mutter wenig um die Fahrspur. Sie fährt schnell und sicher, in gutem Abstand zu den Mauern. Ich höre die automatische Gangschaltung.

Ein grauer, mit Bordcomputer ausgestatteter Audi. Ein Torpedo.

Da ist die Bushaltestelle, das Regendach, die Hecke, das Gittertor, der Eingang, die Rutsche – oder ist es eine Schaukel? – die unverputzte Fassade die kleinen Fenster der Spielplatz die grünen Hänge.

Schnell geht es bis fast zur Sägerei hinunter, da muss man vor einer Kurve bremsen.

»Vor lauter Kurven dreht sich mir fast der Magen um«, beklagt sich meine Mutter.

»J'ai mal à l'estomac«, leiere ich herunter, »t'as mal à l'estomac…«. Dann werde ich abgelenkt. Denn die Französischlektion interessiert mich gar nicht. Nicht die Bohne, würde Elvezia sagen.

In den Sommerkurs *Lingue e Sport* habe ich mich nur

eingeschrieben, um Tennis spielen zu können und mich mit meinen Freunden zu amüsieren. Wir sitzen den Vormittag ab, warten, bis wir uns endlich austoben können.

Ich sehe die roten Backsteine jenseits des Klassenzimmers. Den Schnauz des Lehrers. Den langen Korridor, durch den wir hinausströmen, sobald die Pausenglocke klingelt.

Der Boden ist grün. Blau der Rahmen meines Schlägers. Es weht ein nerviger Wind, der die am Zaun befestigte Plane bewegt und den Flug des Balls abfälscht. Trotzdem mache ich nur wenige Fehler.

Ich gewinne oft. Der Stoppball gelingt mir am besten. Ich spiele einen Ball mit starkem Rückwärtsdrall, der wieder in meine Spielfeldhälfte zurückspringt.

Die Tennislehrerin zieht einen imaginären Hut.

Ein einziger Scheinwerfer beleuchtet die Bühne. Vergnügt schaue ich den Faxen des Gorillas zu. Neben mir sitzt der Bekannte meiner Mutter. Sie ist draußen geblieben.

Von Zeit zu Zeit werfen wir uns komplizenhafte Blicke zu.

Was ist denn jetzt los? Plötzlich gerät der Gorilla in Rage und biegt die Gitterstäbe auseinander. Er kommt aus dem Käfig, direkt auf das Publikum zu. Ich überlege nicht lange, springe von meinem Platz auf und renne die Treppe hinunter zum Notausgang.

Bin als Erster an dem Rettung versprechenden grünen Schild. Ein Sicherheitsmann steht dort, hochgewachsen und stämmig. Die Arme vor der Brust verschränkt, sagt er Nein und grinst.

Es ist abgeschlossen. Immer wieder rüttle ich am Türgriff, ziehe daran. Es schubst von hinten, ich drehe mich um.

Ein Junge schreit, man solle endlich aufmachen.

Dann merke ich, dass die meisten Zuschauer sitzen geblieben sind. Und die Vorstellung vergnügt genießen.

Der Gorilla hat sich in Luft aufgelöst.


Vor dem Ausgang will meine Mutter wissen, ob ich hereingefallen bin. Ich kann nicht lügen.


Der Ball wird langsamer, *s'ciao*, na endlich. Ich entspanne mich, betätige den Joystick sogar mit der Rechten, schaue mich um, denke an was anderes.

»*Primiera!*«, rufen die Männer.

Beim Kartenspiel beschimpfen sie sich immer. Sagen, dass sie sich den *Settebello* sonst wo hinstecken können.

Der Fernseher ist aus. An der Theke wird ein Boccalino nach dem anderen geleert.

»Esel!«

Ich rieche Pfeifenrauch.

»Trottel!«

Manche bleiben beim Hocker stehen, um den Stummel im Aschenbecher auf dem Spielautomaten auszudrücken, andere, um dem Videospiel zuzusehen und mir zu gratulieren. Sie sagen, ich hätte eine unglaublich gute Reaktion. Sie könnten den Ball nicht einmal sehen.

Das Raumschiff dehnt sich aus.

Ich sammle Leben, bestehe das Level. Der Boss macht mir keine Angst, ich weiß, wie ich ihn mithilfe der Laserkanonen besiegen kann.

Das Quietschen von Stühlen auf den Fliesen. Der Rauch wird dichter.

Ich gewinne das letzte Gefecht und fange wieder von vorne an.

Das Rätsel ist gelöst: Die Zehn, die sie sich auf die Schuhsohlen gemalt hat, ist meine Position in der alphabetischen Reihenfolge der Klasse. Das bedeutet, dass ich ihr gefalle. Ich bin aufgeregt. Stelle mir vor, wie sie mich küsst. Wieder blonde Haare, diesmal gelockt. Schneeweiße Haut. Ein kleines Muttermal auf der Wange. Doch vor allem beeindrucken mich der Jeansminirock und die langen, nackten Beine.

Die Freundin, die als Botin fungiert, sitzt wartend auf der Mauer. Kaum sieht sie mich aus dem Schulhaus kommen, springt sie runter, läuft auf mich zu und stellt mir die langersehnte Frage.

Ich tue so, als müsste ich erst ein paar Sekunden überlegen.

Ja.

Auf Zehenspitzen schleichen wir uns heran. Mit jedem Schritt wächst die Aufregung. Wir haben keinen Plan. Rechts steht ein grauer Mercedes. Links eine Treppe, die zum Garten führt. Wir gehen geradeaus. Stehen vor der Tür. Schauen uns an. Und jetzt?

Mein Freund drückt auf die Klingel, läuft weg und jault auf wie ein Hund, dem man auf den Schwanz getreten ist. Einige Sekunden lang bleibe ich wie angewurzelt stehen, bis mir klar wird, dass ich gar nicht weiß, was ich sagen, wie ich mich verhalten soll. Also laufe auch ich weg. Hinter dem Auto ist eine Hecke. Dort verstecke ich mich, niedergekauert, den Kopf gesenkt.

Das Schloss surrt. Ich höre, wie die Tür aufgeht, Schlurfen auf dem Kachelboden.

Durch die Blätter hindurch sehe ich bloß den unteren Teil des Körpers bis zu den Hüften. Der Vater meiner ersten Freundin fragt, wer dort hinten sei.

Da hängen sie, die dicken, groben Seile, von einem Sonnen-strahl beleuchtet. Es ist eng, voller Spinnweben, staubig. Mein Freund steht im Halbdunkel. Im Lichtkegel sehe ich seine ausgestreckten Arme. Mit der linken Hand fasst er entschlossen das eine Seil. Den rechten Arm angewinkelt, blickt er prüfend auf die Zeiger seiner Armbanduhr. Dann beginnt der Unterricht.

»*Campanón e campanìn*«, mit der Rechten zeigt er erst auf die große Glocke und dann auf das kleine Glöckchen. »Zieh an diesem Seil da.«

Ich schaue nach oben, um zu verstehen, bis wohin sie reichen. So lange und so dicke, grobe Seile habe ich noch nie gesehen. Oben ragen sie bis in den Himmel, während sie sich unten fast über den ganzen Fußboden schlängeln.

Die Aufregung steigt.

Es sieht kinderleicht aus, aber trotzdem habe ich Angst, die Aufgabe nicht zu meistern, nicht stark genug zu sein. Ich greife mit der linken Hand nach dem Seil und ziehe es ein wenig nach unten.

»So?«

Er verneint, ich solle beide Hände nehmen, sonst sei es nicht zu schaffen. Ich befolge seinen Rat und versuche ein-zuschätzen, wie viel Kraft ich aufwenden muss.

Ich kann das. Wische mir den Schweiß ab und schaue auf die Uhr.

Dreimal, ermahnt er mich, wehe, ich mache einen Fehler.

Gleich ist der Moment da. Mein Freund tritt zur Seite. Ich greife das Seil mit beiden Händen und ziehe mit aller Kraft, runter runter …

»Gut so, zieh!«, ermutigt er mich. »*Tira ammò!*«

Doch jetzt zieht das Seil mich, und zwar nach oben, verflixt, und ich weiß nicht, ob ich festhalten oder loslassen soll. Keine Zeit zum Überlegen. Ich halte fest. Und hebe ab, höher und höher, wie viele Meter mögen es sein? Er flucht leise, ich solle ja nicht loslassen.

Als ich wieder lande, stoppt er schnell das Seil. Jetzt ziehen wir zusammen und müssen uns dabei fast hinknien. Ich soll loslassen, schreit er.

Ich lasse los. Jetzt bleibt er am Seil hängen und wird hochgezogen. Ich weiche aus, damit er nicht auf mir landet. Das Kruzifix rutscht ihm aus dem Hemd. Dann ist er wieder unten, geht noch einmal in die Knie und lässt los. Am Boden hockend, erschöpft, als wäre er eben einen Marathon gelaufen, schafft er noch die nötigen Handgriffe, dass die Glocke kein viertes Mal schlägt. Dann spuckt er auf ein Spinnennetz.

Es ist drei Uhr.

Ich würde es gerne nochmals probieren. Man darf einfach nicht vergessen, loszulassen.


Der Lehrer verlässt die Seitenlinie und geht zur Bank, wo ein Kollege mit einer anderen Gruppe Jugendlicher beschäftigt ist. Er will ihn auf meine Fortschritte aufmerksam machen, die wirklich beachtlich sind, wenn man bedenkt, dass ich erst seit kurzem spiele, und das nur einmal die Woche.

Meine Schläge sind gut, flüssig und präzise.

Kurze Jeans, schwarze Stulpen, ein buntes T-Shirt und ein Bandana: ich bin angezogen wie André Agassi. Es ist Sonntagmorgen. Zwischen zehn und zwölf. Der Sand ist rot. Der Platz am See mit der Nummer zwei.

Die Flugbahnen, sagt einer von ihnen, sind typisch Linkshänder.

Ich sehe sie nicken.

Jetzt warte ich vor dem Tor des Klubs auf meine Mutter.

Diese paar Höhenmeter machen den Unterschied. Die Erkennungsmelodie hallt in meinem Kopf nach. Ich denke an die Erzählungen meiner Klassenkameraden, male gedankenverloren Figuren vor mich hin. Alle sehen sich das an, sprechen immer darüber. Erdbeere und Zitrone. Sie schon und ich nicht. Ananas und Mandarine.

Die haben's gut.

Ich will mich nicht damit abfinden. Vor dem eingeschalteten Fernseher probiere ich jede noch so kleine Verschiebung aus. Ich stelle die Antenne auf den Apparat. Auf die Kommode. Öffne eine Schublade und lege sie hinein. Halte sie in den Händen. Drehe sie hin und her und her und hin. Wische den Staub ab, liebkose und verfluche sie.

Ich brauche eine bessere. Ich werde meine Mutter fragen.

»Und wieder heißt es *Cin cin* ... Herzlich Willkommen zu *Tutti Frutti*!«

Dampfender Milchkaffee, eine Packung Orangensaft, ein Haufen Msemmen, allerlei Gebäck, Croissants, ein Baguette, *La vache qui rit*, ein Päckchen Butter, Aprikosenmarmelade und hart gekochte Eier.

Das Frühstück bei der Großmutter.

Sie lächelt mir zu, sagt etwas, das ich nicht verstehe. Versucht es nochmals. Ich schaue sie ratlos an. Sie gibt auf und zeigt auf die Bank. Meine Mutter und die Verwandten schlafen noch.

Ich beginne Marmelade auf ein Msemmen zu streichen. Die Großmutter ermahnt mich: »*Suchun!*«

Das bedeutet heiß, jetzt weiß ich es. Ich muss warten, sonst verbrenne ich mir die Zunge.

Eile mit Weile, würde Elvezia sagen.

Ich sehe zwei Männer mit den Armen fuchteln, einer um die fünfzig, der andere jünger, beide ärmlich gekleidet. Sie treten auf die Fahrbahn und winken: Sie wollen einsteigen.

In unser Taxi?

Der Fahrer bremst, blinkt und fährt rechts ran. Der Ältere der beiden beugt sich vor und streckt den Kopf ins Auto. Genervt sagt die Tante etwas. Er gibt in gleichem Tonfall zurück. Dann wendet er sich an den Taxifahrer. Sie führen ein hitziges Gespräch, über die Destination oder den Tarif? Es klingt, als hätten sie Streit. Warum?

»*Yalla!*«

Ende der Diskussion. Doch hinten ist es für vier zu eng. Meine Mutter bittet mich, nach vorne zu gehen, auf den Schoß der Tante.

Ich warte darauf, dass die Kinder der Nachbarin nach Hause kommen. Warte auf jemanden, mit dem ich spielen kann. Ich sehe unsere drei Liegen in einer Reihe. Meine Mutter und die Tante bräunen sich. Ich sonne mich nicht gerne: Es ist langweilig, und mir wird sofort heiß. Ich bleibe unter dem Sonnenschirm.

Höre mit dem Walkman Musik, blättere in *Eva express* und *Novella duemila*. Und singe vor mich hin:

»*Dann hebt er ab und völlig losgelöst von der Erde ...*«

Die beiden Brüder haben sich ins Wasser gestürzt. Sie kämpfen, packen einander am Hals, spielen, wer den anderen länger unter Wasser halten kann. Der Ältere ist kräftiger, der Jüngere flinker. Keiner schafft es, den anderen zu bezwingen. Ich schaue ihnen vergnügt zu.

Fertig gekämpft. Jetzt halten sie nach mir Ausschau, winken und rufen:

»*Eschi!*«

Ich nähere mich mit kleinen Schritten. Die Wellen spülen Algenknäuel ans Ufer. Ich grabe die Füße in den nassen Sand. Der Grund ist uneben.

Ich setze die Taucherbrille auf und schwimme los.

Meine Mutter fragt zum zweiten Mal. Entschieden wiederhole ich: Doch, ich will zusehen, ich hab keinen Schiss. Sie geht lieber hinaus.

Das Messer glänzt. Der Metzger zwinkert mir zu. Dann hält er den Schafbock fest und schneidet ihm die Halsader durch. Das Tier windet sich, versucht, sich aus dem festen Griff zu lösen. Das Blut sprudelt nur so hervor, überschwemmt die Fliesen und strömt in den Abfluss.

Der *Aïd El Kebir* beginnt.

Die Hoden am Spieß esse ich nicht.

Der Onkel hat seine Wassermelone aufgegessen. Auf dem Tisch die Schüssel mit den restlichen Schnitzen, ein Wasserkrug, zwei Gläser und ein Teller Gebäck. Ich nehme Mandelhörnchen zum Nachtisch.

»Heute Abend habe ich etwas vor«, sagt er.

Er spricht gut Italienisch. Gelernt hat er es in der Schweiz, denn er ist gern einige Monate im Jahr bei seinen Schwestern zu Besuch.

Er verschlingt das letzte Stück Melone, knüllt die Serviette zusammen und wischt sich den Mund ab.

»Du kennst doch deinen Onkel, oder?«, fügt er zwinkernd hinzu.

Heute kann er nicht mit mir in der Stadt spazieren gehen, er hat ein Rendezvous. Neben seiner offiziellen Freundin hat er immer zwei oder drei weitere, die er nach einem weder regelmäßigen noch vorhersehbaren System einteilt.

Wenn eine es wagt, sich zu beklagen – normalerweise passiert das nur den Jüngeren und Verwöhnten –, wird die Unglückliche zurechtgewiesen oder sogar ersetzt. Dann braucht sie gar nicht flehend mit wehender Dschellaba wiederzukommen.

Ich frage ihn, ob er auch wie sein Onkel mehrere Frauen heiraten will. Er prustet los, hustet, erstickt beinahe. Trinkt einen Schluck Wasser, um die Speiseröhre frei zu machen, und sagt:

*»Msatti?«*

Ob ich verrückt sei.


An der Ampel ein verkrüppelter, in Lumpen gekleideter Bettler, der sich an die Fahrertür eines weißen Mercedes klammert. Der Fahrer brüllt ihn an, versucht, ihn zu verscheuchen, fuchtelt mit den Armen. Dann wendet er den Blick ab und schließt das Fenster.

Der Bettler bleibt beharrlich, faltet die Hände zu einem Gebetszeichen zusammen, Allah Allah, versucht es erneut, klopft und klagt.

Der Fahrer ignoriert ihn und dreht die Musik auf.

Ein Mofa hält neben dem Mercedes. Auf dem Sitz drei Leute, drei Jungs. Einer trägt das Fußballtrikot mit der Nummer Neun von Hugo Sanchez.

Dahinter zieht ein Pferd einen Anhänger voller verrosteter Fahrradrahmen, kaputter Stühle und Blechdosen.

Als es grün wird, fährt der Mercedes mit quietschenden Reifen davon und lässt Pferd und Mofa weit hinter sich. Die drei Jungs haben Mühe, vom Fleck zu kommen, aus dem Auspuff steigt dunkler schwarzer Qualm auf, der Bettler humpelt hindurch. Der Onkel drückt lange auf die Hupe, weicht nach links aus und gibt fluchend Gas:

*»Hmar!«*

Dieses Wort habe ich gelernt. Es bedeutet Esel.

Hinter dem Qualm kann ich den Ozean sehen.


Das Erwachen ist abrupt. Im Dunkeln erkenne ich sein lachendes Gesicht. Der Onkel hält mir den Mund zu. Seine Hand ist riesig. Sie verdeckt fast mein ganzes Gesicht.

Was ist los?

Jetzt erinnere ich mich: das Rendezvous.

Die Uhr zeigt drei Uhr morgens.

Ich schlüpfe in die Pantoffeln und folge ihm. Im Wohnzimmer liegen eine Jeans, ein Hemd und Turnschuhe. Schweigend ziehe ich mich an. In die Aufregung mischen sich Zweifel und Furcht.


Im Auto warten zwei Frauen, beide unglaublich schön. Der Onkel sagt ihnen, dass ich kein Arabisch spreche.

»*Uelu uelu?*«, fragen sie überrascht.

Kein einziges Wort?

Ich schüttle den Kopf und lächle. Sie wollen wissen, wie so was denn möglich sei.

»*Alesch?*«

Warum?


Wir sind angekommen. Der Onkel erklärt mir, die marokkanischen Frauen hätten heißes Blut, überhaupt nicht wie die in der Schweiz, die eindeutig weniger versaut seien. Er kennt sich aus.

»Im Bett sind die Marokkanerinnen entfesselt. Sie sind es, die dich vögeln.«

Das scheint mir eine gute Nachricht zu sein. Zur Beruhigung frage ich nochmals nach, ob sie sich auch wirklich um alles kümmern.

»Den einen oder anderen Klaps musst du ihr schon geben«, sagt er, und, nach einer nachdenklichen Pause, »um klarzustellen, wer der Chef ist.«

Ich betrachte ihre langen schwarzen Haare, ihre mandelgleichen Augen, das dunkle Rot des Lippenstifts, die nicht ganz makellosen, leicht vorstehenden Schneidezähne, ihre weiße und weiche Haut, den wunderschönen Busen.

Sie zeigt darauf, lächelt, fragt, ob er *bueno* sei. Ich nicke verschämt, unsicher. Was soll ich tun?

Die Frau fordert mich auf, zu ihr zu kommen. Der Onkel ruft mir aufmunternde Worte zu, dann zieht er die andere Marokkanerin in ein zweites Zimmer.

Ich wache an sie gepresst auf. Spüre ihren Atem auf meiner Stirn. Um ihre nun nicht mehr so großen schwarzen Augen ist das Kajal verschmiert.

*Buss* bedeutet Kuss. Das ist alles, was ich gelernt habe.

Ich schreibe die Aufstellung von Inter auf die Bank: Zenga, Bergomi, Brehme, Matteoli, Ferri, Mandorlini, Bianchi... Der Lehrer springt von seinem Stuhl auf. Er setzt die Brille auf und kommt verärgert näher. Ich befeuchte den Daumen mit Spucke und beeile mich, alles wegzuwischen.

Er reibt mit den Knöcheln seiner fest verschlossenen Faust auf meinen Locken. Das tut höllisch weh. Ruhig, aber deshalb nicht weniger bedrohlich, sagt er:

»Du sollst nicht beschmieren und dann wegwischen.«

Soll ich kontern?

»Was sonst? Zuerst wegwischen und dann beschmieren?«

Dem hab ich's gegeben!

Nur reibt er die Knöchel noch kräftiger auf meinen Locken und schreit, ich solle überhaupt nichts beschmieren.

Dann zeigt er Richtung Waschbecken.

Mein Nacken brennt.

Ich wringe den Schwamm aus. Die Klassenkameraden grinsen immer noch. Ich habe gewonnen.

... Berti, Diaz, Matthäus, Serena.

Das Licht im Kühlschrank leuchtet schwach, weil so viel davorsteht. Ich sehe den Kuchen, Limo- und Bierdosen, Joghurt, Papiertüten, Plastikbehälter. Ungewohnte Gerüche strömen mir entgegen. Es ist ein riesiger Kühlschrank – doppelt so groß wie Elvezias –, reichhaltig, einladend. Ich nehme eine Cola und gehe wieder rüber.

Am großen, runden Tisch sitzen Verwandte und Freunde der Familie. Wir feiern Neujahr und gleichzeitig auch den Geburtstag meiner Mutter.

Ich probiere die für diese Gelegenheit zubereiteten Köstlichkeiten und beteilige mich am Geplauder.

Die Tante fragt, ob ich noch immer Klassenbester sei. Sie ist stolz, will, dass es alle wissen. Ich lächle, ohne zu antworten. Sie hält das für ein Ja und fügt an:

»Unser kleiner Einstein.«

Das Arabische dringt nur von Zeit zu Zeit durch, Gesprächsfetzen, Sätze, Wörter – auch weil mehrere Gäste es nicht verstehen würden. Manches kann ich entschlüsseln. *Kass* ist das Glas... *Chubs* bedeutet Brot... *Bizzaf* zu viel.

Sie protestiert, das Kuchenstück ist *kabira*, zu groß.

Ich überreiche ihr das Päckchen. Zuerst liest sie die Karte, dann packt sie das Geschenk aus. Sie umarmt und küsst mich.

Ich habe das Tischhockeyspiel in ein Fasnachtskostüm verwandelt. Man brauchte nur ein Leintuch um die vier Beine zu wickeln und zwei Löcher für die Augen auszuschneiden. Auch dieses Jahr habe ich es auf den Preis abgesehen: den Ruhm und die hundert Franken im weißen Umschlag.

Ich schlittere über den buckligen Asphalt und gehe auf den Gemeindesaal zu. Es ist schon stockdunkel. Auf dem Weg sehe ich einen *Gatto Arturo*, die Katze mit den Querstreifen aus dem Fernsehen, eine blaue Fee, unsicher auf ihren Stöckelschuhen, und ein Gespenst auf einem Fahrrad.

Ich möchte nicht erkannt werden. Es ist aufregend, die Neugierde jener zu wecken, die dich entlarven wollen.

Ich steige die vier Stufen hinunter. Warte darauf, dass mir jemand die Tür öffnet.

Die Musik kann ich schon hören: *L'amico Charlie Brown*. Ich stelle mir die Polonaise vor. Trete ein und bahne mir einen Weg durch die Menge. Die Musik ist ohrenbetäubend.

Da sind sie, die drei Raben: Habe ich mich kürzlich also nicht verhört. Sie tanzen im Kreis, in der Mitte des Saals, und halten sich dabei an den Händen. Sind dunkler als die Nacht. Skimützen. Masken aus Karton mit spitzen Schnäbeln. Aus Müllsäcken gebastelte Flügel. Lange Gewänder, kurze Jacken und Gummistiefel.

Ich bin sauer, dass sie mich nicht gefragt haben, ob ich mitmachen will.

Ich schaue sie mir aus der Nähe an und nörgle im Stillen: Es fehlt ein Hauch Farbe, eigentlich ist das Kostüm banal und nicht wirklich aufsehenerregend, die Flügel können einem leidtun, und die Krallen, wo bleiben denn die?

Nur ein Sieg würde mir Genugtuung verschaffen.

Doch gewinnen tun sie. Die können mich mal.

In Zweierreihen warten wir vor der Tür. Wir lachen und machen Scherze, oder wir diskutieren über unseren Lieblingssport: Fußball, Völkerball, Unihockey, Volleyball. Fast niemand mag Geräteturnen. Am wenigsten kann ich die Kletterstangen leiden. Denn ich bin nicht stark genug, ich komme nicht einmal bis zur Hälfte hoch. Nach wenigen Metern lasse ich mich wieder runterrutschen. Kann sie nicht endlich mal aufhören, meine erbärmlichen Versuche mit der Stoppuhr zu messen? Das ist verlorene Liebesmüh. Und demütigend dazu. Wie sie alle dort sitzen, dir zuschauen und ihren Kommentar abgeben.

Die Lehrerin öffnet mit finsterer, strenger Miene die Tür. Sie ist klein und stämmig. Das Gesicht rund, die Haare kurz und schwarz, stellenweise grau.

»Schuhe ausziehen nicht vergessen«, sagt sie von innen.

Wir müssen sie ordentlich in die Ecke stellen.

»Und Ruhe!«

Obwohl es mucksmäuschenstill ist.

Sie stellt die Tür fest, dass sie nicht wieder zufällt, und inspiziert uns. Schreitet die Reihe ab, die Hände sind hinter dem Rücken verschränkt, kommen nur hervor, wenn sie nachsehen will, ob unsere Fingernägel sauber und ordentlich geschnitten sind, oder wenn sie Lob verteilt.

Sie streichelt mir über die Wange. Spricht meinen Vornamen aus, wie es ihr gefällt, dann auch den Nachnamen. Sie sagt es absichtlich falsch, und die ganze Klasse lacht.

Ihr Handrücken erinnert mich an einen Marmorkuchen.

Elvezia versucht den Fall zu lösen. Sie sitzt im Sessel neben dem Ofen und grübelt, hebt das Blatt näher zum Gesicht, bittet um Tipps.

Ich hab's mir im anderen Sessel gemütlich gemacht, bei der Nähmaschine. Amüsiert schaue ich ihr zu, versuche, sie auf die richtige Fährte zu bringen.

Inspiriert von der Rätselzeitschrift *La Settimana Enigmistica* und dem Charlie-Chan-Film habe ich ein paar Comickrimis gezeichnet und geschrieben. Es gilt, den Schuldigen zu ermitteln. Der Inspektor heißt Alexin, ähnelt ein wenig dem Doc aus *Zurück in die Zukunft* und hat die Eigenart, jedes S als X auszusprechen. Elvezia will aufgeben. Sie legt das Blatt auf ihren Schoß und drängt auf die Lösung:

»Rück schon raus damit.«

Ich sporne sie an, noch ein bisschen länger darüber nachzudenken.

Sie findet, ich sei ein *balosso*, ein Schelm.


Heute spielen wir mit dem Puck, auch wenn mir der Tennisball lieber gewesen wäre. Die Älteren haben es entschieden. Zum Glück bin ich gut ausgerüstet: Der Bekannte meiner Mutter hat mir gepolsterte Hosen, Brustschutz, Ellbogenschoner, einen Fanghandschuh und einen Helm mit Visier geschenkt. Und Elvezia hat mir Beinschoner genäht.

Unser Spielfeld ist rechteckig, asphaltiert und leicht abschüssig. Wir spielen drei gegen drei.

Wenn die Älteren zum Slapshot ansetzen, habe ich Angst, dass ich am Kopf getroffen werde und das Visier kaputt geht.


Wir hören die raue Stimme seines Großvaters schon von Weitem. Wir spielen weiter und raten unserem Freund, sich zu verstecken. Mit seinen Inlineskates rollt er fluchend zur Waschküche. Der Großvater ruft immer wieder nach ihm. Als er bei uns ist, will er wissen, wo sein Enkel steckt, ob wir ihn gesehen hätten. Wir unterbrechen das Spiel, doch keiner gibt ihm eine Antwort.

Es sei Zeit, sagt er, die Kühe müssten geholt werden. Er ist wütend:

»Wo steckt er?«, fragt er noch einmal.

Keine Ahnung, gibt jemand leise von sich.

Der Großvater geht über den Vorplatz, biegt um die Ecke und schnappt sich seinen Enkel. Faucht ihn an, tritt ihn in den Hintern und tut so, als wolle er ihm den Schläger auf dem Rücken zerbrechen.

Der Nächste, der geht. Zu blöd. So können wir nicht weiterspielen. Er muss dem Vater beim Holzhacken helfen.

Ich versuche, ihn zu überreden, noch ein bisschen zu bleiben, wenigstens solange es noch hell ist.

»Du hast leicht reden«, gibt er genervt zurück. »Dann heißt es, ich sei ein Faulpelz.«

»Bei dir macht alles Elvezia«, fügt ein anderer hinzu.

Der Onkel hat mich abgeholt. Das kommt öfter vor, seit er in die Schweiz gezogen ist. Er begleitet mich zum Training, geht mit mir shoppen oder auch einfach zu meiner Mutter. Zu mir ist er immer nett.

Wir unterhalten uns über Sex und Mode. Er verrät mir seine Tricks: blaue Kontaktlinsen, lange Haare, Bodybuilding.

Ich sage Ja, das sei eine Freundin von mir. Er drückt sofort auf die Bremse und schaltet in den Rückwärtsgang. Wir fahren zurück, bis zur Bushaltestelle.

Ich kurble das Fenster hinunter und frage, ob sie mitfahren will. Sie nimmt dankend an, erklärt, wo sie hinmuss, und steigt ein.

Der Onkel beäugt sie im Rückspiegel. Ich glaube nicht, dass sie nach seinem Geschmack ist. Trotz ihrer wunderschönen blauen Augen. Trotz ihrer üppigen Oberweite. Er steht auf schlanke Frauen – die lägen besser in der Hand. Aber da er nun mal ein Verführer ist, versucht er, sie zu verführen.

Und verführt sie.

Der Schlüssel liegt nicht da. Hat sie ihn vergessen? Ich schaue auf meiner Winchester nach der Uhrzeit. Sie schläft bestimmt schon.

Ich rücke die Fußmatte wieder gerade und sehe hinter dem Blumentopf nach. Nichts. Ich muss klopfen. Damit mich Elvezia hört, muss ich kräftig trommeln. Allerdings könnte die Scheibe zu Bruch gehen. Und ich könnte mich verletzen.

Meine Sorge wächst. Und wenn ich die Nacht im Hof verbringen muss?

Ich habe keine andere Wahl. Ich klopfe vorsichtig und warte.

In der Ferne das Gejohle der letzten Betrunkenen, die nach dem Dorffest noch weiterfeiern. Ein Motorrad, das davonbraust.

Ich klopfe ein zweites Mal, diesmal lauter. Noch lauter, jetzt mit den Knöcheln. Die Scheibe bebt.

Sie kommt, das Mattglas leuchtet auf.

Sie ist wütend. Unschwer zu erkennen an der Art, wie sie die Tür aufreißt. Ihre schwarzen Augen bohren sich in mich hinein.

»*Istiani*, Herrgott noch mal!«, sagt sie zornig.

Ich wende den Blick ab und trete ein.

Sie folgt mir grummelnd. Ohne Gebiss kann sie die Wörter nicht richtig aussprechen. Ich verstehe sie trotzdem: Ab ins Bett, aber dalli, es ist spät, morgen kommst du dran.

In der Defensive zu spielen, ist nicht leicht. Hinter der Platte ist wenig Platz. Der Pingpongtisch passt so gerade in den Hof – nicht einmal das Gittertor lässt sich noch richtig öffnen. Am schlausten ist es, den Ball gleich beim Aufschlag anzuschneiden, dass er schwierig zu nehmen ist, um dann bequem einen Topspin platzieren zu können. Aggressiv reagieren, aufs Ganze gehen, schmettern.

Ein kräftiger Schlag von meiner Seite. Der Ball prallt auf dem grünen Rechteck auf, dann an der Mauer hinter meinem Freund, dann am Boden. Schließlich rollt er unter den Tisch, in meine Richtung, weil der Hof leicht abschüssig ist. Ich gebe acht, nicht daraufzutreten. Den Sieg trage immer ich davon.

Wir sind uns einig: Auf den Seitenwechsel verzichten wir. Sonst müssten wir ständig das Spiel unterbrechen, wenn der Ball die Treppe runterfliegt. Und würden am Ende noch riskieren, Elvezias Salat zu zertrampeln.

Meine Mutter kommt aus der Röhre geschossen. Die Beine gespreizt, die Arme in der Luft, der Oberkörper nach rechts gekippt, Mund und Augen weit aufgerissen. Sie trägt einen schwarzen Badeanzug.

Endlich habe ich es geschafft. Ich habe sie überreden können, mit mir herzukommen, um die Rutsche auszuprobieren. Der Anblick ist zum Totlachen. Sie lässt sich seitlich ins Becken plumpsen – mit einer ordentlichen Fontäne – und geht unter. Ihr Haar breitet sich an der Wasseroberfläche aus. Dann taucht sie orientierungslos wieder auf. Vom Beckenrand aus rufe ich spöttisch:

»Hat's geschmeckt?«

Sie fasst sich ins Gesicht und spuckt Wasser aus.

»Noch einmal?«, frage ich sie.
Keine Antwort.

Die Automatik schaltet vom dritten in den zweiten Gang zurück. Meine Mutter drückt das Gaspedal durch, doch der BMW wird langsamer und gerät nach der Kurve, wo die Straße steiler wird, ins Stottern. Am liebsten würde man aussteigen und schieben. Nur Radfahrer, Traktoren und das Postauto sind langsamer. An dieser Stelle blicke ich oft in den Rückspiegel und hoffe, dass niemand kommt. Es ist mir peinlich, wenn uns jemand einholt und anhupt, vor allem, wenn ich die Person kenne. Wenn sie genervt aufseufzt, gestikuliert und uns am liebsten auf den Mond schießen würde.

Wir haben den steilsten Abschnitt geschafft. Lassen die letzten Häuser hinter uns. Zur Rechten grast ein Mufflon auf einer umzäunten Wiese. Sogar ein Schild steht da: »Achtung Mufflon«. Auf der kurzen geraden Strecke nehmen wir wieder Fahrt auf. Dritter Gang. Ich sehe einen Gipfel, den letzten, bevor die Aussicht wieder versperrt wird. Meine Mutter bremst ab, um die scharfe Kurve zu nehmen. Links die Schlucht. Eine Serpentine nach der anderen. Die Straße wird steiler. Zweiter Gang. Erneutes Unbehagen. Kontrollblicke in den Rückspiegel.

Da, es kommt einer. Ich weiß genau, wer es ist, er wohnt beim Friedhof. Im Nu holt er uns ein. Auch meine Mutter hat ihn bemerkt und hält sich möglichst rechts. Ich bekomme Angst, dass sie die Leitplanke streifen könnte. Hier ist es weder übersichtlich noch breit genug zum Überholen. Er klebt uns an der Stoßstange, sein Ellbogen ragt zum Fenster heraus. Doch er wirkt nicht ungeduldig. Lauthals singt er Metal und wartet auf den richtigen Moment.

Sobald die Straße breiter wird und ein paar Dutzend Meter lang geradeaus verläuft, fährt meine Mutter langsamer und setzt den Blinker, um ihn zum Überholen aufzufordern. Der Golf prescht kraftvoll vorbei, hupt zweimal, schneidet die Kurve und verschwindet aus unserem Blickfeld.

Erster Gang, zweiter Gang. Ob er mich erkannt hat?

Die ganze Zeit starre ich auf das Gehüpfe unter ihrem weißen T-Shirt. Sie steuert zügig auf den einzigen freien Stuhl zu, als wären ihr unsere Sitzreihen schon lange vertraut und wüsste sie bereits, dass das ihr Platz ist. In der hintersten Reihe, neben mir.

Ich schaue auf ihre silbernen Armbänder, ihre Ringe – es sind mindestens vier –, ihren weißen Unterarm. Begegne ihrem Blick, sehe ihre großen, kastanienbraunen Augen. Nur ganz kurz.

Verstohlen belauere ich sie, versuche, ihren riesigen Busen zu ermessen.

Sie strahlt mich mit geschlossenem Mund an, dann wird ihr Lächeln breiter und enthüllt eine Zahnlücke zwischen den Schneidezähnen. Genau dorthin glotze ich. Ihr Lächeln gefriert, sie presst die Lippen wieder zusammen, beugt sich über ihre Schultasche, holt Mäppchen und *cahier* hervor und wartet nägelkauend auf den Unterricht.

Der Lehrer sagt, unsere neue Mitschülerin spreche *assez bien* Italienisch, *oui*, auch weil sie viele Sommer hier verbracht habe. Sie werde dem Unterricht zweifellos folgen können.

»Wem gehört dieser Stylo?«, fragt sie und hebt einen Stift vom Boden auf.

Ich bin mit dem Postauto in die Stadt gefahren. Mittwochnachmittag. Ich trage einen weißen Best-Company-Pullover mit einem Aufdruck, den ich nicht mehr vor mir sehe. Mir ist nur etwas Blaues in Erinnerung. Das Goldkettchen mit den zwei Anhängern, die auf meiner Brust funkeln, sehe ich aber. Gold, viel Gold. Den ersten habe ich zusammen mit dem Kettchen bekommen, er ist rechteckig, mit einem aufgeprägten arabischen Schriftzug.

Was bedeutet er?

Der zweite, neuere hat die Form einer Fatima-Hand. Auf dem Ring an meinem Finger ist ein Schriftzeichen eingraviert, wahrscheinlich der Anfangsbuchstabe von einem meiner Namen.

Von welchem der beiden?

An meinem rechten Handgelenk klimpert ein Armband, auch dieses aus Gold. Meine Tante hat meinen arabischen Namen darauf einprägen lassen. Ich trage eine Avirex-Jeans und einen Gürtel von ElCampero mit einer ovalen Schnalle aus Metall. An den Füßen El-Charro-Stiefel. Dazu eine schwarze Brille – Ray-Ban Wayfarer Classic. Glänzende, gegelte Locken. Ich platziere mich vor dem Burger King und schaue mich um.

Erwachsene spielen Schach. Kinder schaukeln auf Holzpferden.

Wäre schön, ein paar heiße Schnitten aufzureißen.


Die Hände in den Hosentaschen, gleite ich auf der Rolltreppe abwärts. Am Rücken ein blau-weißer Salomon-Rucksack.

Auf halber Strecke packt mich jemand am Arm. Ich drehe mich um, sehe eine Frau. Sie hält mich fest und sagt:

»Mitkommen.«

Ich denke nicht einmal daran, davonzulaufen. Mit hängendem Kopf gehe ich neben ihr her und hoffe, dass mich niemand kennt. Ich vermeide es, mich umzusehen. Stelle mir vor, was alles passieren könnte.

Ich habe Angst.

Noch einen Stock tiefer – eine lange, endlose Fahrt. Die Frau führt mich in ein kleines Büro. Die Regale sind voller Ordner. Das entwendete Buch muss ich zurückgeben. Der Umschlag ist gelb. Ich soll mich setzen, sagt sie, und hier warten.

Ein Mann tritt ein. Ich sehe bloß sein graues Hemd und wie er gestikuliert. Er setzt sich an den Schreibtisch, verhört mich und macht Notizen. Nett, ja geradezu zuvorkommend ist er. Er will, dass ich meine Mutter anrufe.

»Könnten nicht Sie das für mich tun?«, frage ich.

Kopfschütteln: Das sei meine Aufgabe. Er stellt das Telefon vor mich hin.

Nicht rangehen. Mein Herz pocht wie wild. Nicht rangehen nicht rangehen... Sie geht ran. Ich sage ihr, dass ich ein Buch genommen habe, ohne es zu bezahlen.

»Die meinen also, du hast es gestohlen?«

Die ausgelassenen Nächte des Skilagers. Niemand will schlafen, wir machen lieber Rambazamba. Ich habe mir den unteren Platz im Etagenbett an der Tür ausgesucht. Es wird gescherzt, gerangelt. Ich höre, wie Hulk Hogan gegen The Ultimate Warrior kämpft. Gebrüll:

»Eins!... Zwei!...«

Plötzlich fällt Licht ins Zimmer. Jemand schleicht sich herein und zieht sofort die Tür hinter sich zu.

»Welcher Depp hat aufgemacht?«, fragt ein Mitschüler.

Ich weiß es. Kann aber nichts sagen. Der Lehrer hat sich in die Ecke gestellt.

»Na, also?«, fragt er noch einmal. »Wo ist dieser Ober-depp?«

»Pssst!«, versucht es ihm einer zu verklickern.

»Deine Mutter.«

Es folgt ein Gezänk, und der Lehrer schaltet das Licht ein. Er trägt einen Pyjama und Zoccoli. Kurze Stille, dann ein Wutausbruch in gedämpfter Lautstärke, damit niemand in den anderen Zimmern aufwacht:

»Alle raus aus dem Bett!«, befiehlt er und macht eine gebieterische Geste. »Hopp!«

Wir müssen ihm nach unten in den Aufenthaltsraum folgen.

»Wenn ihr nicht schlafen wollt, könnt ihr auch gleich ein bisschen rechnen«, sagt der zweite Lehrer. Matheauf-gaben, wir müssen schriftlich dividieren. Mit vielen Ziffern, auch nach dem Komma.

Am letzten Tag gewinne ich das Anfängerrennen. Ich gleite durch das Weiß, denke an Vreni Schneider, flitze schnell und sicher zwischen den Fähnchen des Riesenslaloms durch. Beiße aufs Gold. Ich bin glücklich.

Die alleraufregendste Pause. Mir wird ganz heiß, als sie mich an die Hand nimmt. Ihre dicklichen Finger, das Geklimper der Armbänder. Nur ein Wort sagt sie, sich ihrer Macht be-wusst:

»Los.«

*Allons, courage.* Wir gehen durch die Eingangshalle. Ich habe nur Augen für sie, auf dem Weg ins Paradies. Fürchte mich, etwas falsch zu machen, nicht mit ihrem Exfreund mithalten zu können. Wir biegen um die Ecke. Sie löst sich von mir, zeigt auf die Stufe unter dem Fenster des Klassen-zimmers und befiehlt:

»Geh da rauf.«

Dann steht sie vor mir. Ihre kastanienbraunen Augen werden größer und größer. Ihre weißen, geraden Schneidezähne, die Lücke. Ich lege meine Hände an ihre Hüften. Ihr Mund verschwindet. Die Pupillen flattern im Weiß. Ihr Erdbeeratem kitzelt mich. Ich öffne leicht den Mund, schließe die Augen und warte.

Wie eine Flipperkugel in einer wachsweichen Welt. Das Gefühl, ihre Zunge sei viel größer als meine.

Ich bewege mich rolle schlingere atme in ihren Mund.

Sie hält inne.

Was ist los? *Que se passe-t-il?* Ich stelle mir vor, wie die Kugel ins schwarze Loch zwischen den zwei Flügeln fällt.

Hoppla, sie rückt von mir ab und holt lachend Luft.

Die Probezeit ist um. Kugel Nummer zwei.


Ich stehe vor dem Waschbecken, halte meine Handflächen unter den lauwarmen Wasserstrahl und fahre behutsam über Wangen, Stirn und Hals. Streiche mir durchs Gesicht, vor allem mit den Fingerspitzen, und betrachte mein Spiegelbild.

Meine Fingernägel sind etwas schmutzig. Und es wäre an der Zeit, sie zu schneiden. Ich trage einen schwarzen Pullover mit bunten Querstreifen. Auf der gläsernen Ablage nur ein Kölnischwasser. Das Kippfenster ist offen und leuchtet: Ich spüre einen erfrischenden Luftzug, sehe das helle Morgenlicht. Unter meinen Füßen ein kleiner, blauer Badteppich, weich, ich fühle es – ich trage Socken, aber keine Pantoffeln.


Links im Spiegel ist Elvezia. Ihr vom Rand und der halb geschlossenen Tür angeschnittenes Gesicht. Das glänzende Grau ihrer Haarspray-Frisur. Ihre zusammengekniffenen Augen, um mich besser sehen zu können. Sie spioniert. Kontrolliert, wie ich mich wasche.

Wie lange schon?

Ich lasse mir nichts anmerken. Streichle mir weiter über das Gesicht. Auf ihren Lippen meine ich den Anflug eines Lächelns zu erkennen.

Dann sehe ich, wie sie verschwindet.

Elvezia behauptet, ich sei wasserscheu. Sie wird es meiner Mutter berichten.

Auf der Höhe der ersten Garage, an der Zapfsäule, direkt unterhalb der großen Terrasse voller Töpfe und aufgehängter Wäsche, beginne ich abzubremsen.

Ich stelle mein Fahrrad an die Mauer neben der zweiten Garage. Auch heute haben sie das Tor offen gelassen. Darin sehe ich das BMX meines Freunds, das Mofa seines Bruders und einen Haufen Krempel – kaputtes Spielzeug, Fahrradketten, einzelne Schuhe, Hefte, verbeulte Schutzbleche. Er hat mich zu sich nach Hause eingeladen, weil er mir den Fitnessraum zeigen will. Im Keller haben er und sein Bruder einen kleinen Boxring eingerichtet.

Kaum stehen wir da, zieht er sich die Handschuhe über und beginnt in den Sack zu boxen. Er hüpft auf den Zehenspitzen herum, und bumm: rechts links rechts – eine blitzschnelle Abfolge knallharter Fausthiebe.

Er will, dass ich auch mal probiere. Ich sage Nein.

»Hör zu, du Scheißneger«, sagt er und brüllt dann, ich solle es endlich kapieren, sonst käme er mal zu mir rauf und schlage mich windelweich, ich solle sie in Ruhe lassen, sie gehöre ihm.

Meine Hand umklammert den Hörer, ich sitze wie gelähmt auf meinem Bett.

»Du Kunta Kinte!«

Ich muss kapieren, dass es keine zweite Chance gibt, darf ihr keine Liebesbriefe mehr schicken, Geschenke machen. Sie hat mich verlassen. *C'est fini.* Nach nur wenigen Tagen ist sie zu ihrem Exfreund zurückgekehrt.

Ich stelle mir vor, wie er bei mir an die Tür klopft, stelle mir seine Pranken auf dem Mattglas vor, das zornige Gesicht, den aufgepumpten Bizeps, wie er mich an den Haaren packt.

»Du Zigeuner!«

Es ist Mittwochnachmittag. Durch die Balkontür dringt schwaches Licht herein. Ich sehe die ausgeschalteten Geräte: den Computer, den Kassettenrekorder, den Fernseher, die Spielkonsolen. Lausche der Stille.

Der Bekannte meiner Mutter hat mir geraten, das Spiel patentieren zu lassen. Er ist raufgekommen, um mir beim Schreiben der Anleitung zu helfen. Wir sitzen einander gegenüber in der Stube. Das Spielmaterial liegt über den Tisch verstreut. Elvezia hat uns Kaffee gebracht und ist hinausgegangen. Ich sehe sie nicht. Vielleicht ist sie im Gemüsegarten. Ich habe das Spiel an meinen Freunden getestet. Sie fanden es lustig, vielleicht etwas zu langatmig. Man fängt mit dem Präsidenten und den Sponsoren an, die man zufällig aus einem Stapel fischt. Auf den Karten stehen die Summen, die für den Transfermarkt zur Verfügung stehen. Dann sucht man sich einen Trainer aus. In einer Tabelle finden sich Details zu seiner Taktik, von der Aufstellung bis zu den Eckbällen. Dann fängt das große Feilschen an. Jeder Spieler hat eine Quote und technische Eigenschaften, wie die Spielposition, die Anzahl Pässe, Schüsse, Dribblings und gewonnener Zweikämpfe. Die Spielzüge und Bewegungen werden von den Karten bestimmt, die Spielfiguren und das Feld nimmt man vom Subbuteo-Tischfußballspiel.

Der Bekannte meiner Mutter schreibt mit und stellt mir Fragen. Wie lange dauert eine Partie? Ich sehe seinen Kugelschreiber. Ab welchem Alter? Die grauen Härchen an seinen Fingern. Das mit den Teilen aus dem anderen Spiel geht nicht. Seine Schreibschrift, die ich nicht lesen kann. Die Spieler von Inter kommen mir überbewertet vor.

Er fragt, was ich werden will, wenn ich groß bin.

»Erfinder.«

Ingenieur, meint er.


Es lehnt an der Hauswand, neben der Eingangstür, unter dem Badezimmerfenster, gerade so im Gleichgewicht. Ich mache einen Schritt zurück, um es besser bewundern zu können: mein *mózz*, mein Mofa. Ich setze mich auf die Gartenmauer, die den Hof von der Straße trennt. Von der Farbe Anthrazit hatte ich noch nie gehört. Ich habe lange gezögert, auch weil ich die Ratschläge meiner Mutter, ihres Bekannten und des Verkäufers bedenken musste. In meinen Träumen hatte ich es mir immer schwarz vorgestellt, darauf hätte ich aber noch ein paar Tage länger warten müssen. Der chromatische Farbverlauf gefällt mir. Das fluoreszierende Gelb der Bremskabel und der Aufkleber, die verschiedene Muster auf den Rahmen zeichnen.

Auch die neue Kontur, die wir ihm verpasst haben, gefällt mir: Den Lenker haben wir angezogen und nach vorne verstellt, die originalen, hinteren Stoßdämpfer durch höhere und auffälligere ersetzt. Der Ständer und die Seitenspiegel sind abmontiert.

Die Ersatzteile zum Frisieren haben wir jenseits der Grenze gekauft – Vergaser, Kolben und Zylinder, Kupferschieber und Auspuff.

Ohne die geübten Hände meines Freunds hätte ich das niemals hingekriegt. Es war eine Heidenarbeit, eine elende

Fummelei, begleitet von vielen Flüchen. Jetzt kommt das Mofa auf siebzig Kilometer pro Stunde, und treten muss ich auch nicht mehr, nicht mal an den steilsten Stellen. Polizeistreifen kommen hier sowieso selten rauf.

Sie abzuhängen, ist ein Kinderspiel.

Die neue Wohnung meiner Mutter ist in der Nähe des Bahnhofs, der Bushaltestelle, einer Hauptverkehrsader, eines Krankenhauses, eines Hotels, einer Kirche, einer Apotheke, eines Zeitungskiosks, einer Schule, eines Computergeschäfts. In der Nähe einer Ampel, dreier Bars und eines Restaurants.

Lärm von früh bis spät.

Direkt unter dem Zimmer, in dem ich schlafen soll, ist das Garagentor. Wenn es aufgeht, werde ich wach.

Ich sehe das lang gezogene, etwas enge Wohnzimmer. Den runden Tisch, den sie nur benutzt, wenn Gäste kommen – sonst dient er als Ablage für alle möglichen Sachen, Kleidungsstücke, Schlüssel und Papierkram. Die Schrankwand mit dem Tafelgeschirr, einer Stereoanlage, der *Göttlichen Komödie*, verschiedenen Nippsachen und dem Fernseher. Den Glastisch. Das blaue Ecksofa.

Ich schaue den Sportsender *Tele Capodistria*. Dank dem Kabelanschluss.

Dunkelheit und Nebel. Wir sind gezwungen, noch langsamer den Berg hochzufahren. Haben Angst, in die Leitplanke zu krachen oder sogar von der Straße abzukommen. Vor allem in den Kurven.

Heute ist die manuelle Gangschaltung eingestellt. Ich will mich darum kümmern. Sobald meine Mutter mir ein Zeichen gibt, schalte ich in den zweiten Gang. Ich sehe die

Zwei, die Buchstaben, den schwarzen Knopf. Ich habe meine Seite im Blick, halte die Augen weit auf. Um besser sehen zu können, löse ich den Sicherheitsgurt und beuge mich über das Armaturenbrett. Mal um Mal wiederholt sie, der Nebel sei wirklich dicht, man könne so gut wie nichts erkennen. Am besten wäre es, sich an jemanden dranzuhängen. Doch wir sind zu langsam.

Sachte sachte, *pian pianìn*.

Sie kann gerade noch rechtzeitig bremsen. Vor uns der Abgrund. Das Herz schlägt uns beiden bis zum Hals.

Mein Lehrer versucht mich zu überzeugen, mehr Rückhand-Slices zu spielen. Nervig für jeden Gegner: Man müsse ihn einfach lang durchziehen, behauptet er. Er hat soeben die Übung unterbrochen und mich ans Netz gerufen.

»Weißt du, wie Emilio Sanchéz spielt?«, fragt er und macht mehrmals die Slice-Bewegung.

Ich möchte wie Agassi spielen, zweihändig unberechenbare, schnurgerade Geschosse abfeuern. Seiner Meinung nach mache ich aber zu viele Fehler.

»Auf Sand musst du Geduld haben«, versucht er mich zu überzeugen, ein weniger offensives Tennis zu spielen.

Ich will keiner dieser Defensivtrottel werden. Kurze, schnelle und möglichst abwechslungsreiche Ballwechsel sind mir lieber. Mit dem ersten Aufschlag gebe ich den Ton an. Direkt am Netz bin ich stark. Warum sollte ich mich hinten abmühen? Ich lege ihm meine Sicht der Dinge dar.

Er ist skeptisch. Schlägt mir eine Kombination aus verschiedenen Slices vor: an der Seitenlinie, über Kreuz, an der Seitenlinie...

Ich lege einen kleinen, aber feinen Stoppball hin, der nach dem Aufprall in meine Spielfeldhälfte zurückspringt – ein echtes Glanzstück.

Fünfzehn zu null.

Sie ist zu uns raufgekommen, weil wir über meine Zukunft reden müssen. Ich hocke im Schneidersitz auf dem Teppich, den Rücken ans Bett gelehnt. In meiner Hand der Controller, um *Super Mario* zu steuern. Ich höre ihr geistesabwesend zu, bin dabei, Pilze zu sammeln und das Level ohne abzustürzen zu bestehen.

Ich weiß, dass sie mich beobachtet, dort von der Balkontür aus.

Wenn keine Gefahr droht, werfe ich ihr einen Blick zu und murmle was. Ich gehe nicht aufs Gymnasium.

Sie klingt immer gereizter. Warum, will sie wissen. Sie insistiert, barsch, drohend. Warum?

»Warum, warum ist die Banane krumm?«

Sie verwirft die Hände, fuchtelt aufgeregt herum. Ich höre das Geklimper ihrer Armreifen. Keiner meiner Freunde geht weiter zur Schule. Ich habe keine Lust auf Lernen. Es interessiert mich nicht. Ich frage sie, warum ich aufs Gymnasium soll.

»Na, was meinst du?«

Ich betrachte mich im Spiegel. Höre Elvezias Lachen. Blicke zu ihr.

Jetzt lacht sie aus voller Kehle. Sie will sich das aus der Nähe ansehen, kommt durch den Korridor und bleibt an der Tür stehen. Ohne etwas zu sagen, lacht sie weiter, bis sie husten muss.

Ich trage Turnschuhe und Schienbeinschoner. Stulpen und kurze, weiße Hosen. Das rot-schwarze T-Shirt der Erzrivalen – die Nummer zehn. Ein Geschenk vom Bekannten meiner Mutter. Elvezia aber muss über den schwarzen Schnurrbart und die Perücke lachen. Ich habe mich als Ruud Gullit verkleidet.

Damit sie sich von der Ähnlichkeit überzeugen kann, halte ich ihr ein Foto hin, das ich aus dem *Guerin sportivo* ausgeschnitten habe. Sie hört auf zu lachen und sagt:

»Haargenau gleich.«


»Tubel.«

Am Schluss steht es immer unentschieden. Weil wir uns nicht einig werden. Weil die Regeln unklar und manipulierbar sind. Weil ein Schiedsrichter fehlt.

»Arsch.«

Mein Freund hat das Spiel erfunden: ein Schlagabtausch von Schimpfwörtern, drei Sekunden Zeit, um zu erwidern, bis einer nicht mehr weiterweiß.

»Hornochse.«

Es ist schwierig, gegen ihn zu gewinnen. Er schlägt sogar seinen Großvater – einer, der auf der Baustelle von morgens bis abends rumflucht.

»Schloch.«

Wir sitzen in meinem Zimmer. Ein Sonntagnachmittag. Im Fernsehen Bilder des Motorrad-Grand-Prix.

»Hure.«

»Berserker.«

Noch nie gehört. Den lass ich ihm nicht durchgehen. Pimmel?

Als er »abspritzen« ruft, wird Elvezia in der Küche zornig.


Es ist Nacht. Eingewickelt in die Bettdecke, den Rücken zum Fernseher, liege ich auf einer Wolldecke mit Leopardenmuster. Der Ton dringt nur undeutlich und in unregelmäßigen Abständen zu mir durch. Ich bin müde, doch ich will nicht einschlafen. Nicht jetzt. Nach eins zeigen sie auf *Rete cinquanta-cinque* Sexszenen. Ich zwinge mich, die Augen offen zu halten.

Elvezia kommt ins Zimmer. Ich höre ihre Zoccoli auf den Holzdielen. Sie grummelt unverständliches Zeugs. Weil es spät ist. Weil ich den Fernseher nicht ausgemacht habe. Weil es Energieverschwendung ist. Weil sie die Stromrechnung bezahlt.

»Ich schalte jetzt aus«, sagt sie gereizt.

»Nein«, antworte ich, ohne mich umzudrehen.

Sie ist noch immer da, vielleicht hat sie mich nicht gehört. Es hat keinen Sinn, ihn anzulassen, sagt sie.

Also drehe ich mich um und starre auf den Bildschirm. Das Licht blendet. Elvezia steht neben dem Fernseher und sucht den Lautstärkeregler. Aus Versehen wechselt sie zuerst den Sender, dann schafft sie es, leiser zu stellen.

Getrocknete Spermaflecken auf dem Leopardenmuster.

Von der Vereinsbar dringen Applaus und Komplimente herüber. Das perfekte Game: drei aufeinanderfolgende Asse, das letzte mit dem zweiten Aufschlag und Simsalabim! – ein Rückhand-Winner, ein unerreichbares Geschoss, das genau auf der Linie landet. Mein Gegner sprintet und wedelt vergebens mit dem Schläger herum.

Er stöhnt auf, schlägt sich zur Strafe immer wieder selbst auf den Kopf, sagt mehrmals verfickte Scheiße, während er zu seiner Frau am Spielfeldrand hinüberblickt.

»Musst du gleich so rumfluchen?«, kommentiert sie.

Doch der zweite Satz ist im Nu vorbei. Ich habe die Kontrolle über die Ballwechsel verloren. Schon der erste Aufschlag passt nicht mehr.

Doppelfehler.

Mein Gegner wartet einen Meter weiter vorne auf den zweiten und pariert mit einem verdammt langen Ball, der mich in die Defensive zwingt.

Doppelfehler.

Er platziert einen hohen Ball nach dem anderen, weil er gemerkt hat, dass der Smash nicht meine Stärke ist, dieser Defensivtrottel.

Ich rege mich auf. Fluchsalven. Ich schimpfe immer wieder vor mich hin und mache mich selber fertig. Haue den Schläger gegen den Schiedsrichterstuhl.

Doppelfehler.

»Gut so«, sagt seine Frau. »Lass ihn nur rennen!«, fügt sie hinzu, streckt die Faust zuerst in die Höhe und richtet sie dann auf mich.

»Fotze«, murmle ich und blicke verstohlen in ihre Richtung.

Verwirrt wache ich auf, in tiefster Dunkelheit. Wo bin ich? Ich blicke um mich, bis ich etwas sehen kann. Erkenne die Möbel, das Bett meiner Mutter, den Wandschrank, die Tür, die Vorhänge im Mondlicht, Casablanca.

Kein Grund zur Panik.

Doch etwas stimmt nicht. Diese Wölbung stimmt nicht. Ich kneife die Augen zusammen, schaue genauer hin. Mir kommt ein Verdacht.

Ist es möglich?

Ich stehe auf, strecke den Arm aus und ziehe die Decke weg. Nichts als Kissen.

*Bubentrickli!* Wo ist sie hin?

Ich bin nicht mehr müde. Mache das Licht an und blättere im Rätselheft. Ich finde die Unterschiede.

Der Schlüssel im Türschloss. Endlich ist sie da, jetzt geht es mir besser.

Als sie die Tür zu unserem Zimmer aufstößt, stelle ich mich schlafend. Ich lausche, wie sie sich auszieht. Dann schlafe ich ein.

Ich sitze auf der Rückbank seines Lieferwagens.

Alle hassen ihn. Welche Wut und Verachtung sich plötzlich auf ihren Gesichtern abzeichnet. Grimassen, böse Blicke. Scharfe, heftige Handbewegungen. Giftige, ausgespuckte Worte. Meine Mutter hat sich in einen Juden verliebt, in einen dreckigen Juden.

»*Juif!*«

Was hat sie sich bloß dabei gedacht? Es ist inakzeptabel: wieder so eine Schnapsidee von ihr.

»Er ist kein richtiger Marokkaner!«

Ihre Mutter und Schwestern machen ihr Vorwürfe. Die Brüder spionieren ihr nach, vor allem wenn sie diesen verdächtigen Hauch von Schminke bemerken. Es ist zwecklos, sie täuschen zu wollen und vorzugeben, mit mir einen Spaziergang durch die Gassen von Casablanca zu machen. Sie glauben ihr nicht. Wissen genau, was sie unter der Dschellaba trägt.

»Sie töten unsere muslimischen Brüder!«

»Schaust du keine Nachrichten?«

Mir hingegen ist er sympathisch. Ich finde ihn nett und lustig. Er kennt mehrere italienische Lieder. Jedes Mal, wenn er *L'Italiano* von Toto Cotugno anstimmt, muss ich loslachen.

»*Bonschorno Italia, bonschorno Maria …*«

Sogar einen sauteuren Tennisschläger hat er mir geschenkt – einen schwarzen Prince. Um mir eine Freude zu

machen, hat er sich fast ruiniert. Ich kann die ganze Feind-
seligkeit nicht verstehen. Wir durchqueren das Stadtzentrum,
vollziehen im ohrenbetäubenden Gehupe waghalsige Manöver. Sie wirken glücklich. Singen die arabischen Lieder mit,
die aus der Anlage kommen. Seine Hand liegt auf dem rechten Oberschenkel meiner Mutter, bereit, sie im Falle einer
Vollbremsung mit dem Arm beschützen zu können. Ich sehe,
wie sich ihre Wangen berühren. Ahne, wie sich ihre Zungen
winden.

Die Erdbebentrümmer in Agadir. Wir laufen über das, was
von den Dächern übrig ist, balancieren über die spitzen
Steine.

Ich sitze auf dem Bett. Sehe fern. Ohne Ton, verstehen würde ich sowieso nichts.
        Ich höre, wie sie stöhnt. Sie sind im Badezimmer. Plötz-
lich steigt Wut in mir auf. Ich will das nicht hören. Fliehe
aus dem Zimmer, aus dem Hotel, renne, bis ich außer Atem
bin. Weit weg.

Es ist dunkel. Ich kann nicht viel sehen. Höre Madonna.
Höre die Stimmen meiner Mutter und der Verwandten, aber
nur, wenn sie ganz nah kommen und mir ins Ohr sprechen.
        Ich schaue den tanzenden Leuten zu. Langweile mich.
Frage:
        »Wann gehen wir nach Hause?«
        »Gleich«, sagt sie. Eine Lüge. Ich sehe das schwarze Sofa
und den Glastisch, auf dem die Getränke stehen. Meine
Mutter mag J&B mit Coca-Cola.
        Es wird getrunken. Getrunken und gelacht. Von Zeit zu
Zeit stürzen sich alle auf die Tanzfläche und tanzen. *Pump
Up the Jam.* Wiegen sich in den Hüften und werfen die

Haare zurück. Stimmen und Bewegungen, die sich hoch-
schaukeln. Energie und Heiterkeit steigern sich.

Ich dränge:

»Gehen wir?«

Sie bittet mich, noch ein halbes Stündchen auszuhalten.
Ich habe keine Lust und bin müde. Will schlafen.

Wunsch erfüllt. Der Bekannte meiner Mutter hat sein Ver-
sprechen gehalten. Heute Nachmittag sind wir im Stadion
San Siro beim Spiel Inter gegen Verona. Ganz vorne, schön
in der Mitte, direkt hinter den Behinderten.

Der Rasen ist tadellos, sogar um den Torhüter herum.

Am Montag werde ich meinen Freunden erzählen können, dass ich Nicolino Berti aus nächster Nähe gesehen
habe, mit seiner Schmalzlocke über der Stirn. Brehmes Läufe
auf der linken Seite, die Präzision seiner Schüsse.

»Elfer!«, ruft die schwarz-blaue Menschenmenge.

Elfmeter!

Die kollektive Niedergeschlagenheit, all die Arme in der
Luft. Ich werde auch von Cioccis grottenschlechtem Schuss
erzählen.

Wieder Desideri.

Drei verschossene Elfmeter. Zwei Tore und zwei Punkte.

Ich versuche, eine Matheaufgabe zu lösen. Es ist Nachmittag. Ich sitze am Stubentisch. Immer wieder muss ich radie-
ren, neu schreiben, fluchen.

Elvezia hat mich gehört. Sie kommt aus der Küche zu
mir an den Tisch, schimpft aber nicht. Stattdessen kramt sie
ihre Brille hervor und setzt sich neben mich. Ich gebe ihr das
Blatt. Sie zieht es sich vors Gesicht und sagt:

»Dieses Zeugs da mussten wir nicht machen.«

Und liest weiter. Ich sehe, wie sie das Blatt wieder auf

den Tisch legt. Sie zeigt auf die Diskriminante und fragt, was dieses dreieckige Zeichen da sei. Delta heiße es, antworte ich und zeige ihr die Formeln.

Sie nickt.

B hoch zwei minus vier a c. Ich versuche, auf Dialekt zu übersetzen. Mehr schlecht als recht, vergeblich.

Sie hat überhaupt nichts verstanden.

Als ich aus der Kabine trete – nasses Haar, Umhängetasche –, jubeln mir meine Mannschaftskollegen immer noch zu. Auch von der Buvette her kommen Glückwünsche.

»Bravo, Tigana!«

Vor allem für meinen Lauf auf dem linken Flügel, den ich mit einem Schuss wie im Billard – einem Außenrist-Schuss zwischen Pfosten und Torhüter – zum Abschluss gebracht habe.

Einer unserer Fans möchte, dass ich auf ein Bier bleibe. Die Runde gehe auf ihn.

Da sehe ich sie. Sie wartet in zweiter Reihe, mit laufendem Motor. Ich lehne dankend ab.

»Scheiße, Alter!«, ruft einer hinter mir aus. »Nicht übel, deine Schwester!«

Ich kläre sie auf. Sie fragen mich, warum meine Mutter nie zu den Spielen komme. Sie winkt mit ihren vielen Ringen aus dem Autofenster herüber, *ciao ciao*. Man mustert sie. Lächelt ihr zu.

»Echt?«, heißt es fassungslos. »So jung?«

Unsere Lehrer machen sich schon Sorgen. Sie sagen es wieder und wieder. Wir müssten besser aufpassen, mitschreiben, Aufgaben machen und auch zu Hause was tun. So laufe das am Gymnasium. Wir hätten selbst entschieden, hier zu sein.

Heute ist die Deutschlehrerin an der Reihe. Sie spricht Italienisch, damit auch alle verstehen.

»So eine Klasse ist mir noch nie untergekommen!«

Ich höre ihrer Standpauke aus der hintersten Reihe zu und kritzle auf dem Umschlag des Deutschbuchs herum. Sie behauptet, aufs Wirtschaftsgymnasium gingen all jene, die auf dem Humanistischen oder Klassischen Griechisch und Latein vermeiden wollten, sich aber auch nicht für das Naturwissenschaftliche und Neusprachliche eignen würden wegen der hohen Anforderungen in Mathe und Sprachen.

Tatsächlich war das auch meine Überlegung. Und da Englisch nicht obligatorisch ist, habe ich mir auch das gespart.

»Ich bin schwierige Klassen gewohnt, aber ihr seid wirklich eine Katastrophe!«

Uns gefällt die Vorstellung, dass wir die Schlimmsten sind.

Eine Mitschülerin in der ersten Reihe nimmt einen Lippenstift aus ihrem Etui und zieht sich damit die Lippen nach. Dann kramt sie Spiegel und Nagelfeile hervor. Die Lehrerin unterbricht ihre Ansprache – fassungslos, tief betrübt – und weist sie zurecht.

Es ist Samstag, ein Wochenende bei meiner Mutter. Ich wache auf. Sie telefoniert.

Ich knipse die Lampe an und blicke auf die Uhr. Tiefe Nacht. Ich stehe auf, um an der Tür zu horchen.

*»Je viens au Maroc et on va se marier.«*

Sagt sie und wiederholt es voller Leidenschaft noch einmal. Ich habe richtig gehört. Mein Herz zieht sich zusammen.

*Avec moi? Ou sans moi?*

Ich sehe meine Freunde, die Mitschüler, die Hauptstraße mitten durchs Dorf, die Piazza, die Bank, den Kirchplatz, die verschneiten Hänge, die Garage, gegen die ich meine Bälle donnere, die zerschlagenen Fenster, den Hof, mein Zimmerchen, das panierte Poulet, die braune Kruste der Polenta.

Ich stelle mir vor, wie Elvezia weint. Habe Angst.

Schlafe schlecht.

Am nächsten Tag stelle ich keine Fragen. Ihre Worte gehen mir nicht aus dem Kopf. Quälen mich, machen mir Angst.

Ein heftiger Windstoß. Die Tür des BMW wird mir aus der Hand gerissen. Ich steige aus. Der Wind schiebt mich vorwärts – unmöglich, still zu stehen. Zum Glück weht er in Richtung Laden. Ich kann mich treiben lassen. In die Winterjacke eingepackt, gebückt, nähere ich mich der Hauswand. Da, das Schaufenster: Ich muss stehen bleiben. Gar nicht so einfach. Die Vorfreude steigt. Im Prospekt sah es gut aus.

Meine Mutter ist mit mir über die Grenze gefahren, um mir eine neue Spielkonsole zu kaufen: eine Neo Geo. Die hat bei uns noch niemand. Super Bildqualität. Alle werden zu mir nach Hause kommen wollen, um sie auszuprobieren.

Ich trete aus dem Laden. Der Wind ist abgeflaut, *s'ciao*, zum Glück. Ich sehe die Piazza, die Arkaden, einen Fastfood-Laden – Burghy oder Burger King? –, den aufgewühlten See, das Auto meiner Mutter, die große Schachtel, die ich auf den Hintersitz lege.

Ganz schön schwierig, hier nicht unter Beobachtung zu stehen, aber wir können uns besser sehen, uns mit Zeichen verständigen oder gegenseitig ärgern. Ich sitze in der Mitte der Reihe mit Blick auf die Tür.

Die Lehrerin legt ihre Tasche auf das Pult und setzt sich.

Die ersten Minuten sind heikel. Soll ich sie ansehen, um den Anschein zu erwecken, dass ich nichts zu befürchten habe, oder im Gegenteil lieber jeglichen Blickkontakt vermeiden? Vielleicht ist es am besten, so zu tun, als wäre nichts: freundlich lächeln, sie anschauen und wieder wegblicken. Doch vor lauter Aufregung kann ich nicht normal sein. Ich habe nicht gelernt. Wenn sie mich abfragt, bin ich verloren. Eine miserable Zwei wäre mir sicher.

Sie trägt die immer gleichen Kleider – einen knielangen Rock und helle Strümpfe. Nun holt sie die Namensliste hervor und setzt zu ihrem kleinen Theater an, das niemanden mehr beeindruckt. Heute addiert sie das Datum mit dem Monat. Wir hören ihr zu und rechnen im Kopf mit. Sie teilt die Summe durch zwei, dann tippt sie auf einen Namen und zählt rückwärts.

Ich sehe, wie ihr blasses Gesicht erstrahlt, ihre kleinen schwarzen Augen zu funkeln anfangen. Alle blicken wir sie an.

Sie nennt den Namen des Unglückseligen. Es ist nicht meiner. Ich kann mich zurücklehnen und die Vorstellung genießen.

Dann folgt ein Diktat bis zur Pausenglocke.

*Für das Papstprimat war dieses Dokument grundlegender Eckpfeiler…*

Schon wieder.

*Die Kirche, Corpus Mysticum Christi, sollte auf Eintracht gründen, und in dem…*

Sie schlendert umher, legt vor den Fenstern eine Pause ein, spaziert zum Pult zurück, setzt sich einige Minuten auf ihren Platz und fängt ihre Runde wieder von vorne an.

*Dem Bischof von Rom oblag die allgemeine Verantwortung über die ganze Kirche…*

Ihr Vortrag wird immer von derselben Frage unterbrochen:

»Könnten Sie das bitte wiederholen?«

Mir ist langweilig.

»Entschuldigung, haben Sie ›indem‹ oder ›in dem‹ gesagt?«

Meine Tante sitzt auf dem Sofa. Auf dem Couchtisch die Marlboro, ein Feuerzeug, ein Aschenbecher, mehrere zerknüllte Lindt-Papierchen und die offene Pralinenschachtel. Wenig Licht – hinter dem Fenster steht ein anderes Haus, und die Rollläden sind fast ganz heruntergelassen. Der Fernseher läuft ohne Ton, vielleicht damit man besser reden kann.

Während sie raucht und nascht, erzählt sie mir von ihrer neusten Beschäftigung. Sie hat herausgefunden, dass sie über außergewöhnliche wahrsagerische Fähigkeiten verfügt. Sie könne die Zukunft in den Karten lesen und habe immer mehr Zulauf. Jetzt verdiene sie gut.

Sie erzählt mir auch, was es Neues in Marokko gibt: von ihren Geschwistern und ihrer Mutter, die immer nach mir fragten und mich gerne öfter sehen würden. Sie ist immer über alles im Bild.

Als kleiner Junge, sagt sie, wollte ich immer bei ihr und ihrem Mann im Bett schlafen, in der Mitte, und vor dem Einschlafen kniff ich ihr ins Ohrläppchen. Sie rückt näher und zeigt mir wie.

Ich erinnere mich, sehe, wie sie beide weit weg voneinander auf der Seite liegen und sich den Rücken zukehren.

Die Zigaretten sind aufgeraucht. Ich gehe welche holen. Wenn ich ihr das Päckchen und den Rest gebe, wird sie mir einen Geldschein zustecken. Ich habe schon entschieden, welches Spiel ich mir damit kaufen werde.

Die Deutschlehrerin sagt nett, aber entschieden *Nein*. Heute muss ich mich in die erste Reihe setzen. »*Warum*«, frage ich, obwohl ich es bereits verstanden habe.

Auf ihrem Pult steht ein kleiner, schwarzer CD-Rekorder.

»*Blitz*«, antwortet sie und lächelt. »*Hörverstehen.*«

Sie beginnt, die Tische auseinanderzuziehen. Ein paar Mitschüler helfen ihr. Nicht schieben, hochheben.

Mit zwei Ordnern baut sie eine Wand zwischen mir und meinem Banknachbarn auf. Ich kann ihn nicht mehr sehen.

Dann teilt sie die Testblätter aus und gibt uns ein paar Anweisungen. Befeuchtet ihren Finger und legt jedem eins auf den Tisch. Weiß. Wir dürfen es nicht umdrehen. *Verboten.* Noch nicht. Ich höre das Geklapper ihrer Absätze und das Klimpern der Anhänger an ihrem Handgelenk. Sie erklärt und erklärt, doch ich verstehe nur wenig.

»*Fünf Minuten.*«

Sie geht zum Lehrerpult zurück und drückt auf den Knopf. Das Rascheln des Papiers: Die anderen haben umgedreht. Jetzt soll man. Ich mache es ihnen nach und höre zu.

Verstehe nichts. Gar nichts. Starre auf mein Blatt. Nicht einmal die Fragen verstehe ich. Keine einzige.

Sie beobachtet uns, wie ein General. Hebt man den Kopf, räuspert sie sich.

Unmöglich, abzuschreiben.

Ich höre weiter zu, in der Hoffnung, wenigstens den Zusammenhang zu verstehen.

Keine Chance.

Die Lehrerin stellt ab und sammelt sofort die Blätter wieder ein. Ich habe noch nichts geschrieben. Zum Glück beginnt sie hinten.

Ich mache meine Kreuze nach dem Zufallsprinzip, kritzle ein paarmal Ja und ein paarmal Nein hin. Den Rest lasse ich leer.

Bei den etwa hundert leicht abschüssigen Metern ohne Straßenbeleuchtung, wo Geländer, Bäume, Gartenmauer und Abhang nicht mehr zu sehen sind.

Ich laufe mitten auf der Fahrbahn über den schwarzen Asphalt, beschützt vom Schnee, der in den letzten Tagen gefallen ist. Alles schweigt. Es war ein ausgelassener Abend.

Ich fühle mich gut, groß, erwachsen.

Dann tauchen Scheinwerfer die Landschaft in helles Licht, blenden mich. Ich trete an den Rand und schaue. Strecke den Daumen raus.

Das Auto wird langsamer, hält jedoch nicht an. Ich habe ihn erkannt.

Nicht die Stube, nicht von Hallers weiße Locken auf dem Geldschein, nicht ihre Hände. Ich sehe nichts. Höre sie nicht mal reden tuscheln flüstern.

Verhandeln sie?

Wie lange schon? Ich wusste nicht, dass meine Mutter Elvezia für meinen Unterhalt bezahlt.

Zurück bleibt ein dumpfes Gefühl, das ich nicht mehr loswerde.

Ich kalkuliere, berechne, überschlage. Fünfhundert Franken im Monat. Wie hoch ist wohl Elvezias Rente? Wie viel kostet ein Liter Milch? Wie viel koste ich? Wer verdient daran? Ich sage mir, dass es keinen Grund gibt, traurig oder wütend zu sein. Keiner wird betrogen. Es geht in Ordnung. Doch es verletzt mich trotzdem.

*»Je ne vous laisse pas tomber«*, sagt sie und schüttelt den Kopf.

Mag sein, aber derweil liest sie uns gehörig die Leviten. Ich starre immer noch ungläubig und sorgenvoll auf mein Blatt. Die Lehrerin hat uns soeben die Klassenarbeiten zurückgegeben. Für einen Großteil ist das Ergebnis ungenügend. Auch hier bilden die Bänke ein Hufeisen. Auch hier sitze ich in der Mitte der Reihe mit Blick auf die Tür.

»*Je ne vous laisse pas tomber*«, wiederholt sie, während sie zum Pult zurückgeht.

In den letzten Unterrichtsstunden habe ich lieber mit meinen Tischnachbarn geschwatzt: über Fußball, über Tennis und über Mädchen. Wir verstehen uns gut, haben Spaß. Zu Hause habe ich auch nichts gemacht, mir nur die Folge von Modus und Tempus im Bedingungssatz angeschaut – *présent avec futur simple de l'indicatif… imparfait avec conditionnel présent… plus-que-parfait avec conditionnel passé*. Ich hatte schon gewusst, dass eine Vier außer Reichweite liegen würde.

Meine Mitschüler tuscheln, tippen Zahlen in den Taschenrechner, ermitteln ihren neuen Durchschnitt, tauschen zum Vergleich ihre Blätter. Ein paar haben sie bereits abgeheftet und warten, dass es weitergeht. Als die Lehrerin sich zur Tafel umdreht und zu schreiben beginnt, knüllt ein Mitschüler sein Blatt zusammen und wirft es in den Papierkorb.

Ich frage mich, wie ich es schaffen soll, aufzuholen. Es sieht schwer nach einer Ehrenrunde aus. Ich werde mich anstrengen müssen.

Dann klappe ich die Agenda auf und notiere meine Noten: eine Eins im Grammatikteil, eins Komma zwei fünf im Aufsatz.

Die Rollläden sind unten, die kleine Hängelampe gibt nur spärliches Licht. Meine Mutter lächelt vor dem Fernseher. Sie sieht glücklich aus. Ich liege auf meinem Bett, starre sie neugierig an. Sie ist raufgekommen, um mir ihren neuen Freund vorzustellen. Noch verdeckt ihn die offen stehende

Tür. Ich höre, wie er näher kommt, seine Sohlen auf den Dielen, stehe auf. Der Abstand wird weniger und weniger. Meine Mutter tritt zur Seite, weicht zurück.

Groß und stattlich, elegant und parfümiert.

Ein Marokkaner. Diesmal ein echter.

Ich gebe ihm die Hand. Wir lächeln uns mehrmals lange zu.

Mit mir spricht er vor allem Französisch, doch er kann auch ein paar Worte Italienisch.

»*Scola biene?*«

Ich antworte ihm auf Italienisch, ab und zu auch auf Französisch. Wir schaffen es, uns zu verständigen. Er ist nett.

Wenn das Gespräch stockt, greift meine Mutter ein und übersetzt: vom Arabischen ins Italienische, vom Italienischen ins Arabische.

Er ist vor ein paar Tagen in Europa gelandet. Ich habe ihn noch nie gesehen, nicht einmal auf einem Foto. Niemand hat mir von ihm erzählt.

Ich denke an die Verkupplungssendung mit Marco Predolin – *Il gioco delle coppie* –, an die Hocker, an das Blau, an die Wand, die automatisch weggezogen wird.

Geschafft. Wusste ich's doch. Jetzt darf ich jubeln. Der Mathelehrer hat mir soeben die letzte Klassenarbeit zurückgegeben. Ich sehe seine ungekämmte Mähne, den ausdruckslosen Blick, die Cordhosen.

Vier Komma zwei! Jetzt ist mein Durchschnitt locker im grünen Bereich. Ich tippe die Noten in den Taschenrechner ein. Die Lage ist unter Kontrolle: eine hoffnungslose Drei in Deutsch, eine hoffnungslose Dreieinhalb in Französisch, doch mit der Vier in Mathe schaffe ich den Sprung in die nächste Klasse.

Ich denke an den Lehrer aus der Mittelstufe, der mir geraten hatte, andere Optionen in Betracht zu ziehen, fürs Gymnasium sei ich nicht geeignet. Doch ich habe es geschafft.

Erleichtert blicke ich mich um. Die Reaktionen meiner Mitschüler: Jubel bei den einen, andere warten noch und gehen von einer schlechten Note aus.

Ich denke an das Geschenk, das mir meine Mutter zur Feier des bestandenen Jahres sicherlich machen wird, überlege, was ich mir wünschen könnte. Noch mehr Videospiele oder einen neuen Tennisschläger?

Der Lehrer setzt sich wieder ans Pult und beginnt, die Korrekturen zu besprechen. Die Tafel ist geputzt.

Ich höre zu und schreibe mit, melde mich, nehme am Unterricht teil.

Linker Flügel, da bist du zum Angreifen bereit, allerdings ganz in der Nähe der Bank, von wo aus der Trainer einem die Hölle heiß macht. Respektive höllisch auf den Sack geht. Weil er sich aufregt, wenn du von außerhalb des Strafraums schießt und nicht triffst. Dann hört man ihn von der Seitenlinie aus fauchen:

»Was soll das denn! Für wen hältst du dich eigentlich, dass du glaubst, ihn von dort reinzukriegen? Maradona?«, dazu rudert er mit den Armen.

Wenn du dich für einen Steilpass entscheidest, der danebengeht, wirst du genauso angeschrien:

»Ja aber, Kinder, ohne Schuss aufs Tor gewinnt man auch kein Spiel! Versenk ihn doch von dort!«

Er bringt mich durcheinander. Ich weiß nicht mehr, was ich tun soll. Nutzlos, ihm zu widersprechen oder es mit Argumenten zu versuchen, weil er als Antwort nur die zwei Wörter kennt:

»Willste raus?«

Pausenlos brüllt er herum, von der ersten Minute an:

»Zieht endlich den Finger aus dem Arsch! ... Faule Säcke! ... Ihr seid doch keine Muschis!«

Ich lasse ihn wissen, dass er mir nun definitiv auf den Sack geht. Er klatscht mit einer schnellen, trockenen Geste vor seinem Gesicht in die Hände, dann streckt er einen Arm hoch und sagt:

»Schiri, Wechsel!«


Der Freund meiner Mutter hat angeboten, mir das Rasieren beizubringen. Er hat alles Nötige beschafft. Wir haben uns in unserem kleinen Badezimmer eingerichtet. Durch das Klappfenster dringt helles Licht herein, es ist ein sonniger Nachmittag.

Ich habe Angst, dass er mich schneidet.

Mit nacktem Oberkörper sitze ich auf dem roten Hocker, das Gesicht voller Rasierschaum. Aus der Stube hört man die Stimmen von Elvezia und meiner Mutter. Was sie sagen, verstehe ich nicht.

Ich lausche den Erklärungen ihres Freunds. Halte einen Spiegel vors Gesicht, damit ich die Sache besser mitverfolgen kann. Er spricht vor allem Französisch mit mir:

»À contre-poil.«

Ich sehe, wie er die Rasierklinge im Waschbecken abspült. Wie er eine bequemere Arbeitsposition sucht. Wie er sagt:

»Finito, fertig.«

Seine liebenswürdige und stolze Miene.

Meine glatten Wangen.


Man braucht nicht zu lernen. Es genügt, die Antworten gut vorzubereiten. Die Fragen sind immer vorhersehbar und allgemein.

Von meinem Platz in der hintersten Reihe aus, in der Ecke am Fenster, behalte ich sie im Blick. Warte auf den richtigen Moment. Ich schreibe ein paar Sätze auf das Sudelblatt, diese zwei, drei Punkte, die ich auswendig gelernt habe: Damit sie keinen Verdacht schöpft. Von Zeit zu Zeit steht sie auf und geht umher. Vertritt sich die Beine, betrachtet durch das Fenster den Wald, beaufsichtigt uns.

Auch heute habe ich mit meinen Prognosen ins Schwarze getroffen. Frage Nummer eins: *Die Gegenreformation*. Frage Nummer zwei: *Der Dreißigjährige Krieg*. Die Antworten habe ich aus dem Lehrbuch und meinen Unterrichtsnotizen zusammengebastelt – zwei alles enthaltende, sorgfältig ausformulierte Texte, ohne durchgestrichene oder eingefügte Stellen.


Ich ziehe das erste Blatt aus meinem Rucksack und verstecke es unter dem Sudelblatt. Das Zittern meiner Hand lässt nach. Jetzt kann ich mich erleichtert umsehen, so tun, als würde ich über die Schlacht am Weißen Berg nachdenken.

Die Lehrerin korrigiert Klassenarbeiten.

Ich wiederhole das Prozedere mit dem zweiten Blatt. Keine Zwischenfälle, alles läuft wie am Schnürchen. Lächelnd notiere ich die letzte Aufstellung von Inter, kritzle herum. Auch in den vorderen Reihen werden vorgefertigte Antworten aus Rucksäcken gezogen.

Ich könnte die Arbeit längst abgeben. Doch das wäre riskant. Ich schreibe und kritzle bis fünf Minuten vor Schluss.

Nur eine Viereinhalb? Wie ist das möglich?

Ich sehe die beiden nur auf dem Foto. Eng umschlungen lächeln sie auf der Piazza vor dem Rathaus. Sie haben geheiratet.

Am Telefon erzählt mir der Onkel in Marokko, dass der Mann meiner Mutter früher im armen Teil des Quartiers gewohnt hat. Aus Mitleid habe er ihn manchmal mitgenommen. Ihm Mädchen vorgestellt, ausrangierte Kleider und Uhren geschenkt oder ein Abendessen in einem der Lokale an der Corniche von Aïn Diab spendiert. Als er erfahren habe, dass meine Mutter in der Schweiz ein Leben im Luxus führt, fing er an, ihr aus der Ferne den Hof zu machen.

»Wenn ich den in die Finger krieg«, versichert mir der Onkel, »kann er was erleben.«

»Denen ist keiner gut genug«, beschwert sich meine Mutter.

Die Discokugel verstreut ihr psychedelisches Licht, taucht den Gemeindesaal in Rot Blau Gelb Violett Grün Orange. Auf den Tischen beim Eingang ein Buffet mit Kuchen und Häppchen, einige davon marokkanisch. In der Ecke ein von der Gemeinde zur Verfügung gestellter Riesenkühlschrank. Wir haben ihn natürlich mit Bier gefüllt. Beim Aufbau der Stereoanlage hat mir ein Mitschüler geholfen. Das Equipment ist erstklassig. Wenn die Musik hochfährt, zittern die Fensterscheiben.

Ich bin ganz weiß angezogen.

Ich gehe zum DJ und schlage ihm etwas Melodischeres vor, House zum Beispiel. Zeige ihm die CD von Litfiba. Dann kommt *Ballata* und Piero Pelùs Stimme:

»*Venderò l'anima colorando il nero dell'orizzonte…*«

Doch auf der Tanzfläche gähnende Leere, absolut tote Hose. Viele haben abgesagt – wegen Krankheit, anderer Pläne, weil im letzten Moment etwas dazwischenkam oder es keine Mitfahrgelegenheit gab. So auch das Mädchen, für das ich schwärme; aber ihre Freundin hat mir ein Geschenk von ihr mitgebracht. Einen Plüschfrosch.

Wenn man ihm auf den Bauch drückt, macht er Quak.

»Elvezia ist auch nicht mehr die Jüngste...«

Sie versucht es wieder. Ich spüre, wie der Ärger in mir hochsteigt.

Es vergiftet die schale Luft, die wir einatmen, lässt den Putz von den rissigen Wänden abbröckeln. Liegt im Pfeifen des alten Kühlschranks, im bitteren Beigeschmack der Süßspeisen. In ihrem faltigen Gesicht, in ihrem zittrigen Gemurmel.

Es steckt in unseren Tränen, verdammt.

Elvezia sitzt im Sessel neben dem Ofen. Sie hat die Zeitung auf der Anrichte zusammengefaltet und dann ihre Brille araufgelegt.

Ich sitze im Schneidersitz auf dem Teppich, im Pyjama. Was für eine Nacht.

Diesen Monat ist sie dreimal gestürzt.

Strammen Schritts kommt sie anmarschiert. In der Hand der Katzennapf mit Trockenfutter. Die Brauen zusammengezogen, blutunterlaufene Augen, auf der Stirn neue, tiefe Furchen. Ich hatte nicht erwartet, dass sie noch wach ist.

Draußen bläst ein heftiger Wind, sein Rütteln lenkt ab. Ein Gewitter zieht auf.

Ich lächle gleichmütig.

Elvezia holt aus, aber ich weiß, dass die Ohrfeige in der Luft hängen bleiben wird. Ihr Drohen macht mir keine Angst mehr.

Ich stoße sie weg.

Der Napf fällt auf die Fliesen, Katzenfutter prasselt, springt umher, kullert davon.

Elvezia liegt auf dem Teppich, brummt etwas, klagt über Schmerzen am Rücken, atmet schwer.

Durch die Ritzen pfeift der Wind.

»Elvezia schafft es nicht mehr, dir immer hinterherzulaufen...«

Ich würdige sie keines Blicks.

Verwirrt, durcheinander, in einem Meer aus weißen Blättern. Der Radiergummi macht Flecken, schmiert. Ich zerknülle das Blatt und werfe es gegen den Spiegel.

Ich will schlafen, will, dass mein Körper zur Ruhe kommt, doch ich kann nicht.

Warum?

Ich lege mich wieder ins Bett. Auf die linke Seite: Damit ich die Wand anstarren kann. Ich wickle mich in die Decke. Mit dem kleinen Finger schreibe ich erfundene Wörter an die eiskalte Wand.

*ASDFGHJKL*

Dringendes Verlangen nach Stille. Ich will den Fernseher ausschalten, den tobenden Himmel ausschalten, doch die Fernbedienung liegt auf dem Teppich, und ich kann nicht aufstehen. Ich kann nicht aufstehen.

Ein Blitz. Ich zähle, weil Elvezia mir beigebracht hat, dass auf den Blitz der Donner folgt.

Ein lang anhaltendes, furchterregendes Krachen. Ich versuche, nichts mehr zu hören. Es gelingt mir: Ich höre nichts. Nicht den Fernseher. Nicht den Himmel. Ich verspüre nur eine fiebrige Hitze. Also katapultiere ich die Decke ans Fußende. Sie fällt nicht runter. Bleibt im Spiel.

Doch sofort wird mir kalt. Ich greife sie mit den Füßen und hole sie zurück.

Decke mich zu.

Gut einmummeln, mein Kind, sonst fängst du dir noch was ein.

»Unten in der Stadt hast du es bequemer...«

Nein.

Jetzt sitzt Elvezia im Sessel. Ihre feuchten, geschwollenen Augen weichen immer wieder Hilfe suchend nach oben aus. Auch ich suche anderswo Zuflucht. An ihren mageren Beinen. Am rotorangen Rechteck des Feuers im Ofen, der uns so viele Winter lang gewärmt hat und nun schnaubt.

Sie schafft es nicht, ihn auszusprechen. Diesen Satz, der seit Stunden, Tagen, Monaten ihren müden Geist heimsucht und trübt. Sie will mich nicht verletzen. Wir wissen es beide. Am liebsten wären wir nie an diesen Punkt gelangt. Würden gern diesen Augenblick nochmals aufschieben, uns eine andere Realität ausdenken. Eine surreale, magische Realität, in der der Tod besiegt wird, in der das Unausweichliche verstummt zerbricht erlischt.

Doch wir bleiben in der Stille sitzen.

Mein Blick bleibt an einer Träne hängen, die sich von ihrem Kinn löst und hinunterfällt. Ich habe sie noch nie weinen sehen.

»Arme Elvezia, auch sie braucht mal ein wenig Ruhe...«

Ich stürze ab. In einer Hand die Che-Guevara-Fahne. In der anderen einen Hammer und vier Nägel. Ich stürze und lande auf dem Fußboden.

Die Tischplatte hat nicht gehalten. Billiger Holzspan. Da hätte ich draufkommen können. Ich ärgere mich über mich selbst, fluche.

Ich sehe Schwarz. Schwarz das Bett, zwischen drei Wänden eingepfercht, schwarz das Regal an der vierten Wand, der kleine Schrank mit den zwei Türflügeln, der Pouf aus Marokko. Schwarz das, was einmal Schreibtisch war.

Das Fenster lässt nur wenig Licht herein, es fehlt, wo man es zum Lesen und Lernen bräuchte, und stört, wo es auf den Fernsehbildschirm fällt.

Ich richte mich ein, verpasse meinem neuen Zimmer etwas Farbe. Die Poster an der Wand: Anna Nicole Smith, Pamela Anderson, Sabrina Salerno. Die Buchrücken: *Lehrbuch Geschichte*, *Grammaire à la carte*, *Mensch und Umwelt*. Die blauen Ordner. Die CDs: *Litfiba*, *Jovanotti* und weitere italienische Musik. Die Videokassetten, fast alles Kopien: *Beverly Hills Cop*, *Dümmer als die Polizei erlaubt*, *Ein Werwolf kommt selten allein*. Computerspiele: *Super Mario* und viele mit Sport. Tennis- und Fußballtaschen. Ein Pingpongschläger, rot und schwarz. Ein Fußball aus weißen und grünen Fünfecken. Eine weiße, glänzende Minibar.

Der Mann meiner Mutter bohrt Löcher in die Wand, um das Kabelfernsehen in unsere beiden Schlafzimmer zu legen. Ich höre den Bohrer. Schaue aus sicherer Entfernung zu. Mit schlechtem Wetter, Wind und der Antenne werde ich mich nicht mehr rumschlagen müssen.

Das Bild ist scharf. Viermal so viele Sender.

Orientierungslos wache ich im Dunkel der Nacht auf. Suche einen Anhaltspunkt. Finde ihn, es ist immer noch derselbe: die orange LED-Anzeige des Fernsehers. Ich schlurfe in meinen Pantoffeln zur Minibar. Weißes Licht erhellt das Zimmer.

Ich greife nach dem Eistee. Trinke. Dann esse ich ein Stück Schokolade, Milchschokolade.

Meine Mutter und ihr Mann sind sich einig: Die Poster sind gar nicht schön, sie sind vulgär. Ich soll sie abnehmen.

Ich gehorche ihnen nicht.

Zum Glück habe ich eine neue Französischlehrerin. Sie ist hilfsbereit. Erklärt besser, übersetzt wenn nötig auch auf Italienisch. Noch hat sie ihren Irrtum nicht bemerkt: Sie hält mich für einen französischen Muttersprachler. Wahrscheinlich wegen meiner Herkunft.

Lächelnd steht sie an ihrem Pult. Sie trägt ein beiges Ethno-Kleid und bunte Strümpfe bis zu den Knien. Soeben hat sie eine Frage gestellt, vielleicht zum Textverständnis. Jetzt wartet sie darauf, dass sich jemand meldet und sein Glück versucht.

Ich sitze in der hintersten Reihe am Fenster. Ich kenne die Antwort nicht, doch ich muss mir keine Sorgen machen. Sie nimmt mich fast nie dran. Wendet sich lieber an andere, an diejenigen, die es nötiger haben, sich im Mündlichen zu verbessern.

Stille herrscht. Keiner rührt sich.

Die Lehrerin blickt zu mir. Ich fürchte, dass sie etwas von mir hören will. Doch sie zwinkert mir nur zu und antwortet selber.

Wo ist es? Ich lasse die Tasche fallen und schaue mich hektisch um. Ich sehe es nirgends. Vielleicht stand es im Weg, vielleicht hat es jemand woanders hingestellt. Der Mann meiner Mutter? Die Hauswartin?

Ich gehe einmal um das Gebäude, suche im Innenhof. Fluche. Warum nur habe ich es nicht abgeschlossen?

Wie oft habe ich kräftig in die Pedale getreten, bis der Motor ansprang. Wie oft bin ich an der Dorfbeiz vorbeigebraust, habe mit geradem Rücken und wehendem Haar gegrüßt.

Bei Elvezia wäre so was nie passiert. Ich schiebe das Garagentor hoch.

Immer ist die ganze Bande herumgeflitzt, waghalsige Überholmanöver, das Adrenalin. Wie ich mich immer auf die Sattelspitze gesetzt habe, damit noch einer mitfahren kann.

Ich erkundige mich bei der Hauswartin. Beim Mann meiner Mutter. Bei den Nachbarn.

Dann setze ich mich auf meine Tasche, muss nachdenken. Wer kann es gewesen sein?

Einmal habe ich, verwegen wie Bo und Luke, die Polizei abgehängt.

Da, ich mache die Umrisse des metallic-schwarzen BMW aus. Sie wartet auf dem Busparkplatz. Ich verabschiede mich von meinen Klassenkameraden und überquere den Vorplatz. Frage mich, wie sie wohl reagieren wird. Vielleicht wird sie laut lachen. Sie hat sich nämlich auch mal die Haare blond gefärbt. Es könnte aber auch sein, dass sie meinen neuen, etwas unkonventionellen Look gar nicht gut findet. Sie liegt mir schon lange in den Ohren, dass ich die Haare schneiden soll, ich sei ja kein Mädchen.

Gedankenverloren starrt sie ins Leere. Sie hat mich noch nicht bemerkt. Ich zögere einen Moment, dann steige ich ein. Verdutzt starrt sie mich an, zieht die Augenbrauen zusammen und dreht die Musik leiser:

»Bist du verrückt geworden?«

»Gefällt's dir etwa nicht?«, erwidere ich, nur um etwas zu sagen.

Sie meint, ich hätte wohl den Verstand verloren. Packt mich am Kinn und dreht es unsanft zu sich, um sich zu vergewissern, dass nur eine Strähne blond ist.

Eine einzige.

Ich wende ein, dass die Friseurin mir zu meiner originellen Idee gratuliert hat, dass sie sogar meinte, ich könnte einen neuen Trend setzen. Sie unterbricht mich mit schriller Stimme und hält mir eine Predigt.

Ich drehe das Radio lauter, obwohl arabische Musik läuft.


Der Schlüssel dreht im Schloss. Ich sitze mitten im Zimmer auf dem Pouf, mit der Neo Geo – ein Prügelspiel. Der Mann meiner Mutter kommt nach Hause. Er grüßt mich vom Flur aus und geht in die Küche, vielleicht um einen Schluck Cola zu trinken. Ich höre, wie die Kühlschranktür auf- und wieder zugeht, dann einen lautstarken Rülpser.

Jetzt geht er durch den Flur – Schritte auf den Fliesen, er kommt näher.

»Mama ist nicht da?«, fragt er und streckt den Kopf in mein Zimmer.

Beim Anblick seiner Aufmachung muss ich grinsen. Ganz orange, wie ein holländischer Fußballspieler. Er hat eine Stelle als Müllmann gefunden. Wenn er darüber spricht, schwingt eine vage Unzufriedenheit mit, obwohl er es nicht zugeben will.

»Kratzt mich doch nicht«, sagt er scheinbar gleichgültig. »Hauptsache, ich werde bezahlt.«

»Keine Ahnung«, antworte ich, ohne aufzublicken. »Vielleicht ist sie in der Waschküche.«

Er schließt die Tür und geht sich herausputzen. Eine Dusche, ein Spritzer Zino Davidoff, frisches Hemd, schicke Hose und sein Schmuck.

Meine Mitschülerin nickt unverfroren. Der Lehrer schmunzelt und hakt nach, mit nettem und munterem Blick:
»Du?«
Sie:
»Ja.«
Ich sitze in der Mitte der hintersten Reihe. Um den Lehrer anzuschauen, muss ich den Kopf zur Seite neigen. Links die breite Glasfront, der Wald, die verschneiten Gipfel. Rechts das Weiß der Wände und das Grau der Wandschränke. Die Tafel voller Zahlen und Linien – eine Bilanzrechnung? Aufwand und Ertrag? Buchhaltung? Auf dem Pult seine braune Aktentasche.
»Und du?«
Alle sagen Ja.
Dieses Jahr haben wir drei uns zum letzten Schultag als Nutten verkleidet, Absätze, Netzstrümpfe und Minijupes. Dazu zwei prall gefüllte Luftballons unter dem hautengen T-Shirt. Starke Schminke und knallige Perücken.
Der Unterricht wird ständig von ausgelassenem Gelächter und blöden Kommentaren unterbrochen.
»Und du?«, fragt er und reckt sein Kinn in die Höhe. »Kannst du's?«
Er will es wirklich von jedem Einzelnen hören. Ich warte, bis ich an der Reihe bin.
Er ruft mich bei meinem Nachnamen auf, den er natürlich verhunzt: eine nie gehörte Variante.
»Ich?«, frage ich und fahre mir mit der Hand über den platinblonden Bubikopf.
»Ja, genau du.«

Jemand lacht höhnisch auf. Der Lehrer kann sich kaum beherrschen. Ich sage Ja.

»Dann komm her und erklär's mir«, sagt er und winkt mich mit dem Finger zu sich.

Als ich aufstehe, sehe ich, dass sich unter meinem Rucksack eine Jack-Daniel's-Pfütze ausbreitet. Ich torkle zum Lehrerpult.

Ins Notenheft schreibt er eine Zwei.

Ich sehe sie deutlich vor mir. Die blonden Haare, auf der Seite kurz und oben länger. Blaue Augen. Die Adlernase. Volle Lippen. Makellose Zähne. Den kleinen Busen. Die lockere, fast jungenhafte Kleidung. Wir sind erst seit kurzem zusammen.

Deutlich der Chemieraum, wo alles begann. Die hohen Hocker, die Reagenzgläser, die provozierenden Bemerkungen des Lehrers – »Wenn ihr die Matur nicht machen wollt, bitte schön, nebenan sind die Maurer- und Gärtnerlehrlinge ...« Aber was wir uns gesagt, was wir gemacht haben, der Unterricht, die Festtage, die Wochenenden verschwimmen.

Sie ist ein Jahr älter als ich.

Gedrängel. Wir müssen wieder aufstehen. Die Wachmänner passen auf, Hände hinter dem Rücken, ihr Blick starr und streng. Die Warteschlange ist länger geworden. Wir sind uns einig: Es war eine gute Idee, so früh hier zu sein. Um ganz nach vorne zu kommen, braucht's nur noch einen kleinen Sprint, sobald die Türen aufgehen.

Jemand singt das Lied *El diablo: Tutta la vita è una grassa bugia ...*

Vier offensichtlich betrunkene Jungs torkeln außerhalb

der Reihe herum, lächeln, strecken die Bierdosen in die Höhe, stimmen mit kalabrischem Akzent *O sole mio* an. Sie klettern vor dem Eingang auf die Absperrungen, stürzen sich in die Menschenmenge und lösen ein Gerangel aus, das die Wachleute zum Eingreifen zwingt.

Wenig später finden sich die vier am Ende der Schlange wieder, wo sie brüllen:

»Bullenschweine!«

»Scheißschweizer!«

Von hinten wird plötzlich wieder geschoben. Ich schaffe es nicht, mit den Händen dagegenzuhalten. Meine Brust wird gegen die Absperrung gedrückt, der Rucksack in meinen Rücken, dass es wehtut.

Ich sehe Piero Pelù zur Musik nicken, seine Haare im Wind. Das Gilet. Eng anliegende, dunkle Hosen. Die perfekt getrimmten Koteletten. Ich höre *Tex*:

»*Sulla strada ci sono solo io, circondato dal deserto attorno a me…*«

Ich habe mich in meinem Zimmer verschanzt, mit heruntergelassenen Rollläden, damit die letzten Sonnenstrahlen nicht auf den Bildschirm fallen.

Was wollen sie nur schon wieder?

Ich ignoriere die Rufe aus dem Wohnzimmer. Warum sollte ich mir die Mühe machen? Sollen sie doch zu mir kommen, wenn was ist.

Meine Mutter kommt ohne zu klopfen herein. Ihr aufgesetztes Lächeln kann ihren Ärger nicht verbergen.

»Hast du uns etwa nicht gehört?«, fragt sie.

Und ob, erwidere ich. Mit einer Nachsicht, die mich aus dem Konzept bringt, fährt sie fort:

»Komm bitte mal.«

Am liebsten würde ich mich weigern, aber jetzt bin ich neugierig.

»Was gibt's?«, letzter Versuch, bevor ich mich wohl oder übel vom Bett loseisen muss.

Sie deutet in den Flur und kehrt ins Wohnzimmer zurück.

Ihr Mann liegt unter einem beigen Laken auf dem Sofa. Ich bleibe an der Türschwelle stehen. Schaue mich neugierig um, versuche zu erraten, was los ist.

Sie setzt sich neben ihn, drückt die Zigarette aus und lächelt. Das letzte bisschen Rauch steigt zur Decke auf.

Ich sehe das Bügelbrett, unsere gestapelte Wäsche im Korb, die Hemden über den Stuhllehnen, im Fernsehen wie immer ein Actionfilm, ganz nach seinem Geschmack.

Ich frage, was es gibt. Sie dreht leiser, fragt, ob ich mich nicht setzen will, bis sie sich endlich entschließt, etwas zu sagen:

»Du bekommst ein Schwesterchen«, sagt sie und blickt ihren Allerliebsten an. »Freust du dich?«

Warum sollte ich?

»Du bist doch nicht etwa neidisch?«, fragt sie belustigt.

»Warum sollte ich?«

Die Flutlichtstrahler blenden. Der Schweiß rinnt mir in die Augen. Ich sehe Gelb, sehe Licht. Und bin erschöpft. Es ist schwierig, diesen Smash zu schlagen, ohne dass er ins Aus fliegt. Lieber behutsam zurückspielen, mit der Rückhand.

Ich muss den Tiebreak gewinnen.

Ich spüre den Ball auf dem Racket. Muss retournieren, habe aber Angst. Es gelingt mir nicht, ihn gut zu platzieren. Ein läppischer, unpräziser Schlag, zu zentral.

Mein Gegner steht schon für einen Passierball mit der Vorhand bereit.

Ich erliege der Versuchung, ein paar Schritte Richtung Grundlinie zu machen. Nur kurz. Dann siegt die Angst, lähmt mich.

Der x-te Matchball.

Er serviert mir – obschon auch seine Kraftreserven am Ende sein müssen – einen knallharten Schlag, begleitet von einem Stöhnen, das ihm den Mund verzieht.

Ich spüre meine Beine nicht mehr, kann mich nicht mehr bewegen, auch die Füße nicht. Meine Arme schwer wie Stein. Mein Gleichgewicht schwindet. Der rechte Arm baumelt herunter.

Mit letzter Kraft drehe ich mich um, sehe dem Ball nach, wie er auf dem Weiß der Linie auftrifft, und rufe schnell Out.

Ich habe gewonnen. Wir geben uns die Hand. Dann sacken wir auf die Bänke und schauen zum Sternenhimmel.

Eine grüne, schon halb abgebrannte Kerze. An der Wand hängen Zeichnungen der Wölflinge und ein hölzernes Kruzifix. In der Ecke eine Matratze, da liegen wir, eine Decke über unseren nackten Körpern.

Wir haben wenig Zeit, müssen uns beeilen, das Vorspiel auf ein Minimum reduzieren.

Ihre blonden Haare haben im Dämmerlicht an Glanz verloren, nicht aber die blauen Augen und ihre weißen Zähne. Ich neige mich zu ihr und küsse sie auf den Mund. Wie ich ihre Lippen liebe: so weich.

Den Ellbogen neben ihrer Schulter aufgestützt, führe ich den Penis dorthin, wo ich den Schlitz vermute. Sie wartet mit halb geschlossenen Augen, stöhnt. Es muss da sein, innerhalb dieser fünf Quadratzentimeter. Doch ich finde ihn nicht. Das Kondom rutscht auf den Schamhaaren ab.

»Weiter unten«, flüstert sie lächelnd.

Ich gleite nach unten, spüre jedoch, wie die Erektion schwindet. Mit einer Hand streichelt sie mich im Nacken, mit der anderen beginnt sie langsam, mich zu massieren. Das Kondom wird schrumpelig. Sie streift es ab und lässt es auf den Matratzenrand fallen. So kann sie ihre Bewegung beschleunigen. Sie haucht mir Seufzer ins Ohr.

Mein Penis wird wieder steif. Diesmal darf ich nichts mehr falsch machen. Um mir die Aufgabe zu erleichtern, benutze ich den Zeigefinger. Präge mir alles genau ein.

Ich berühre ihre Lippen, gehe ein paarmal rein und raus, streichle. Spüre ihre feuchte Vagina. Da ist sie. Sie sagt:

»Das Kondom.«

Schnell reiße ich eine neue Packung auf, auch wenn ich am liebsten sofort ohne in sie eindringen würde, um sie besser zu spüren. Sie will mir helfen, sowohl mit dem Kondom als auch bei der Vagina. Ich lasse sie machen, sie hat mehr Erfahrung.

Dann alles schwarz. Vielleicht ist sogar die Kerze ausgegangen.


Jetzt sehe ich, wie sie die Kette um den Maschendraht wickelt und das Gittertor wieder abschließt.

Wir gehen zum Nachmittagsunterricht zurück in die Schule.


Immer noch in der hintersten Reihe, das Segre-Martignoni-Lesebuch an mein Etui gelehnt. Die Seitenränder sind mit blauem Kugelschreiber verziert. Dort stehen auch die Ergebnisse meiner letzten Spiele: Ich zähle sieben Tore.

Wir haben mit der Kompassspitze ein Loch in den Tisch gebohrt, aus dem Buchdeckel der *Göttlichen Komödie* einen Pfeil ausgeschnitten und mit einem Nagel im Holz fixiert, dann mit Bleistift Felder markiert, nummeriert und zuletzt unsere Ratewand auf ein Blatt gezeichnet.

Wir spielen *Glücksrad*.

Es ist ein sonniger Nachmittag, die erste Stunde nach der Mittagspause. Der Lehrer spricht über Boccaccios Novelle, in der Calandrino glaubt, den magischen Heliotrop gefunden zu haben. Er hat eine dünne Stimme, nur Bruchstücke erreichen uns.

»Einfältig und dumm, aus grobem Holz geschnitzt...«

Er geht vor der ersten Reihe hin und her. Auf der linken Seite, wo weniger Licht hinfällt, bleibt er öfter stehen. Ich sehe den dichten, braunen, grau gefleckten Bart, der seine Lippen verdeckt. Die Cordhose und das karierte Hemd.

Jemand am anderen Ende der Reihe möchte sein Glück versuchen und einen Vokal kaufen. Der Lehrer sagt:

»Seid so gut, ihr dort hinten.«


Meine Mutter schmeißt die Kühlschranktür zu, knallt den Topf auf die Platte und dreht energisch den Knopf. Dann merkt sie es selber und beginnt ihre Kräfte zu dosieren. Mit einem feuchten Lappen wischt sie über den Tisch, rückt behutsam die Tasse und die Zuckerdose zurecht.

Sie ist aufgestanden, um mir Milch aufzuwärmen.

Jetzt steht sie neben dem Fenster, lehnt mit der Hüfte an der Wand, den Rücken zum Herd. Sagt nichts. Reibt sich die Augen und gähnt.

Ich sitze auf der Eckbank, noch im Pyjama. Nehme mir eine Buondì-Motta-Brioche. Die Sonne steht schon hoch. Ich muss lernen.

Am Fenster fehlen noch die Vorhänge. Zu teuer. Irgendein Verwandter wird sie uns früher oder später aus Marokko mitbringen.

Sie darf nicht rauchen. Blickt zu den Bergen.

Dann geht sie wieder schlafen.

Ich laufe schneller, weil ich nicht länger warten will. Auf den Bänken vor dem Eingang spielen ein paar Jungs Poker. Ich kenne sie nur vom Sehen. Bleibe nicht stehen. Grüße sie und stoße die Tür auf. Mein Herz schlägt mir bis zum Hals. Ich schwitze.

Dann laufe ich langsamer, habe Angst. Einen Moment lang denke ich, besser, es gar nicht zu wissen. Aber dann nehme ich all meinen Mut zusammen.

Ich gehe langsam die Treppe hoch. Von oben kommt mir eine bekannte Stimme entgegen. Ein Klassenkamerad, er ruft mir was zu: Seine Stimme bebt. Auch er macht sich Sorgen. Also ist das Ergebnis der Notenkonferenz noch nicht bekannt. Ich frage ihn trotzdem. Wir hätten es geschafft, antwortet er mir und hebt die Arme wie zum Jubel hoch. Ein Scherz, überhaupt nicht lustig. Ich schicke ihn zum Teufel und gehe zum Anschlagbrett.

Nur andere Klassen.

»Reingefallen«, sagt er und grinst nervös.

Die Versetzten der anderen Klassen. Ich lese alle Namen. Die Reihenfolge ist alphabetisch. Nochmals von vorne. Wir müssen uns noch gedulden.

Da kommt die Sekretärin. Sie blickt uns an, lächelt. In der Rechten hält sie die Brille – ich sehe das Kettchen, das hinunterbaumelt. In der Linken das lang ersehnte Blatt. Ich stehe auf und mustere sie, auf der Suche nach einem Indiz. Ihr Lächeln. Vielleicht hat es geklappt. Nein, ich darf mir keine Hoffnungen machen. Sie hat mich noch nie gemocht. Sie könnte sich auch über mein Sitzenbleiben freuen. Soll ich sie fragen?

Ich will es nicht von ihr hören.

Ich sehe meinen Namen nicht. Lese die Liste noch einmal durch. Er hat es geschafft. Ich höre, wie er jubelt. Er rennt und hüpft im Korridor herum. In der Hoffnung, dass sie meinen Namen wie so oft schon falsch geschrieben haben, gehe ich sie nochmals durch. Er steht nicht drauf.

Durchgefallen.

Meine Anspannung ist weg. Ich fühle mich leer.

»Aus dir wird nichts«, kommentiert meine Mutter.

Der Schulleiter bittet uns in sein Büro. Die Rollläden sind unten, es fällt nur wenig Licht herein. Ich spüre Schweiß auf der Haut, die lähmende schwüle Hitze.

Er erklärt uns, dass es zwar unser gutes Recht sei, Rekurs einzulegen, dass wir aber keine Chance hätten. Zwölf von dreizehn Kollegen hätten sich gegen die Ausnahmeregelung ausgesprochen, die es mir ermöglicht hätte, trotz meiner dürftigen Noten in die nächste Klasse zu kommen.

Ich lasse mich nicht unterkriegen. Frage, wer über die Annahme eines Rekurses entscheidet.

»Ich«, antwortet er knapp – ein Lächeln entwischt ihm.

Scheiße.

»Da kann man auch wirklich nichts mehr machen?«, fragt meine Mutter.

Er stöbert im Dossier, bleibt ganze zwanzig Sekunden lang stumm. Dann antwortet er ihr mit leiser Stimme, verschluckt dabei einige Endungen. Dass die Situation glasklar sei. Dass ein Jahr zu wiederholen auch guttun könne. Dass wir ein Recht darauf hätten, die Begründungen aller Lehrer zu kennen.

Lass hören.

Er kippt das Blatt in seine Richtung, damit wir auch mit gestrecktem Hals nicht mitlesen können.

Die Endnote ist aufgerundet... Im Unterricht hat er praktisch nie Neugierde oder Interesse am Stoff gezeigt... Zu Hause hat er wenig gearbeitet... In der zweiten Hälfte des Semesters waren die Schwierigkeiten noch größer... Zur letzten Prüfung ist er weder erschienen noch hat er eine Entschuldigung vorgewiesen.

Er hält inne, blickt vom Blatt hoch und fragt:

»Soll ich fortfahren?«

Meine Mutter stammelt, unsicher, wie sie reagieren soll. Also antworte ich:

»Was hat der Sporttyp gesagt?«

»Der Sport-leh-rer«, sagt er und spricht jede Silbe einzeln aus. Dann, schneller, dass ich nur phasenweise gelernt und unkooperatives Verhalten an den Tag gelegt hätte, zu verschlossen war.

»Soll ich fortfahren?«

Ich nicke.

Im Unterricht hat er den Mund nie aufgekriegt... Sehr bedauerlich, dass er nicht mal zu den Nachholstunden aufgetaucht ist... Ich bin ganz klar dagegen, dass er in die nächste Klasse versetzt wird.

»Zwölf von dreizehn«, sagt er und fuchtelt mit den Fingern.

Er will uns davon abbringen, Rekurs einzulegen, auch weil er dann im August eine Lehrerkonferenz einberufen müsste.

Ihr Problem. Ich überrede meine Mutter.

Ich sehe nur das Bett, das trübe gelbe Licht im Zimmer und ihr enttäuschtes Gesicht. Es ist mitten in der Nacht, weit nach zwei. In einem kleinen Hostel. Ich habe ihr soeben die Tür aufgemacht. Sie ist hier, weil sie ihr Deutsch verbessern will. Ich, um ein paar Tage mit ihr zu verbringen.

Sie zieht sich aus, legt sich zu mir ins Bett, streichelt mich.

»Ich bin müde«, wiederhole ich und hoffe, dass sie aufhört.

Doch sie lässt nicht locker: Sie hat extra den Wecker gestellt, ist hierhergelaufen, hat riskiert, von ihrer Gastfamilie erwischt zu werden, und am Morgen wird sie dort zum Frühstück erscheinen müssen.

Aber ich gebe nicht nach. Ich habe keine Lust. Will lieber schlafen. Am liebsten alleine. Es ist ein Einzelzimmer, das Bett ist zu eng für zwei. Ich drehe mich auf die andere Seite und schließe die Augen.

»Gefalle ich dir etwa nicht mehr?«, fragt sie besorgt.

Ich tue so, als würde ich schlafen.

Wir sitzen auf dem Sofa, später Nachmittag. Der Fernseher läuft. Auf dem Tischchen eine Cola-Flasche, drei Gläser und eine Packung Kekse. Auch meine Freundin ist dieses Jahr sitzen geblieben. Der Mann meiner Mutter fragt, ob sie vorhabe, zu wiederholen.

»Ich geh jetzt auf ein Privatgymnasium«, antwortet sie. »Damit ich kein Jahr verliere.«

Er mustert sie und nickt. Hält es für eine gute Idee. Dann reibt er den Zeigefinger gegen den Daumen und fragt:

»Aber ganz schön teuer, oder?«

Der Schlüssel dreht im Schloss, die Tür geht auf. Meine Mutter mit dem Einkauf. Sie sagt Ciao und lässt die Tasche auf den Boden fallen. Blickt zu uns. Ich sehe ihren Bauch, der immer größer wird.

Ungläubig gibt mir meine Freundin einen Klaps auf den Oberschenkel und wirft mir einen bösen Blick zu: Worauf wartest du? Warum hilfst du ihr nicht?

Ich habe keine Lust. Rühre mich nicht von der Stelle.

Also blickt sie zum Mann meiner Mutter. Er lächelt, streckt die Beine auf dem Sofa aus und sagt:

»Das ist ihr Job.«

Der Trainer empfängt mich mit festem Händedruck. Dann will er wissen, wo ich so lange gewesen bin.

Auch dieses Jahr ist die Vorbereitung so gut wie gelaufen. Die ersten Wochen sind hart, man rennt viel, oft ohne Ball. Dazu habe ich keine Lust. Lieber mache ich bei Tennisturnieren mit. Melde mich erst zurück, wenn die Spiele beginnen.

»Ich war in Marokko in den Ferien«, lüge ich, um nicht zwei Monate auf der Bank sitzen zu müssen.

Er sagt, ich hätte Bescheid geben sollen. Er hat recht. Ich entschuldige mich, hänge aber schnell eine zweite Lüge an: Ich hätte fast jeden Abend alleine trainiert – lange Joggingrunden, Arm- und Bauchübungen.

Er gratuliert, kauft es mir aber nicht ab.

Sie hat vollkommen recht. Auch heute betont sie wieder und wieder, dass es besser wäre, die Sache zu beenden, dass es keinen Sinn hat, unsere Beziehung so in die Länge zu ziehen. Ich suche zu wenig ihre Nähe, wir teilen zu wenig, ich liebe sie zu wenig.

Ich schließe mich in meinem Zimmer ein, höre ihr im Stehen zu, spiele mit dem Telefonkabel. Punkt für Punkt widerspreche ich ihr, lüge, verdrehe die Tatsachen, hole zum Gegenschlag aus:

»Ist doch wohl nicht alles meine Schuld?«

Doch in Wahrheit tue ich nichts, um unsere Beziehung zu retten, ganz im Gegenteil, manchmal erfinde ich Ausreden, um sie nicht sehen zu müssen, um nicht mit ihr zu sprechen. Mittlerweile bin ich lieber mit meinen Freunden zusammen oder vor dem Fernseher. Sie hat recht. Ich denke schon lange daran, Schluss zu machen. Auch gestern. Stattdessen zögere ich es immer weiter hinaus, warte. Was hält mich zurück? Habe ich Angst, alleine zu sein? Will ich nicht auf den Sex verzichten? Schließlich sage ich, ja, es ist aus, und lege auf.

Dann lege ich mich aufs Bett. Sehe die Che-Guevara-Fahne. Der Mann meiner Mutter beschwert sich in bestem Italienisch: Er ist derjenige, der die Telefonrechnung bezahlt.

Die frisch gestrichenen Fensterläden, die Metalltür, der neue Briefkasten. Sogar das Gittertor ist ersetzt worden. Das Quietschen des alten, das krumm und schief in den Angeln hing, tönt mir in den Ohren.

Unter dem Badezimmerfenster trinkt ein Hund aus einem Napf. Ein Hund. Ich kann Hunde nicht leiden. Finge er an zu bellen, würde ich gehen. Weil mir Hunde, die bellen, Angst machen. Weil es die Aufmerksamkeit der neuen Besitzer auf mich lenken könnte. Ich will ihnen nicht begegnen, nicht heute. Bin bloß hier, um mir ein Bild zu machen, die Unterschiede zu finden.

Die Wäsche hängt zum Trocknen im Hof. Elvezia hängte sie auf den Balkon.

Der Hund streckt sich und kommt auf mich zu. Er wirkt zahm. Steckt die Schnauze zwischen zwei Gitterstäben hindurch und schnuppert.

Ich komme später wieder.

Ich blicke mich um, meint der Typ wirklich mich? Ich kenne ihn nicht, jedenfalls nicht, dass ich wüsste. Verstehen kann ich auch nichts, so leise und undeutlich, wie er spricht. Ich gehe über die Straße auf ihn zu.

»Er kommt«, sagt er lächelnd von weitem.

Meint er mich? Er hat nur noch ein paar Zähne und schielt. Ich habe ihn noch nie gesehen. Kariertes Hemd, Cordhose. Ich glaube nicht, dass er hier lebt. Der Schweiß rinnt ihm die Schläfen hinunter.

Ich warte darauf, dass er noch mehr sagt. Doch er wiederholt immer nur »er kommt«, nickt und legt mir seine Hand auf die Schulter.

»Stell dich nicht so an!«, fügt er in vorwurfsvollem Ton an.

Er ist betrunken.

Der Schnee, erklärt er.

Es wird schneien. Doch der Himmel ist klar, die Temperatur mild.

Betrunken und ein wenig plemplem.

Er redet über Schnee und Motoren, über Wildschweine und die Alpen. Von Zeit zu Zeit unterbricht er seine Erzählung, um sich zu beklagen.

Die Bar ist geschlossen.

Er klopft an die Scheibe und beschwert sich:

»*Istianin*, Herrgott noch mal!«

»*Cerco l'estate tutto l'anno...*«

Ich treffe keinen einzigen Ton. Obwohl ich mir sicher war, das Lied einigermaßen anständig singen zu können.

»*Azzurro, il pomeriggio è troppo azzurro...*«

Vor dem Bildschirm stehend werde ich leiser und hoffe, dass keiner zuhört. Ich drehe mich kurz um und blicke Hilfe suchend zu meinen Freunden. Sie könnten doch mitsingen. Stattdessen grinsen sie mich an, sagen absichtlich falsche Wörter, kneifen mich in die Pobacken. Sie wollen mich nur ablenken.

Wir haben es uns auf einer grau gepolsterten Bank um einen kleinen, runden Tisch gemütlich gemacht. Ich sehe die Biergläser und auch die kleineren für Hochprozentiges. Tequila Bum Bum. Den Zitronenschnitz. Die Zigarettenpäckchen und das Feuerzeug.

Ich bin nicht betrunken. Mit dem Blick folge ich dem Blau, das die weißen Buchstaben auf dem Bildschirm langsam einfärbt.

*»Io quasi quasi prendo il treno e vengo, vengo da te...«*

Hier ist es zu eng für vier Personen. Wir müssen wieder umziehen.

Ich sehe in meinem Zimmer fern. Sitze mit dem Rücken zur Wand auf dem Bett.

Noch ein Esser mehr. Noch mehr Entbehrungen, mehr Demütigungen. So kommen wir nie weiter. Sie werden mich bestimmt fragen, ob ich mich an den Ausgaben beteilige und einen kleinen Nebenjob suche. Ich denke nicht im Traum daran. Ich muss lernen und trainieren, und amüsieren will ich mich auch. Sollen sie doch alleine klarkommen. Warum ausgerechnet jetzt? Wenn sie glauben, ich würde mich auf so etwas einlassen, haben sie sich geirrt. Ich habe keine Zeit. Und auch keine Lust. Was geht mich das an. Als ich klein war, habe ich mir einen kleinen Bruder gewünscht. Jetzt nicht mehr.

Meine Mutter ist im Bad – ich höre das Wasser laufen. Ihr Mann treibt sich mit Freunden in der Stadt rum.

Meine Schwester weint. Kein Gedanke, dass ich mich aufraffe und nach ihr schaue.

Die Pausenglocke klingelt: Fünf Minuten unterbrechen die Italienischstunde über Machiavelli. Ich habe aufmerksam zugehört, auch wenn ich keine Notizen gemacht habe. Nicht einmal ein Blatt zum Schreiben habe ich mir besorgt. Auf der Bank liegt nur das offene Lesebuch – ich sehe die mit

Kugelschreiber verzierten Ränder. Der Lehrer hat während der Stunde ein paarmal eine zaghafte Andeutung gemacht: Mit der Hand hat er vor seinem Gesicht in die Luft geschrieben. Ich habe ihn angelächelt, ich finde ihn gut.

Jetzt steht er vom Pult auf und geht zum Waschbecken. Auf dem Weg klopft er sich die Hände hinten an der Jeans ab – eine kleine, weiße Staubwolke fliegt auf. Ich hole die *Articolo 31*-CD aus meinem Rucksack und gehe zu ihm.

Er blickt mich neugierig an, trocknet seine Hände ab. Normalerweise diskutieren wir in den Pausen über Fußball. Ich ziehe das Booklet aus der Hülle, schlage es auf und frage ihn, ob er mir einen Satz erklären kann. Er lächelt, liest den Albumtitel – *La messa dei sospiri* – und nickt.

Ich zeige darauf: diesen hier. Wieder und wieder habe ich ihn durchgelesen und gar nichts verstanden.

»Das hier?«, sagt er und streckt den Mittelfinger der geschlossenen Faust in die Höhe.

Ich bin völlig verdattert. Zeigt er mir den Stinkefinger? Ein Lehrer, der mir den Stinkefinger zeigt? Ich sehe mir das Bild nochmals genauer an… Ach so, jetzt verstehe ich! Es war mir nie aufgefallen: genau unter dem Text der Finger von DJ Jad.


Ich wache auf. Weil ich pinkeln muss oder weil ich eine Pause von dieser langen, spukhaften Nacht brauche, keine Ahnung. Ich liege auf der linken Seite, das Laken hat sich zwischen meinen Beinen verdreht.

Mein Blick geht zur Uhr. Es ist spät.

Wovon habe ich geträumt, von wem? Nichts, ich kann mich nicht erinnern, bin einfach nur aufgewühlt.

Ich laufe schnell ins Bad. Klappe die Klobrille hoch. Richte die Füße parallel zueinander aus. Der Urin beginnt zu fließen. Strohgelb.

Ich ziele auf die Trennlinie zwischen Wasser und Porzellan.

Die letzten Tröpfchen fallen auf den Rand. Ich hebe meinen Penis an, schüttle.

Dann reiße ich zwei Stück Klopapier ab: Mit dem ersten tupfe ich die Spitze der Eichel ab, mit dem zweiten putze ich die Kloschüssel.

Als ich die Spülung drücke, fällt mir auf, dass meine Füße nicht mehr parallel zueinander stehen. Einen kurzen Moment lang richte ich sie wieder gerade aus.

Vielpisser heißt *bawual* auf Arabisch.

Ich lerne schnell, obwohl ich keine Fahrstunden nehme: Erstens sind sie zu teuer, zweitens mache ich das lieber mit meiner Mutter. Sie sitzt auf dem Beifahrersitz. Heute geht's auf die Autobahn. Ich sehe die graue Motorhaube des Fiat Panda. Ein Blick in den Seiten- und den Rückspiegel, einer zum toten Winkel. Meine Schwester zappelt und plappert in ihrem Kindersitz. Ich setze den linken Blinker. Höre das Ticken und die Motordrehzahl. Höre *Articolo 31*.

Als J-Ax »*voglio un lurida, sì!*« rappt, dreht meine Mutter sofort die Musik leiser.

»Was ist denn das für Zeug?«, fragt sie angewidert. »Leg was anderes ein!«

»Ist dir *Litfiba* lieber?«

Sie antwortet nicht.

»Hundertzwanzig«, ermahnt sie mich.

Ich blättere in der *Gazzetta dello Sport*, schaue, wie viele Punkte meine Lieblingsspieler bekommen haben, notiere und stelle auf einem Zettel Berechnungen zu meiner *Fantacalcio*-Mannschaft an. Gleichzeitig kann ich ihr zusehen. Auf dem Tisch eine Schoko-Brioche und ein Cappuccino.

Mit Peruzzi und Ferrara habe ich Punkte auf sicher...

Wie sie sich bewegt und mit den Gästen umgeht: locker und freundlich, sie scheint sich wohlzufühlen. Andererseits ist es auch kein völlig neuer Beruf für sie. Sie hat anscheinend mal in einem Nachtklub gearbeitet. Habe ich gehört.

Ich hätte die ganze Abwehr von Juventus kaufen sollen...

»Das ist mein Sohn.«

Mit Tovalieri habe ich ein gutes Geschäft gemacht. Batistuta war zu teuer...

Manche fragen sie nach meinem Alter, andere sagen, wir könnten Geschwister sein, wieder andere machen ihr Komplimente.

Im *Fantacalcio* bringen defensive Mittelfeldspieler gar nichts.

Wenn sie Bier zapft, starren sie auf ihren Ausschnitt. Wenn sie Kaffee rauslässt, auf ihren Hintern.

Sie soll sich beeilen, sonst wird es knapp. Bei mehr als fünfzehn Minuten Verspätung kann der Turnierleiter eine Forfait-Niederlage beschließen. Ich stehe mit Regenschirm und Sporttasche an der Tür. Beobachte, wie sie sich hektisch fertig macht – ein Hin und Her zwischen Bad und Schlafzimmer.

»Beeil dich!«, wiederhole ich zum x-ten Mal und werfe ihr vor, sie hätte früher aufstehen sollen. Ich verliere langsam die Geduld.

Sie fragt wieder:

»Bist du sicher, dass es stattfindet?«

Zum hundertsten Mal erkläre ich ihr, dass ein Tennisspiel in der Halle bei schlechtem Wetter nicht verschoben wird.

Endlich kommt sie. Sie stellt den Kindersitz ab, zieht ihren Mantel an und hängt sich die Tasche über die Schulter. Meine Schwester schläft.

Es schneit noch immer: pulvrige Flocken, die liegen bleiben. Die Zufahrt ist nicht freigeschaufelt. Eine unberührte Fläche, ganz weiß, weich. Wir gehen langsam, setzen vorsichtig einen Fuß vor den anderen. Ich versuche, mit dem Regenschirm die Fußstapfen wieder zu verwischen.

Wir erreichen das Auto. Während meine Mutter den Kindersitz festmacht und der Motor warm läuft, befreie ich die Frontscheibe vom Schnee.

Der Panda schlittert, schlingert, rutscht. Sie hat nicht einmal Winterreifen montieren lassen.

Erster, zweiter, dritter Gang – sie fährt vorsichtig, will keinen Unfall bauen. Ich aber will vor allem nicht zu spät kommen.

Trotz der großen Verspätung darf ich spielen, es sind weit mehr als die tolerierten fünfzehn Minuten.

Jetzt sehe ich sie hereinkommen. Und ich bin im Rückstand – was für eine Anspannung! Beklage mich über die Beleuchtung, den schnellen Belag, das Pech.

Ich sehe, wie sie stillt.

»Möchtest du etwas Schinken?«, fragt seine Mutter und zeigt mit der Gabel auf den großen Teller mitten auf dem Tisch.

Mein Freund interveniert sofort. Erklärt ihr, dass ich kein Schweinefleisch äße. Genervt, als wollte er sie zurechtweisen. Sie versucht ihm peinlich berührt die Schuld zuzuschieben: Er hätte sie daran erinnern sollen. Dann ergreift der Vater das Wort, versichert mir, dass der Schinken bester

Qualität sei und köstlich schmecke, ein wahrer Gaumenschmaus, er habe ihn beim Metzger seines Vertrauens gekauft, probieren gehe über studieren, er sei nicht mit dem aus dem Supermarkt zu vergleichen.

Meine Verlegenheit wächst. Ich will ihn nicht essen, nicht mal probieren. Sage, mir ist nicht danach.

Mein Freund erklärt, dass es eine Frage der Religion sei, nicht des Supermarkts. Also fragt mich der Vater, ob ich Muslim sei. Ich bejahe. Er will das Thema vertiefen und wissen, aus welchem unerklärlichen Grund die Mohammedaner kein Schweinefleisch äßen. So stehe es im Koran, sage ich.

»Du weißt nicht, was dir entgeht«, erwidert er und lässt einige Scheiben Salami auf seinen Teller fallen. Dann fährt er, die Gabel auf Brusthöhe, fort:

»Cordon bleu isst du aber, stimmt's?«

Ich schüttle den Kopf.

Er kann es nicht fassen. Eine Welt ohne Cordon bleu übersteigt seine Vorstellungskraft.

»Aber Spaghetti alla Carbonara, das schon, oder?«, fragt die Mutter leicht besorgt. »Es hat ein wenig Speck drin, aber den kannst du ja rausnehmen.« Ich wünschte, ich könnte es ihr recht machen und ihr zuliebe die ganze Carbonara hinunterwürgen. Doch ich schaffe es nicht. Noch einmal muss ich Nein sagen, mit dem Blick, mit Gesten, dem ganzen Gesicht. Sie entschuldigt sich und eilt zum Kühlschrank, um ihn nach Halal-Essen zu durchsuchen.

Schwein heißt *hellouf*.


Unter der geschlossenen Tür ein Lichtstreifen. Der Fernseher ist aus.

Meine Mutter liest. Sie hat entschieden, dass von nun an die Moschee im Mittelpunkt stehen soll und dass sie sich ernsthaft mit ihrem Allah auseinandersetzen will. Denn er verleiht dem Ganzen Sinn, bietet Deutungen und spendet Trost bei Fehlern und Leid. Ihre Freizeit verbringt sie damit, den Koran zu studieren und ihn mit der Bibel zu vergleichen. Die Heiligen Texte überzeugen sie nicht nur davon, dass Mohammed die Wahrheit verkündet hat, sondern auch von der Überlegenheit des Islams. Die anderen Religionen führen in die Irre und sind unvollständig. Sie ist fest entschlossen, ihre Spiritualität zu festigen.

Ich gehe zu ihr ins Wohnzimmer.

Geradezu gebieterisch sagt sie, ich solle den Ramadan praktizieren, ich sei kein Kind mehr.

»Den Rabadan, die Fasnacht?«, frage ich sarkastisch. Ja, klar: ohrenbetäubende Musik, Tanz, knallige Farben, feiern bis in die Morgenstunden. Sie soll sich keine Sorgen machen. Für Vergnügen ist gesorgt.

Ihr verdutzter, verwunderter, misstrauischer Blick.


Ich schaue beide Reservierungen an. Da mein europäischer Name. Dort der arabische. Ich habe die Vorschriften umgangen, um mir den Platz vor den anderen zu sichern. Es ist Donnerstagnachmittag.

Die Sekretärin ruft und kommt auf mich zu.

Was ist los? Ist sie mir etwa auf die Schliche gekommen?

Ich darf nicht mehr am Training teilnehmen.

War das so schlimm? Ich verstehe nicht. Schaue sie mit fragendem, ratlosem Blick an.

Anscheinend hat meine Mutter seit Monaten weder den Mitgliederbeitrag noch das Training bezahlt. Es täte ihr leid, aber sie hätten es lange genug toleriert. Ich versuche mich zu rechtfertigen und erkläre, dass wir gerade eine schwierige Zeit durchmachten. Sie nickt verständnisvoll, weist mich jedoch darauf hin, dass ich trotzdem an den Turnieren teilnehme.

Wenn wir dafür Geld hätten ...

Ich könnte ihr erklären, dass ich die Turniere mit dem Geld bezahle, das mir die Verwandten schenken, mich entschuldigen. Doch die Scham verschlägt mir die Sprache. Ich kriege kein einziges Wort mehr heraus.

Sobald sie weg ist, wische ich meinen arabischen Namen von der Tafel.

Immer noch auf meinem Platz in der zweiten Reihe, ganz nervös, wie es alle Schüler kennen. Ich hatte mich für das Thema mit der Vergänglichkeit der Zeit entschieden.

Der Lehrer hat ein Lächeln im Gesicht, befeuchtet den Finger und blättert durch den Stapel Aufsätze. Erst vorwärts, dann rückwärts, bis er sagt:

»Da haben wir ihn ja.«

Wir starren alle auf das Blatt. Ich erkenne meine Schrift. Mein Adrenalinspiegel steigt.

Jemand will wissen, von wem er ist. Der Lehrer zeigt mit dem eingerollten Blatt auf mich. Jetzt bin ich mir wirklich sicher. Alle schauen mich an. Vage nehme ich Verblüffung und Befriedigung wahr, vielleicht auch einen Hauch Neid.

Jetzt steht er am Pult. Links die Tafel, rechts das Waschbecken. Er fragt:

»Ist es okay für dich, wenn ich der Klasse daraus vorlese? Oder möchtest du es lieber selber tun?«

Er soll ruhig vorlesen.

Es beginnt mit der Beschreibung eines Stadions, in dem es nur so wimmelt. Kurze Sätze, manche im Nominalstil. Auf den Tribünen schwenken die Zuschauer bunte Fahnen.

»Die Athleten machen sich bereit, wärmen sich mit Dehnübungen, Sprüngen und kurzen Sprints auf…«

Der Lehrer moduliert mit der Stimme, als ob er Petrarca rezitierte. Die Emphase zeigt sich auch in seinem Gesicht. Er liest packend, bewegend. Es fühlt sich an, als hätte ich das neueste Meisterwerk der italienischen Literatur verfasst.

Eine Sechs?

»Mit dem Startschuss beginnt die Zeit zu rasen und sich in die Länge zu ziehen. Die Zuschauer gehen lautstark mit. Der Vorsprung ist sofort beträchtlich ...«

Ich blicke mich um: Auch meinen Mitschülern scheint's zu gefallen.

Wie das Rennen ausging, die Läufer, die Note – alles im Dunst der Zeit verloren. Aber den Applaus kann ich hören.

Der Mann meiner Mutter zwinkert mir zu. Er möchte, dass ich runterkomme, seinen neuen Sportwagen zu bewundern, und hat den Kopf in mein Zimmer gestreckt.

Ich bin dabei zu lernen, und sein Toyota interessiert mich nicht – zwei ziemlich gute Gründe, mich nicht von meinem Bett zu erheben. Außerdem stört mich, dass er sich damit verschuldet hat. Was hat es gebracht, den BMW zu verkaufen? Das Telefon ist gerade mal wieder freigeschaltet, die Schublade im Wohnzimmer quillt vor Rechnungen über, und meine Mutter muss oft schon um den zwanzigsten eine ihrer Schwestern um Geld bitten. Und er arbeitet als Müllmann. Ein kleines bisschen Vernunft, bitte! Kann er sich nicht mit dem Panda zufriedengeben? Nie im Leben, lieber wirft er sein Geld weiter für Markenkleider aus dem Fenster.

»Komm schon!«, beharrt er lächelnd.

Er wird keine Ruhe geben, bis ich ihm den Gefallen tue, also gebe ich nach.

Er nimmt am Steuer Platz, startet den Motor und fordert mich mit einer Handbewegung auf, einzusteigen. Tritt aufs Gaspedal, dreht an den Knöpfen, putzt die Windschutzscheibe.

»Gefällt er dir?«, fragt er immer wieder. »Klasse, nicht?«
Ich nicke, ja, wirklich Klasse, gebe ich zurück, so trocken und öde wie eine Wüste.

Um den Hals das feuchte Handtuch. An den Füßen die Schlappen. Ich sitze auf der Garderobenbank. Die Fliesen sind nass und von grüner Erde verschmiert. Meine Sporttasche habe ich in eine Ecke geschmissen. Durch die zwei Klappfenster dringt ein spätsommerlicher Sonnenuntergang herein.

Die Hände an den Schläfen. Ich grüble, gehe wieder und wieder die Ballwechsel durch, die mir besser hätten gelingen sollen.

Die viel zu kurzen Bälle, die Doppelfehler, viel zu wenig Bewegung an der Grundlinie. Warum habe ich es am Anfang des zweiten Sets nicht geschafft, konzentriert zu bleiben? Ein Spiel, das ich auf sicher hatte, im Nu verloren. Das passiert zu oft.

Die Ellbogen auf den Knien. Ich habe gegen einen Hosenscheißer verloren. Wie peinlich. Einen Punkt habe ich ihm sogar gestohlen.

Es macht mir keinen Spaß. Es wird nicht mehr passieren.

Im Mülleimer mein zerbrochener Schläger.

Ich fahre alleine hin, mit dem Auto des Onkels. Es riecht nach altem Zigarettenrauch. Ich kurble das Fenster runter, lasse frische Luft herein. Der Wunderbaum ist ausgebleicht und duftet schon lange nicht mehr. Der Aschenbecher quillt über. Ich habe den Discman am Zigarettenanzünder eingesteckt und höre Jovanottis Album. *Serenata rap, Penso positivo perché son vivo.*

Es ist mir lieber so. Ich kann freier flirten und selber entscheiden, wie lange ich bleibe.

Die Silvesterparty findet in einer Turnhalle statt. Ich tanze nicht, schlendere umher, stehe herum. Nippe an meinem Bier und staune.

Ich bin nicht so dreist wie mein Freund, der auf Mädchen zugeht und fragt: »Entschuldige, würdest du mir einen blasen?«

Auch habe ich nicht die Ausstrahlung meines Onkels, mit seinem durchtrainierten Körper und seinem *savoir faire*.

Ich bin eher schüchtern, unbeholfen, manchmal ungeschickt. Was mich aber nicht entmutigt.

Finde schon einen Weg, Frauen anzusprechen.

Ich versuche, Blickkontakt herzustellen. Sie dreht sich weg.

Ich sehe ein Mädchen, das auf meine Schule geht. Sie gefällt mir. Heute noch besser als sonst. Das blonde Haar, ihr großzügiges Dekolleté. Sie trägt Rot, ein langes Kleid, dazu hohe Schuhe. Schwarze Netzstrümpfe. Leider ist sie in Begleitung ihres Freunds unterwegs.

Ich versuche, sie zu grüßen. Sie tut so, als hätte sie mich nicht gehört.

Auch ich stoße aufs neue Jahr an. Amüsiere mich.

Ich versuche, mich ihr zu nähern. Sie läuft davon.

Meine Mutter kommt herein und bringt die gebügelte Wäsche in den Schrank zurück. Ich liege auf dem Bauch, das Philosophiebuch offen auf dem Kissen.

Sie fragt mich, was ich lese. Ich habe keine Lust, darüber zu sprechen, sie stört. Ich antworte knapp, dass ich für eine Prüfung lerne – die Aufklärung.

Sie tritt näher, schielt auf das Buch und will wissen, ob die Lehrer an der Schule mit uns über den Islam sprechen. Ich schaue sie an, erstaunt über ihr Interesse am Lehrplan. Ja, klar, antworte ich, an das eine oder andere könne ich mich erinnern, aber in Geschichte, nicht in Philosophie.

»Möchte nicht wissen, was sie euch alles so erzählen!«

Ich kann mich an einzelne Stichworte erinnern – Mohammed, die Hidschra, dieser dunkle Würfel, Kriege, daran, dass die Christen sie besiegt und vertrieben haben.

»Es gibt vieles, das du wissen solltest«, sagt sie und hebt den Finger. Jetzt kommt sie mir wieder damit, war ja klar. Ich lese an irgendeiner Stelle auf der Seite weiter und tue so, als würde ich einen Satz unterstreichen.

»Eine halbe Stunde am Tag, was hältst du davon? Immer nur wenig, ja?«

Das kommt nicht infrage. Als hätte ich nichts Besseres zu tun, als meine Abende mit Arabisch und den Grundlagen des Islams zu verbringen. Ich antworte, dass man am Gymnasium viel lernen muss, dass ich dafür nicht auch noch Zeit habe, auch jetzt nicht, dass sie mich in Ruhe lassen soll.


Der Mann meiner Mutter sagt, ich soll sofort herkommen. Er ist besorgt, das merke ich an seinem strengen Tonfall und seiner düsteren Miene. Ich stehe auf und folge ihm durch den Flur.

Zwei Polizeibeamte an der Tür. Ich fürchte zu wissen, warum sie hier sind. Sie fragen mich zur vergangenen Nacht aus, ob ich am Steuer des Panda saß, wer neben mir war, was genau geschehen ist.

Ein Hitzeschub überkommt mich. Ich war mit von der Partie, also bin ich schuldig. Ich weiche aus, weiß nicht, was antworten, ob ich die Wahrheit sagen oder lügen soll. Der Mann meiner Mutter schnauzt mich an:

»Hast du es getan?«

Ich wähle einen Mittelweg: Ich sei gefahren, aber mit dem geklauten Feuerlöscher hätte ich nichts zu tun. Die Beamten erklären, dass sie Videoaufnahmen haben, dass man alles klar und deutlich erkennen kann. Auf dem Polizeiposten könnten sie mir den Film zeigen. Nicht nötig, sage ich, und beichte alles.

Der Mann meiner Mutter ist sauer, man könnte ihn noch für den Vater eines Kriminellen halten. Das Auto sei auf ihren Namen angemeldet. Er weist mich nicht zurecht, das ist nicht seine Aufgabe. Er will bloß wissen, wo wir den Feuerlöscher versteckt haben.

Meine Mutter sagt, ich soll einmal die Liste vom Imam anschauen. »Schau hier«, wiederholt sie und streckt mir den knittrigen Zettel hin.

Ich gehe in die Küche, um das zu überprüfen. Sie hat soeben herausgefunden, dass sich hinter den Kürzeln E100, E102, E104, E106 und so weiter Schweinefleisch verbirgt.

Ich frage, seit wann sie in die Moschee geht. Statt einer Antwort zählt sie alle Nahrungsmittel auf, die sofort aus unserer Küche verschwinden müssen. Vorsichtig lasse ich meinen Unmut durchblicken:

»Wie willst du das denn im Supermarkt machen? Da brauchst du den ganzen Tag, um alle Zutaten durchzulesen.«

Sie winkt ab, ihre Miene verdüstert sich, sie sagt entschieden:

»Jetzt, wo ich es weiß, wird das nicht mehr gegessen!«

Keine Findus-Fischstäbchen mehr. Keine tiefgekühlten Kroketten mehr. Auch das Brot so mancher Supermärkte – durchgefallen. Kein Brot mehr ohne Deklaration.

Ein guter Vorschlag: Tante und Onkel wollen mir ein Auto finanzieren. Das Geld zahle ich zurück, sobald ich verdiene. Ich bin ein paar Tage bei ihnen zu Besuch.

Heute Abend gibt's Zürcher Geschnetzeltes. Mhmm.

Ich bin glücklich. Sie hat für alles Verständnis, ist aufmerksam und großzügig. Und sie bereitet mir immer Köstlichkeiten zu, kombiniert maghrebinische mit italienischer und Schweizer Küche. Und er geht mit mir in der Stadt spazieren. Wir reden vor allem über Sport und die Arbeit. Ginge es nach ihm, sollte ich Informatik oder Jura studieren. Er ist nett und freundlich, aber knausrig. An der Bar steckt er immer die Schokolade ein, die zum Kaffee dazukommt, um sie dann seinen Gästen anzubieten. Die Autobahn-Vignette klebt er nur halb auf, damit er sie für beide Autos nutzen kann. Und wenn er über Preise verhandelt, schafft er es immer, sein Gegenüber auf die Palme zu bringen.

Wir haben ein Auge auf einen Golf geworfen – ein Gebrauchtwagen, aber in gutem Zustand. Der Onkel kümmert sich um alles. Etwas abseitsstehend verfolge ich das Theater, seine angeekelten Grimassen, die Prüfung der Mängel bis ins kleinste Detail, neue Gebote, Tauschvorschläge, Fantastisches, Unvorstellbares, bis der Verkäufer entnervt nachgibt.

»Jeder Mensch denkt mindestens einmal im Leben an Selbstmord.«

Er sagt es ganz selbstverständlich. Lächelnd steht der Lehrer an der Tafel, alle Augen sind auf ihn gerichtet. Dreimal auf Holz klopfen. Die Stunde über Ortis hat er unterbrochen, um über Selbstmord zu diskutieren. Wir waren gerade dabei, einen politischen, patriotischen Brief zu lesen: todlangweilig – fast möchte man sich umbringen, so wie Jacopo.

Es gelingt ihm nicht, das Eis zu brechen. Niemand hebt die Hand. Obwohl wir offensichtlich alle darüber nachdenken.

Wir sprechen in der Pause darüber, ohne den Lehrer, auf den Bänken des Pausenhofs. Viele lachen ihn aus: Sie halten ihn für einen depressiven, kranken, schwarzmalenden Loser. Ich finde, da könnte schon was dran sein.

Ich sitze in der ersten Reihe, höre zu und mache Notizen. Zu meiner Rechten ein Fernseher und eine Tafel, auf der GAG – ganzheitlich analytisch ganzheitlich – steht. In der Mitte der Tisch des Dozenten, der nun von koordinativen Fähigkeiten spricht – Orientierung, Reaktion, Differenzierung, Rhythmus, Gleichgewicht. Er erklärt gut, zeigt uns Filmausschnitte der holländischen Fußballschule, gibt Spielfeld-Anekdoten und Geschichten über Trainer zum Besten, die er in Aktion gesehen hat. Ein paar Konzepte kenne ich bereits aus den Zeitschriften, die mir mein Onkel kauft.

Die Kinder sollen Spaß haben, sagt er. Für die Taktik bleibt Zeit. Das Spielen steht im Vordergrund.

Weit aufgerissene Fenster, frische Luft und helles Licht. Der Raum ist rappelvoll.

Ich kann es kaum erwarten, auf den Platz zu gehen und loszulegen. Ich kann es kaum erwarten, eine Mannschaft zu führen.

Ein heftiges Klirren weckt mich, zerbrechendes Glas. Der Wind pfeift und rattert in den Rollläden. Im Dunkeln sehe ich den orangen LED-Knopf des Fernsehers. Ich warte, bis meine Augen langsam auch andere Umrisse erkennen können: die an der Decke aufgehängte Fahne, den Lampenschirm, die Möbel.

Lust auf etwas Süßes. Ich schlüpfe in meine Pantoffeln und gehe durch das Zimmer. Bin gar nicht müde. Jetzt höre ich das Surren der Minibar. Nehme eine Flasche heraus – ein oranges Getränk mit exotischem Geschmack – und trinke gierig.

*Zucchero* heißt *sukkar*, fast wie auf Italienisch.

Die Heckscheibe – zerschlagen. Ich gehe hinüber. Alle vier Parkplätze vor dem Haus waren frei. Die Karosserie verbeult. Warum habe ich ausgerechnet den zweiten genommen? Ich Idiot. Normalerweise parke ich auf dem dritten. Die vom Dach gefallenen Ziegel, im Auto und auf dem Asphalt. Scherben, ich fluche. Ein verbogener Scheibenwischer.

Der Plüschfrosch ist hinausgehüpft. Ich klopfe ihn ab und schmeiße ihn auf den Beifahrersitz.

Wir haben kein Geld, die Scheibe zu ersetzen. Ich nehme Müllsäcke, befestige sie mit Klebstreifen an der Karosserie. Hoffentlich regnet es nicht.

Ich lese in einem Buch von Hermann Hesse – eine kleine Anthologie über die Liebe, mit Geschichten, Gedichten und Aphorismen. Viele verstehe ich nicht, auch nicht beim zweiten Mal: Sie verströmen eine mir fremde Spiritualität. Ich kreuze die interessantesten Stellen trotzdem an. Einige Verse begeistern mich.

Ich bin in meinem Zimmer, liege auf dem Bett, das offene Buch in der Hand. Ich will den Buchrücken nicht knicken. Das Licht der Lampe ist zu grell.

Ab und zu geht der Blick auf die Poster an der Wand – Anna Nicole Smith und Sabrina Salerno.

Ich präge mir einen Satz ein:

»Er hat geliebt und dabei sich selbst gefunden. Die meisten aber lieben, um sich zu verlieren.«

Ich parke vor dem Haus. Linker Hand ein Mofa- und Fahrradhändler. Rechts ein Antiquariat, dann eine Tankstelle. Es ist Mittwochnachmittag. Der Himmel strahlt, mit ein paar Wolken.

Ich steige aus, klingle an der Sprechanlage und warte.

Eine Frau lehnt sich oben aus dem Fenster. Das muss die Mutter sein. Sie grüßt mich, lächelt etwas verkrampft und hält eine lästige Haarsträhne zurück.

»Sie kommen«, sagt sie nach einem Blick zurück in die Wohnung. Dann dreht sie sich wieder um und ruft etwas auf Kalabrisch. Ich verstehe es nicht. Sie wirkt ungeduldig. Wahrscheinlich gibt's Streit. Sie geht wieder hinein, brüllt weiter. Einer der beiden antwortet genauso laut.

Zuerst taucht der Ältere auf. Pilzfrisur, kurze Hosen, Sporthemd und Turnschuhe. Er ist unser bester Spieler. Unermüdlich, mutig, in den Zweikämpfen energiegeladen, mit einer soliden Grundtechnik, sehr geschickt in der Ballführung und im Dribbling. Ich kann ihn auf verschiedenen Positionen einsetzen, aber am liebsten spielt er in der Offensive.

Er begrüßt mich mit einem strahlenden Lächeln, teilt mir mit, dass sein Bruder gleich kommt, und wartet an der offenen Autotür. Der Beifahrersitz steht ihm zu.

Da kommt der andere. Ein Jahr jünger, schmächtig, doch auch er macht sich auf dem Platz bemerkbar. Kämpft wie ein Löwe, stürzt sich auf den Ball wie auf eine Beute. Wenn er sich technisch verbessern kann, übertrifft er eines Tages vielleicht sogar seinen Bruder.

Er klatscht mich ab, lächelt ebenfalls. Dann entschuldigt er sich für die Verspätung, schleudert die Tasche auf den Rücksitz und steigt ein.

Wir können los. Ich setze mich ans Steuer. Dann höre ich von oben:

»Gib sie nicht her, wenn der Vater sie abholen will!«

Hmm...

Ich lehne mich aus dem Fenster und blicke hinauf.

Sie wiederholt, dass ich sie ihm auf keinen Fall geben soll.

Warum? Ist er gefährlich? Ich traue mich nicht zu fragen.


Meine Mutter macht die Tür auf, tritt ins Zimmer und wedelt zufrieden mit den fünf Scheinen. Endlich kann sie mir das nötige Geld überreichen. Erleichterung. Ich hatte befürchtet, auf den Ausflug verzichten zu müssen, sagen zu müssen, dass wir uns diese Ausgabe nicht leisten können. Ich nehme an, dass sie das Geld von der Schwester hat. Spielt keine Rolle. Sie macht ein paar Schritte auf mich zu, streckt den Arm aus und ruft:

»Siehst du, es ist gekommen!«

Sie glaubt allen Ernstes, bewiesen zu haben, dass Allah ihre Gebete erhört hat. Ich raffe mich auf, setze mich auf den Bettrand und kann mir die Frage nicht verkneifen:

»Von wem hast du's?«

»Das ist unwichtig«, sagt sie, es zähle allein, dass es »gekommen ist«. Darüber sind wir uns einig. Ich habe keine Lust, nachzuforschen. Nehme das Geld und stecke es ins Portemonnaie.

Beim Hinausgehen dreht sie sich um und fragt, ob ich das Ablaufdatum des Passes überprüft hätte. Nein.


Er ist abgelaufen. Ich sage es ihr.

»Bist du sicher?«, fragt sie besorgt.

Warum sich Sorgen machen? Das wird wohl mit einem Tag auf der Botschaft in Bern zu machen sein.

Oder etwa nicht?

Sie erklärt mir, dass man zuerst die marokkanische Identitätskarte beantragen muss.

Dann lass sie uns beantragen.

»Nicht in Bern«, fügt sie nun ernsthaft besorgt an. »In Straßburg.«

Wo? Und wie kommen wir ohne ein gültiges Dokument nach Frankreich?

Sie zerbricht sich den Kopf, blickt zur Decke.

Als blinder Passagier, Inschallah.

Auch heute Abend geben wir uns die Kante. *En plein*, voll rein. Ein halber Liter Prager Bier kostet fünfzig Schweizer Rappen, und es schmeckt auch noch.

Nach der Kneipe gehen wir zum Wenzelsplatz. Er liegt ganz eingeschneit da: ein wundervoller Anblick. Unmöglich, keine Schneeballschlacht anzufangen. Verfolgungsjagden, eine Mannschaft gegen die andere, Angriffe aus dem Hinterhalt. Die Betrunkeneren kriegen mehr ab.

Passanten machen einen Bogen um uns.

Jemand kotzt das Gulasch wieder aus.

Ich renne los beschleunige breite die Arme aus lächle springe und gleite über das Weiß. Ich gleite weiter ... Gleite als Kind auf einem leeren Müllsack den Hang bei der Kirche hinunter ... Auch einen roten Bob sehe ich ... Schaue ... Sehe sie. Es blendet.

Warum nur habe ich getrunken? Wenn ich könnte, würde ich sofort in die Schweiz zurückkreisen. Nach Hause.

»Seine Exzellenz der Markgraf de la Hynojosa befehlen, dass, wer die Haare so lang trägt, dass sie die Stirn bis zu den Brauen bedecken...«

Während der Lehrer vorliest, denke ich an die Worte meiner Mutter zurück... Du bist doch kein Mädchen... Kurze Haare stehen dir besser... Die marokkanische Polizei gilt nicht gerade als tolerant... Die können dir auch die Einreise verwehren.

»Gleichermaßen befehlen sie den Barbieren bei Strafe von hundert Scudi oder drei Geißelhieben öffentlicher Züchtigung...«

Weißt du, die sind auch in der Lage, sie dir auf der Stelle zu schneiden, am Zoll... Ohne zu zögern... Du hast keine Ahnung, wie die ticken.

»... dass sie denen, die sie scheren, keinerlei Zöpfe, Schöpfe, Locken oder ungewöhnlich lange Haare weder vorn noch seitlich noch hinter den Ohren stehen lassen...«

Ich höre nicht mehr zu und stelle mir die Szene vor. Ich komme zum Checkpoint, froh und munter, ein unbeschwerter Marokkaner voller Vorfreude auf die Heimat. Die lange, gekrauste Mähne unter der Kappe versteckt. Der Polizist lächelt, fragt nach meinem Pass, sagt etwas auf Arabisch. Ich verstehe es nicht, nicke ihm lächelnd zu. Er mustert mich. Steckt die Hand in die Hosentasche. Die Scherenklingen blitzen auf.

Das Problem erübrigt sich: Es genügt, einfach nicht hinzufahren.


Ich brauche Platz, Licht. Heute lerne ich im Wohnzimmer. Wie immer hat der Mann meiner Mutter seine halbe Garderobe liegen lassen: Hosen und T-Shirts auf dem Esstisch, Hemden auf den Stuhllehnen, die Schuhe hier und da verstreut.

Ich brauche den Esstisch, deshalb lege ich ein paar Sachen sorgfältig aufs Sofa, bemüht, sie nicht zu zerknittern. Er ist unterwegs und wird sich wohl bis zum Abendessen nicht mehr blicken lassen. Später werde ich alles wieder an seinen Platz zurücklegen, seine Unordnung wiederherstellen. Sonst wird er wütend und schnauzt meine Mutter an, die sich dann bei mir beschwert.

Ich hole alles, was ich brauche, ins Wohnzimmer und richte mich auf dem Stuhl vor dem Fenster ein. Draußen sehe ich nur die Fassaden der Wohnhäuser. Drinnen das graue Tischtuch, das Falten wirft, wenn ich etwas verrücke, die Packung mit dem Zitroneneistee, das Glas, die karierten Blätter, die beiden Bücher.

Von allen Maturaprüfungen ist es die einzige, für die ich gern lerne. Ich lese alles mehrmals durch, auch die Fußnoten und die Tabellen. Unterstreichen, zusammenfassen, Listen anlegen. Mir gefallen insbesondere Jacopone da Todi und Leopardi. Trotzdem lerne ich *Alla sera* von Ugo Foscolo auswendig.

Vielleicht weil *du der schicksalhaften Ruhe mir so geliebtes Abbild bist.*

Eins zu null.

Dieses Jahr müssen wir niemanden mehr fürchten. Die Schmächtigen sind größer geworden, sie laufen besser, schießen besser und können im Zweikampf mithalten. Der Torhüter kommt ohne aufzuspringen an die Latte, die Verteidiger lassen sich nicht mehr so einfach ausdribbeln. Setzen sich entschlossen zur Wehr. Und dann ist da auch noch sie, die kämpft und die Ellbogen ausfährt. Vor nichts zurückschreckt. Sie ist unglaublich flink. Tut sich vor ihr eine Lücke auf, wirft sie den Ball nach vorne und hechtet ihm nach. Unmöglich, sie einzuholen.

Zwei zu null.

Bei den Eckbällen trauen sich die Gegner nicht, sie eng zu decken.

Drei zu null.

Es ist ein Freundschaftsspiel, zur Vorbereitung. Ein Heimspiel an einem Sommernachmittag. Der Rasen ist verbrannt. Rechts der brach liegende Hang hinter dem Tor. Links die Autos, die Umkleidekabinen und die Buvette. Und wenn ich geradeaus schaue, noch mehr Grün, die Zuschauer und der Friedhof.

Ich gehe die Seitenlinie entlang, gebe Befehle, korrigiere, feuere an. Die Mannschaft hört auf mich und gibt alles.

Vier zu null.

Ich höre den Beifall, die Kommentare und Zwischenrufe der Eltern am Spielfeldrand und der Jungs hinter mir, die ungeduldig mit den Füßen scharren, reinwollen.

Ich rufe die Ersatzspieler auf. Alle müssen zum Zug kommen.


Dieses Jahr holen wir uns die Meisterschaft.


Ich sage, dass wir an der geisteswissenschaftlichen Fakultät eingeschrieben sind, dass wir eine Unterkunft suchen, dass ich aus der italienischen Schweiz anrufe.

Seine Stimme ist sanft und entgegenkommend. Die Schweiz sei wirklich ein tolles Land, ordentlich und sauber. Er käme oft her, mit seiner Frau. Es gefalle ihm. Wie wichtig die humanistische Kultur doch sei...

Er redet viel – ein gepflegtes, geschmeidiges Italienisch. Ich unterbreche ihn nur mit ein paar »Ja, natürlich«.

Er schildert mir, wo sich die Wohnung befindet, den kürzesten Weg dorthin, so freundlich.

Wir vereinbaren einen Termin, um den Vertrag zu unterschreiben. Ich lege wieder auf und berichte es meinem Freund.

»Verdammt Glück gehabt«, denken wir uns erleichtert. »Beim ersten Versuch.«

Der Rest ist verschwommen. Einzig geblieben seine veränderte Stimme, kurz angebunden, unfreundlich. Er denke nicht daran, die Wohnung an einen Kalabresen und einen Marokkaner zu vermieten.

In der Küche brennt Licht, trotz der späten Stunde. Ich schließe die Wohnungstür ab und schaue, bevor ich schlafen gehe, bei meiner Mutter vorbei. Sie blickt von ihrem Blatt auf und fragt mich, wo ich gewesen sei.

»Unterwegs«, gebe ich einsilbig zurück.

Nicht der Koran und auch nicht die Bibel liegen auf dem Tisch, es sind die Skripte, die sie für die Prüfung zur Pflegefachfrau durcharbeiten muss. Sie hat sich entschieden, einen neuen Beruf zu ergreifen.

Ich trete näher heran, um einen Blick darauf zu werfen. Sie zündet sich eine Zigarette an.

»Du solltest das Wichtigste unterstreichen«, rate ich ihr und blättere im Skript. »Damit du es dir besser merken kannst.«

Sie schweigt. Bläst den Rauch aus.

»Nimm einen Bleistift.«

»Ich bin es nicht mehr gewohnt.«

Ich überlege, zähle die Jahre zusammen, bin drauf und dran, ihr eine Frage zu ihrer Schullaufbahn zu stellen.

Hat sie die Oberstufe abgeschlossen?

Aber ich lasse es sein. Bin müde und auch ein wenig angetrunken.

Gehe in mein Zimmer.

Die Tür geht auf, endlich. Eine Frau legt mir von hinten eine Hand auf die Schulter und brummt sinnloserweise »vorwärts«. Ich werfe ihr einen irritierten Blick zu und sehe nach, ob sie mir die Jacke schmutzig gemacht hat.

Ein Beamter in Uniform erscheint. Er kontrolliert die Lage und sagt:

»Zurück. Ruhe. Nicht stoßen.«

Jemand beklagt sich im Gedränge auf Französisch, andere strecken ihre Ausweispapiere in die Höhe.

Der Beamte wiederholt: »Zurück, Ruhe, nicht stoßen.« Dann verschwindet er wieder hinter der Tür. Kein Guten Tag, kein Hauch von einem Lächeln.

Es wird wohl noch ein Weilchen dauern.

Ich lenke mich ab und male mir aus, wer die Leute um mich herum sein könnten, fast alles Farbige. Ist der dort drüben auch Marokkaner, so wie ich? Studiert er womöglich auch an der Uni?

Ich mustere ihn eingehender, suche nach Anhaltspunkten.

Jetzt blättert er in seinem Pass, der wirklich genau so aussieht wie meiner. Ich glaube aber, er ist kein Marokkaner. Warum, weiß ich nicht: Ich spüre es.

Er gähnt. Da haben wir's, wer es sich leisten kann, an die Uni zu gehen, läuft nicht ohne Zähne rum.

Ich gehe zum Schalter. Lege die Dokumente auf die Ablage und grüße den Beamten. Auch er hat richtig schlechte Laune.

Während er mir eine Frage stellt, wird seine ohnehin schon dumpfe Stimme noch von der eines Kollegen übertönt, der einen Meter entfernt gegen eine Dunkelhäutige wettert, weil sie kein Wort Italienisch versteht. Also wird meiner lauter:

»*Par-li i-ta-lia-no*, sprichst du Italienisch?«

Sein Kollege sieht ihn schief an und macht ein Handzeichen, er solle leiser sprechen. Der Beamte ignoriert ihn. Ich bejahe die Frage und füge an, dass ich an der geisteswissenschaftlichen Fakultät eingeschrieben bin, italienische Literatur studiere.

»Dein Wohnsitz?«

»In der Schweiz. Aber ich brauche eine Aufenthaltsbewilligung, weil ich marokkanischer Staatsbürger bin.«

»Hast du keinen Schweizer Pass?«, fragt er verdutzt.

Dieses »du« stört mich.

Ich schüttle den Kopf.

Inquisitorisch, misstrauisch will er wissen, warum.

»Ähm...«, stammle ich, noch unentschlossen, wie ich antworten soll. »Keine Ahnung, habe ihn nie beantragt... So werde ich nicht für den Militärdienst eingezogen«, sage ich und lächle komplizenhaft.

Ohne Erfolg.

Er schiebt mir ein Formular unter der trennenden Glasscheibe hindurch. Zählt alle Dokumente auf, die beigelegt werden müssen. Dann verwirft er die Hände: Ich soll dem nächsten Neger Platz machen.

Ekelerregender Gestank. Am liebsten würde ich die Kühlschranktür gleich wieder zustoßen. Ich atme nur durch die Nase. Der Kühlschrank ist prall gefüllt, wie jeden Montag, vor allem dank der kalabrischen Lebensmittel, die mein Mitbewohner von zu Hause mitbringt.

Im Nu habe ich den Übeltäter ausgemacht: die eingerollten Würste neben der Provola. Verärgert schiebe ich den Käse ins Gemüsefach, obwohl ich schon beschlossen habe, auch den nicht zu essen. Reglos stehe ich da und betrachte die Würste. Denke an die Zeiten zurück, als ich noch Landjäger verschlang, an die Salamibrötchen, die mir Elvezia für die Schulreisen machte. Und das alles stört mich.

Es macht mich krank.

Wie ist das möglich?

Das angeekelte Gesicht meiner Mutter erscheint deutlich vor mir, wie sie mir erklärt, warum das Schwein ein schmutziges Tier ist. Die Art und Weise, wie sie den Mund verzieht. Die islamische Version des Cordon bleu ohne Schinken, die sich Elvezia hat einfallen lassen. *Cordon bleu et pommes frites.* Gestank nach Schwein. Ich schließe die Kühlschranktür wieder, ohne die Milch herauszunehmen.

Esse eine kalabrische *pitta 'nchiusa.*


Ich bleibe in meinem Zimmer, im Bett, und lese bis zum Abendessen. Ich hoffe, dass sie sich ums Essen kümmern, auch weil ich nicht kochen kann. Wenn nötig, kann ich ja abwaschen.

Das erste Kapitel hat mich sofort gepackt: der Auftritt von Carla, Leos Blick, der moralische Verfall...

Draußen ist es schon dunkel. Ich muss die Lampe anknipsen. Im Wohnzimmer singen sie *Ligabue*, jemand klimpert auf der Gitarre. Ich möchte mich abkapseln, doch es fällt mir schwer, mich zu konzentrieren. Ich höre *Piccola stella senza cielo*, summe ein paar Zeilen mit, lese stückchenweise, denke nach, verändere meine Position.

Bin auch ich ein widerlicher Spießer?

Ich halte inne und überlege, *Die Gleichgültigen* auf den angewinkelten Knien, den Zeigefinger zwischen die Seiten gelegt und den Blick an die Decke gerichtet.

Vielleicht bin ich auf dem besten Weg, ein Michele Ardegno zu werden. Ich betrachte mich im Spiegel und unterziehe mich einer kritischen Prüfung. Doch meine Mutter sieht Mariagrazia überhaupt nicht ähnlich. Frau Ardegno würde sich niemals dazu herablassen, zu arbeiten, schon gar nicht in einem Heim. Unmöglich, sich vorzustellen, wie sie dort mit dem Löffel Alzheimerkranke füttert.

Das Profil meines Freunds verdunkelt das Mattglas.
Ich lege das Buch weg – darauf bedacht, den Buchrücken nicht zu knicken – und bitte ihn herein.
Er streckt bloß den Kopf ins Zimmer und will wissen, ob ich ein Stück Kuchen möchte. Vielleicht nach dem Abendessen, als Dessert, antworte ich.
Als er die Tür wieder schließen will, zögert er kurz. Er muss mir noch was anderes sagen. Lächelnd schiebt er nach, dass ich es mit dem Lernen nicht übertreiben soll. Ich erwidere sein Lächeln und präzisiere:
»Ich lerne nicht. Ich lese.«
»Dann lies nicht zu viel.«

Moravias Buch gefällt mir, auch wenn diese ungeladene Pistole... Na ja...

Es heißt, er sei ein besonders netter und hilfsbereiter Professor. Los, nur Mut. Ich stoße die Tür auf.
Altes Mobiliar. Überall nur Bücher und Papierkram. Ich sage Guten Tag und stelle mich vor. Er mustert mich über seine Brillengläser hinweg.
Ich bleibe einen Meter vor seinem Tisch stehen und erkläre, dass ich Italianistik studiere, dass ich in der Schweiz das Wirtschaftsgymnasium besucht habe, dass ich nie Latein hatte. Dann die Schlüsselfrage: ob die Lateinprüfung *wirklich* obligatorisch sei.
Er legt die Brille ab und sagt: »Verstehe.«
Ich warte und versuche, ihm nicht in die Augen zu schauen, während er nachdenkt.

»Woher kommen Sie ursprünglich?«, fragt er, den Brillenbügel im Mund.

Marokko, antworte ich, ich bin Marokkaner, aus Casablanca. Er legt die Brille ins Etui zurück und fragt:

»Dann sprechen Sie also Arabisch?«

»Nein«, antworte ich und täusche Bedauern vor. »Leider habe ich es nicht gelernt.«

Das sei wirklich schade, sagt er und will wissen, wo ich geboren bin.

»In der Schweiz.«

Noch so eine nachdenkliche Pause.

Dann verschränkt er die Arme vor der Brust und fährt fort. Es täte ihm leid, doch er könne mir nicht helfen. Die Lateinprüfung sei eine der wenigen, der man *wirklich* nicht entkommen könne. Die Sprache werde mich begeistern, sie sei faszinierend, eine ausgezeichnete Gymnastik fürs Gehirn. Wenn ich Deutsch gelernt hätte...

Ich höre zu, immer noch in der Hoffnung, ein Hintertürchen zu finden. Wir sind doch immerhin in Italien, oder?

»Da müssen Sie durch... *obtorto collo.*«

Ich blicke ihn fragend an.

»Mit gekrümmtem Halse. Ein absoluter Ablativ.«

Hmm...

Auch an diesem Morgen gehe ich durch den Nebel, in meine Windjacke gehüllt, mit einer Mütze, die mir nicht über die Ohren reicht.

In der Mitte des Hofs werde ich von einem Straßenverkäufer angesprochen. Er lächelt, streckt mir die rechte Hand hin und sagt:

»*Ciao, fratello.*«

Zu schwarz dieser Handrücken, der Kontrast zum Weiß der Handfläche zu stark. Ein irrationales Gefühl von

Schmutz und Gefahr überkommt mich. Ich würde die Berührung am liebsten vermeiden. Von Fremdenfeindlichkeit übermannt. Immerhin schäme ich mich dafür. Gebe ihm die Hand, obwohl ich meine Unlust nicht unterdrücken kann.

Ich sage ihm, dass ich nichts brauche, bedanke mich, erwidere sein Lächeln mit vorgetäuschter Nettigkeit.

Dann wende ich mich zum Gehen, um ihm zu verstehen zu geben, dass ich es eilig habe. Gleich beginnt die Vorlesung zur romanischen Philologie, ich habe keine Zeit zu verlieren.

»*Fratello*«, ruft er mir von hinten zu, »bleib kurz stehen, schau das an.«

Ich ignoriere seine Bitte, drehe mich nicht einmal um. Ich kaufe nichts, will seine Armbänder nicht. Sie sind scheußlich. Kurz streift mich der Gedanke, ihm tausend Lire zu schenken, einfach damit er mich in Ruhe lässt. Eine Idee, die ich aus Mangel an kleinen Scheinen sofort wieder verwerfe. Und außerdem sind wir gar nicht Brüder, er ist wahrscheinlich Senegalese oder Kameruner.

Wir sind nicht in gleicher Weise schwarz. Bist du blind? Glaubst du etwa, mich mit deinen Floskeln ködern zu können?

Ich beschleunige den Schritt bis kurz vor dem Hörsaal. Bevor ich eintrete, kontrolliere ich, ob er mir gefolgt ist.

Ich sehe, dass er sich einer rund um ein Fahrrad versammelten Menschentraube nähert. Verspüre Erleichterung.

Drinnen fühle ich mich wie ein dummer, widerlicher Spießer.


Ich blicke von oben auf ihn herab, die Ellbogen auf dem Geländer und die Hände an den Wangen. Der Professor trägt einen hellgrauen Anzug. Sein Hemd ist weiß.

Er spricht über das etruskische Substrat, über Isoglossen und Metaphonie. Auf dem Tisch, ordentlich gestapelt, die Karteikarten mit seinen Notizen, die er von Zeit zu Zeit konsultiert.

Er spricht von der Bewahrung des velaren statt des palatalen Lauts.

Ich kann ihm nicht folgen: Mir fehlen sowohl das Vokabular als auch die nötigen Grundlagen. Der Stoff langweilt mich. Er spricht über das Rumänische.

Ich blättere in den fünfhundert Seiten, die ich für die Prüfung werde lernen müssen. Lese hier und da einen Satz und frage mich, wie ich das schaffen soll.

Ich bin der einzige Student, der keine Notizen macht.

Er spricht über das Arabische.

In der Oberstufe gefiel ich ihr. Wir haben uns seither nicht mehr gesehen. Ich hoffe, dass sie bis zum Ende bleibt. Damit wir ein wenig plaudern können.

Ich pfeife und leite das Spiel zum Abschluss des Trainings. Am Himmel scheint eine laue Sonne, am Spielfeldrand habe ich soeben die Schwester unseres neuen Torhüters erblickt.

Ich hatte mich für sie entschieden, damals, ohne lange nachzudenken. Ihre Freundin wollte wissen, wen ich wählen würde:

»Sie oder sie?«, hatte sie gefragt und zuerst auf zwei Mädchen gezeigt.

Es war nichts daraus geworden.

Ich schaue sie an. Sie ist noch hübscher als damals, hat abgenommen. Die Schminke betont ihre Gesichtszüge, vor allem die Augen – zwei wundervolle, grüne Augen.

Die Jungs protestieren wegen eines Abseits.

»Alles korrekt«, rufe ich lächelnd.

Ich pfeife ab und schicke die Mannschaft unter die Dusche. Sie steht immer noch da. Fährt sich mit der Hand durchs Haar. Lächelt mir zu.

Ihre Worte kommen mindestens dreimal täglich aus meinem ersten Mobiltelefon. Ich kann es kaum erwarten, sehne mich danach, sogar wenn ich in der Bibliothek sitze und lerne.

Ständig werfe ich einen Blick auf den Display, um ihren Anruf auch bestimmt nicht zu verpassen.

Und wenn es dann so weit ist, greife ich das Ding und renne nach draußen. Ich höre, wie die Sandalen auf den Fliesen des Korridors widerhallen. Räuspere mich. Mache es mir unter einem Baum gemütlich, vor der Sonne geschützt.

Weil sie sagt, sie würde mich lieben.

Ich steige aus dem Auto, gehe über den Parkplatz zu den Umkleidekabinen. Eine kleine Gruppe Spieler wartet vor der Tür. Ich stelle mich vor und beginne, mit ihnen zu plaudern. Befrage sie zur Mannschaft, schon besorgt über die Aussicht, sonntagelang Däumchen drehend auf der Bank sitzen zu müssen.

»Seid ihr viele?«

»Wenn wir auf elf kommen, sind wir froh«, antwortet der Älteste, allem Anschein nach der Kapitän.

Ausgezeichnet.

Ich erkläre, dass ich schon einige Jahre nicht mehr gespielt habe, aber gern wieder anfangen würde, zuerst vielleicht nur mit dem Training und den Freundschaftsspielen. »Auf welcher Position spielst du?«, fragt einer, möglicherweise in Sorge, ich könnte ihm den Platz wegschnappen.

»Links außen«, erwidere ich, überlege mir dann aber, dass es besser wäre, auf meine Vielseitigkeit zu setzen, »aber auch im Sturm oder hinter den Sturmspitzen.«

Sie wollen wissen, für welche Mannschaften ich gespielt habe – schnell herausfinden, ob sie sich einen Ballkünstler oder eine Niete zulegen.

In dem Moment, als sie von ihrem Exfreund zu erzählen beginnt, beschleicht mich ein Verdacht. Auf der Stelle. Trotz ihrer Versuche, mich zu beruhigen. Honigsüße Worte mit einem bitteren Nachgeschmack. Ich spüre seine so brüderliche wie feindliche Gegenwart. Vergeblich auch die warnenden Worte ihrer Mutter. Die hat längst alles durchschaut.

Dieses unkontrollierbare, überwältigende Gefühl ist stärker. Ich verliebe mich. Verliere mich.

Wir starren an die schwarze Decke im Dunkel ihres Zimmers. Ihre Eltern sind übers Wochenende in die Berge gefahren. Sie hat mich selbst gefragt, ob ich bleiben will.

Wir haben zusammen gekocht. Im Kerzenlicht gespeist. Gekuschelt, auf dem Sofa. Diese wunderschönen grünen Augen.

Sie versteift sich. Ich spüre, wie sie sich von mir entfernt.

»Ich kann nicht«, sagt sie. »Ich denke immer noch an ihn.«

Ein Tunesier.

Wenn sie zu ihm will, müsste sie hier durchkommen.

Ich setze mich auf die oberste Stufe. Später Nachmittag eines qualvollen Freitags. Ich halte bei der Standseilbahn zum Bahnhof Wache. Warte darauf, dass sie unter den Arkaden um die Ecke kommt. Warte auf ihre grünen Augen.

Was ich sagen werde, weiß ich nicht. Ich weiß nur, dass ich sie sehen will, sie sprechen will, versuchen will, sie zurückzuerobern. Auch wenn sie mich hintergangen hat. Mich benutzt hat. Sie aufhalten, verhindern, dass sie mich verlässt.

Ich kippe das Bier hinunter. Drücke die Dose mit dem linken Absatz platt und kicke sie weit weg.

Mache noch eins auf. Ich will mich betrinken. Das habe ich seit der Schulzeit nicht mehr gemacht. Noch eins…
    Meine Freunde kommen um die Ecke gelaufen. Komm, sagen sie. Sie nehmen mich mit.

Ich nehme Platz und überreiche ihr mein Testatbuch. Die Professorin blättert darin herum, sucht die Seite mit meinem Namen. Auch sie will wissen, woher ich ursprünglich komme.
    »Marokkaner«, antworte ich lächelnd.
    Mittlerweile kenne ich dieses Spielchen. Es hilft, die Stimmung zu lockern, auch wenn sie sich vermutlich denken, sieh mal einer an, wie schön, ein Neger, der italienische Literatur studiert.
    »Ah, schön, schön«, ruft sie wie erleuchtet aus. Und erzählt von ihren Reisen. Etliche Male war sie bereits in Marokko, das letzte Mal erst vor wenigen Monaten. Die imperialen Städte hat sie besucht, die Wüste und Casablanca, das ihr weniger gefallen hat. Weltberühmt der Charme von Marrakesch, die Kutubia und die Kasbah-Moschee.
    Ich frage mich, was zur Hölle die Kutubia ist. Keinen blassen Schimmer. Ich warte und hoffe, dass die Vorrede langsam vorbei ist.
    »Und die Saadier-Gräber, haben Sie die gesehen?«
    Hmm…
    Sie erwartet eine Antwort von mir. Ich weiß nicht, was ich sagen soll. Lüge:

»Ja, ich bin mit meiner Mutter hingefahren.«

Ich zögere ein paar Sekunden. Füge an, dass ich klein war, dass ich bloß eine vage Erinnerung daran hätte. Nur an den Platz könne ich mich gut erinnern.

»Verstehe, verstehe. Da müssen sie aber unbedingt wieder hin«, mahnt sie und starrt ins Leere, um eine Einstiegsfrage für die Prüfung zu finden.

Ich gehe im Kopf ein paar Daten durch – die Nacht der langen Messer vierunddreißig, Schweinebucht zweiundsechzig, Landung in Sizilien dreiundvierzig.

Sie will mit den zwei marokkanischen Krisen beginnen, im Namen der Solidarität zwischen den Völkern.

Auf dem Nachhauseweg schaue ich zum Mittagessen bei meiner Tante vorbei. Ich nehme ihre Einladungen immer gerne an. Weil sie gut kocht. Weil sie mich nicht bekehren will. Weil sie nicht wissen will, wann ich endlich Arabisch lerne. Weil sie nicht mit Tiraden über mich herfällt. Ganz entspannt liegt sie auf dem arabischen Sofa, drückt auf den Tasten der Fernbedienung herum, schlürft ihr Bier und raucht Marlboro. Sie erkundigt sich nach der Uni, dem Sport.

Heute ist auch ihr Mann da, der sich normalerweise in seinem Zimmer verkriecht und die wöchentlichen Kreuzworträtsel löst. Oder sich im zweiten Fernseher seine Lieblingssendungen ansieht.

Sie streiten über den obligaten Rechtspopulisten, der im Schweizer Fernsehen über Ausländer schimpft. Meine Tante deutet mit der Feldschlösschen-Bierdose Richtung Bildschirm:

»Hörst du, welchen Mist dieser Trottel da von sich gibt?«

Er kratzt sich am dicken Bauch:

»Ohne ihn hätten uns all diese Tschinggen längst die Arbeit geklaut!«

Es amüsiert mich, ihnen zuzuhören.

In meinem Teller der Kartoffel-Zwiebel-Salat, die roten Ofenpeperoni und die scharfen Merguez.

Ein Befehl, sanft und bestimmt zugleich:

»Komm mit!«

Ich sehe sie, wie sie mich am Arm packt und mit mir nach draußen geht. Ihr verschmitztes Lächeln. Die langen blonden Haare. Locken, die ihr über die Schultern fallen. Den üppigen Busen. Das helle Kleid bis zum Knie. Sie ist hübsch.

Wir amüsieren uns an einem Fest am Fluss. Sie ist hübsch, und sympathisch dazu. Ihre spontane Art gefällt mir. Der Himmel ist schon dunkel. Vor dem Saal ein von Straßenlaternen hell beleuchteter Platz. Mücken surren und stechen. Wir entfernen uns, gehen um die Ecke, jetzt Hand in Hand, bleiben dicht an der Mauer.

»Hier ist es gut«, sagt sie.

Wir küssen uns.


Panoramaaufnahme der Stadt bei Sonnenuntergang, dann langsames Zoom auf die Stadionfassade. Ein paar verspätete Fans sputen sich, um den Anpfiff nicht zu verpassen. Blick ins Stadioninnere.

Der Moment der Nationalhymne: ernste, konzentrierte Gesichter. Schwenk, zu schnell, Großaufnahme. Mitgerissen von den Fanfarenklängen singen sie Worte, die ich nicht verstehe.

Ich betrachte, mustere die Spieler: Haare Stirn Augen Zähne Mischlingshaut. Ich, ein verstimmtes Instrument, brumme etwas vor mich hin und trete näher an den Bildschirm heran. Die Aufregung wächst, ich habe teil an einer geheimen Musik, die mitreißt und durcheinanderbringt.

Warum? *Alesch?*

Ein paar Sekunden lang rot gefärbte Tribünen, Fans, die mir vorkommen wie Freunde, geschwenkte oder geschulterte Fahnen. Ich sehe ein Kind, ganz außer sich vor Freude, mit einem fünfzackigen schwarzen Stern auf der Stirn. In seinem Blick und seinen Freudensprüngen lese ich Zugehörigkeitsgefühl und Siegeswillen. Der Bildausschnitt wird wieder größer und zeigt junge Frauen, die begeistert ein anner mit einem aufgedruckten Bild des marokkanischen Kapitäns hochhalten. Noch mehr rote Fahnen – unverständliches Geschreibsel. Langer Schwenk auf eine maghrebinische La-Ola-Welle.

Ein schottischer Fan wird gefilmt: weiß wie Milch, das Gesicht von Sommersprossen übersät, mit dümmlichem Lächeln. *Che'ib*, hässlich.

Die unerträglichen, ignoranten, eurozentrischen Bemerkungen des Schweizer Kommentators. Jedes Mal, wenn er »überraschend« sagt – »wirklich überraschend, wie die afrikanische Mannschaft das Feld beherrscht« –, dreht es mir den Magen um.

Ich erkläre meiner Mutter, dass ein Sieg nichts bringen würde. Marokko ist schon ausgeschieden. Sie versteht nicht, warum.

Die Bettfedern quietschen. Ich löse meine Arme, versinke unter ihr. Ihr Busen hängt, baumelt, hüpft.

Ich sehe ihren halb geöffneten Mund.

»Warte«, flüstert sie. »Warte auf mich.«

Ich möchte hören, wie sie Lust empfindet. Stattdessen nichts, ich höre nicht einmal ihren Atem. Sie ist zu fest auf ihren Körper konzentriert.

»Langsamer«, sage ich.

Ihr Schweiß rinnt mir auf die Brust, immer stärker. Meiner macht die Laken nass.

Ein glutheißer, schwüler Sommer. Draußen die ausgestorbene, stille Stadt.

»Stopp«, sage ich.

Sie wird langsamer. Wirft die Haare in den Rücken, schaut in die Ferne – durch die Rollläden fallen dünne Lichtstreifen. Ich schaffe es, zu widerstehen.

Wenn sie nach vorne drückt und stößt, tut es ein bisschen weh.

Sie möchte, dass ich spreche.

»Sag was«, wiederholt sie und blickt mir diesmal direkt in die Augen.

Ich finde keine Worte.

Sie besteht darauf.

Reicht ein einfaches »Ich liebe dich«?

Sie gibt sich nicht zufrieden. Verlangt mehr: Ich verstehe nicht, ob ihr nach verliebten Turteltäubchen oder Porno ist.


Ich renne den Weg entlang. Es regnet in Strömen, am Himmel grollen Donner.

Wie blöd von mir. Heute Abend hätte ich das Training schwänzen sollen. Mich in meinem Zimmer verkriechen und einen guten Roman lesen sollen. Ich Idiot.

Ich muss auf jeden Schritt aufpassen, den Pfützen, Löchern und Steinen ausweichen. Könnte jederzeit ausrutschen und die Böschung hinunterfallen.

Wozu das Ganze?

Beim Anstieg werde ich langsamer, verliere den Anschluss zum Rest der Gruppe. Meine Beinmuskulatur ist schwach. Und ich habe keine Lust, durchzubeißen. Ich denke an die Sprints, die auf das Ausdauertraining folgen werden. Ich habe keine Lust, mich abzumühen, und noch weniger, Befehle eines Trainers zu befolgen, der die Übungen nicht dosieren kann und nicht weiß, was er an mir hat. Sein amateurhafter Fußball ist nichts für mich. Er würde es sogar fertigbringen, elf Mittelfeldspieler auf den Platz zu schicken. Wenn er mir wenigstens die Freistöße zutrauen würde.

»Basta!«, entscheide ich und werde langsamer. »Er ist nicht der richtige Trainer für mich.«

Wie ein verwöhntes, freches Mädchen. Ihr kleines, trauriges Gesicht, das schmachtende Stimmchen.

Ich bitte noch einmal freundlich, sei so gut. Sie weicht ein paar Schritte zurück, verschränkt ihre Hände hinter dem Rücken und lehnt gegen die Anrichte. Sie will, dass ich wütend werde, die Geduld und die Kontrolle verliere. An den Füßen trägt sie Zoccoli. Ich sehe ihre unbedeckten Knie und das cremefarbene Kleid mit aufgedrucktem Muster, vielleicht Blumen.

Sie streckt mir die Zunge heraus. Links sind ein paar Bücher von Moravia aufgereiht, wahrscheinlich *Agostino* und die *Römischen Erzählungen*.

Ich gehe auf sie zu und täusche Ruhe und Gelassenheit vor. Ich habe nicht vor, laut zu werden. Dieses alberne, kindische Spiel kann so nicht weitergehen. Fertig, es ist aus. Ich liebe sie nicht. Die zusammengerollte Katze sieht vom Sofa aus zu.

Ich strecke meinen Arm aus und fasse hinter ihren Rücken. Ich will nicht handgreiflich werden, will ihr nicht wehtun. Sie beginnt, mich zu küssen: zuerst auf den Mund, dann darum herum. Ich sträube mich halbherzig. Drehe den Kopf zur Seite.

»Verlass mich nicht«, fleht sie mich mit aufgesetzter Verzweiflung an.

Ich mache mich los und blicke sie an. Krokodilstränen. Unmöglich, Mitleid zu haben.

»Her mit diesem Scheißschlüssel.«

Nur wenn der Bibliothekar nicht pünktlich ist, gehe ich erst nach neun Uhr rein. Wie heute. Er soll sich gefälligst sputen.

Im Vorbeigehen werfe ich einen Blick auf die Bücher in den Schaukästen. Ich gehe durch den Lesesaal zur hintersten Tischreihe.

Betrachte den Park, die Herbstfarben, die Berge, den See. Bevor ich anfange, entspanne ich mich. Ein paar Sekunden lang.

Ich habe schon beschlossen, dass es drei Pausen geben wird: fünfzehn Minuten am Morgen, eineinhalb Stunden für das Mittagessen und weitere fünfzehn Minuten am Nachmittag. Unumstößlich. Präzise. Auch wenn meine Freunde kämen und mir was anderes vorschlagen würden. Einfach Nein sagen.

Ich lerne für Kunstgeschichte – Goyas Ungeheuer, Hoppers Unheimlichkeit.

Ans nächste Training zu denken und aufzublicken, wenn im Korridor Absätze klackern, sind die einzigen Ablenkungen, die ich mir zugestehe.

Er lehnt an der Wand und starrt mich lächelnd an. Hält ebenfalls ein Bierglas in der Hand. Ich sehe den hellen Pullover, das deutlich hervortretende Bäuchlein, seine linke Hand in der Jeanstasche, sein sonnengebräuntes Gesicht.

Anscheinend kennen wir uns. Ich versuche mich zu erinnern. Schaue woandershin: über die Köpfe, auf die umliegenden Gebäude, zur Bühne, zum Himmel, in mein Glas.

Ein Spieler?

Namen und Gesichter kommen mir in den Sinn, Gegner und Mannschaftskollegen, auch solche aus fernen Zeiten.

Ein Trainer?

Ich wage einen zweiten Blick. Er hat nicht aufgegeben, hebt das Glas hoch, als wollte er anstoßen.

Na dann, aus der Nähe wird es einfacher sein, ihn zu erkennen. Ich kämpfe mich zu ihm vor, den Arm in die Luft gestreckt, um nichts zu verschütten, und nehme mich vor den brennenden Zigaretten und gefährlich vollen Gläsern in Acht.

»Ich hab noch immer deinen Roboter«, sagt er, sobald ich vor ihm stehe.

Welchen Roboter?

Jetzt wird mir klar, wer das ist. Weil ich ihn besser sehe. Weil seine Stimme immer noch die gleiche ist.

Ein Klassenkamerad aus der Primarschule. Eine Zeit lang waren wir eng befreundet.

»Welchen Roboter?«, frage ich neugierig.

An einem der letzten Schultage der fünften Klasse hätte ich eine prall gefüllte Tasche voller Geschenke mitgebracht, erzählt er, eines für jeden Mitschüler. »Erinnerst du dich?«

Ich schüttle den Kopf, bin aber stolz auf meine Geste.

Dann lenke ich das Gespräch auf die lebhafteste Erinnerung, die mir geblieben ist: ein Geburtstagsfest bei ihm zu Hause... der Swimmingpool im Garten... das vom Regen lauwarme Wasser... eine Arschbombe... die Blitze am Himmel... seine Mutter, die uns ins Haus ruft. »Erinnerst du dich?«

»Na klar!«, und er fügt weitere Details an.

Er ist mir immer noch sympathisch. Schade, dass wir uns aus den Augen verloren haben.

Unser Abschied ist herzlich. Ich ziehe alleine weiter. Bewundere Frauen mit tiefem Ausschnitt. Gehe den Stoff für die nächste Prüfung durch. Zähle Roboter auf: Mazinger Z, Goldorak, Jeeg, Gundam, Yatta Can...

Meine Schwester platzt herein. Jemand habe geklingelt, sie brauche den Schlüssel, um die Haustür aufzuschließen. Ich lasse sie wissen, dass sie anklopfen soll, bevor sie in mein Zimmer kommt. Dann stehe ich auf und überreiche ihr meinen Schlüsselbund. Ich zeige ihr, welchen Schlüssel sie nehmen muss. »Siehst du?«, frage ich, bemüht, den Tonfall didaktisch zu halten. »Er hat einen roten Rand, ganz einfach, du kannst nichts falsch machen.«

Ich höre, wie sie wieder hereinkommt. Ihre schlurfenden Schritte. Auch dieses Mal klopft sie nicht an. »Geht nicht auf«, sagt sie weinerlich. »Geht nicht auf, nicht auf!«, und stampft mit den Füßen auf den Boden.

Meine Mutter kommt aus dem Bad und sieht uns vom Flur aus. Mich, wie ich meine Schwester auffordere, es noch einmal zu versuchen, ja, es ist der richtige Schlüssel. Sie, die in Tränen ausbricht.

Meine Mutter verliert die Geduld und brüllt mich an:

»Du könntest auch einfach runtergehen und aufmachen, oder nicht?«

Dann kommt sie auf uns zu, nimmt meiner Schwester die Schlüssel weg und knallt wütend die Tür zu.

»Sie hat in die falsche Richtung gedreht!«, brülle ich ihr nach.

Alles ist renoviert und frisch gestrichen. Das Tor glänzt. Man kann sich schwer vorstellen, Bälle dagegenzuknallen. Auch die Rollläden sind neu. Wie kann es sein, dass mir der

Besitzer erlaubt hat, hier zu spielen? Gegen sein Garagentor zu schießen, die Rollläden kaputt zu machen und die darüberliegenden Fensterscheiben zu zertrümmern. Sein verbeultes Auto sehe ich nicht.

Die Bar ist zu, die Post auch.

Ich laufe auf dem Kies bergab: Moosgeruch, ein paar streunende Katzen, eine halb geschlossene Tür.

Ein Junge radelt auf dem Platz vor dem Gemeindesaal herum. Er dreht schnelle Kreise. Ich kenne ihn nicht. Als ich in die Stadt gezogen bin, war er wohl noch nicht geboren. Er bemerkt mich, macht eine Vollbremsung und grüßt. Ein typisch dörfliches *Ciao*, wie ich es seit Jahren nicht mehr gehört habe.

Ich grüße zurück, doch hier bin ich nun ein Fremder. Unwiderruflich.

Der Griff des Tors ist rostig, ich erinnere mich, man muss kräftig stoßen. Ich helfe mit der Schulter nach und trete ein. Oben an der Treppe halte ich inne. Bleibe auf dem gepflasterten Weg stehen. Zögere. Weiß nicht mehr, ob ich es will. Ich habe einen Kloß im Hals. Einen Moment lang sehe ich den Sarg vor mir, wie er von den Flammen verschlungen wird. Höre die Orgel. Ich stehe dort, in der ersten Bankreihe.

Wo ist das Grab wohl? Neben dem ihres Manns? Ich war beim Begräbnis nicht dabei. Warum nicht? Ich schaue mich um, finde sie aber nicht. Gehe die Grabsteine und Kreuze durch, eines nach dem anderen, von ganz nah, damit ich die Fotos besser sehen und die Namen und Daten ablesen kann. Viele habe ich gekannt.

Hier ist sie nicht.

Ihren dunklen Augen begegne ich, als ich die Treppe hoch-
gehe, die den Friedhof mit dem Kirchplatz verbindet. Sie
lächelt von ihrem Grabstein herab, den Kopf leicht zur Seite
geneigt, die Stirn glatt, hervortretende Halsadern. Ich erinnere mich an diese Bluse.

Das Todesdatum wird von einem Blumenstrauß verdeckt.

Ich gehe nicht näher.

Versuche, in Dialekt an sie zu denken.

Der Professor klappt das Testatbuch zu, richtet einen Atlas
wieder parallel zum Tischrand aus, rückt sich die Brille zurecht und sagt:

»Sie sind aber kein Schweizer.«

Finsteres Gesicht, er wirkt schlecht gelaunt. Ich schüttle
ein wenig besorgt den Kopf. Auch er will wissen, ob ich Arabisch spreche. Ich verneine, ich hätte es nicht gelernt, und
versuche, ein freundliches Gesicht aufzusetzen. Er blickt
mich enttäuscht an, sagt, dass das wirklich schade sei.

Einmal mehr.

»Ihre Eltern ...«, fügt er nach einer kurzen Pause an.

Ich will nicht darüber sprechen. Diese Neugierde stört
mich, trotzdem muss ich freundlich antworten, bejahen.
»Beide.«

Er zieht die Augenbrauen bis über den Brillenrand hoch.

Stimmt etwas nicht?

Ich lächle. Da es mir nicht zusteht, das Wort zu ergreifen, versuche ich, mich auf den Stoff zu konzentrieren, den
ich in Kürze werde wiedergeben müssen. Den Teil über die
Sprachgeografie hab ich drauf, auch den über die Städte der
Dritten Welt.

Er rückt die Brille ein zweites Mal zurecht – auch wenn sie mir schon gerade erschien – und fährt fort:

»Aber Sie sprechen Deutsch.«

Ich nicke und versuche, meine Nervosität zu verbergen.

»Schön, schön.«

Die Begrüßung ist vorbei. Er senkt den Blick auf die Weltkarte und fragt mich, was man mit einem Maßstab eins zu fünf Millionen meint.

Soll das ein Scherz sein?

Zur Theorie gehen wir in den Saal. Zwei Reihen Stühle, der Tisch, von dem aus der Trainer sprechen wird, und der Flipchart mit den weißen Blättern, alles schon aufgestellt.

Er hält einen schwarzen, wasserfesten Filzstift in der Hand. Schenkt uns kein Lächeln. Dieses Spiel müssen wir unbedingt gewinnen.

Er habe unseren Gegner studiert, sagt er und zeichnet deren Spielsystem auf – vier-fünf-eins. Die physischen und technischen Fertigkeiten der stärksten Spieler werden erläutert und wie sie sich in Standardsituationen organisieren, vor allem bei Eckbällen.

Ich bin angespannter als sonst, auch weil ich nicht weiß, ob ich heute von Beginn an spielen werde. Das erste Mal wieder dabei nach der Knöchelverletzung. Ich habe hart trainiert, um hier zu sein.

Ich bin in Form, fühle mich bereit. Höre aufmerksam zu, folge, sehe ihn an. Wir werden in spiegelverkehrter Aufstellung spielen. Um die Mitte zu verstärken. Meine Hoffnungen, von Anfang an aufgestellt zu werden, zerschlagen sich. Die Rolle der einzigen Sturmspitze liegt mir nicht. Auf den Flügeln setzt der Trainer lieber defensive Spieler ein. Ich kann nur hoffen, als hängende Spitze aufgestellt zu werden. Oje, auf dieser Position ist die Konkurrenz stark.

Die Umkleidekabine ist heruntergekommen, düster und eng. Abbruchreif. So wenig Platz, dass manche sich sogar in der Dusche umziehen müssen. Andere warten draußen.

Fortalis-Geruch macht sich breit.

Der Trainer verkündet die Trikotnummern der Startelf. Meinen Namen höre ich nicht. Im Großen und Ganzen ist es eine nachvollziehbare Auswahl. Ich muss sie respektieren. Wenn das Spiel läuft und die Gegner schon erschöpft sind, könnte ich vielleicht nützlicher sein.

Ich trage weiße, kurze Hosen, Stulpen und Schuhe mit langen Noppen – das Spielfeld ist noch matschig. Mit freiem Oberkörper will ich mir mein Trikot aus der Tasche holen.

Frage den Trainer nach meiner Nummer. Er reißt die Augen weit auf und fasst sich mit der Hand an die Stirn.

Warum?

»Du bist gar nicht aufgeboten.«


»*Salam Aleikum*«, rufen sie im Chor.

Auf dem Tisch das Frühstück für den ersten Tag des Ramadans: Chubs, hart gekochte Eier, Msemmen, Streichkäse, Mandelhörnchen, Milchkaffee, Halwa Chebakia, knuspriges türkisches Brot, Halal-Salami.

»*Neri neri neri!*«, wird der Onkel empfangen.

Er hält einen Stapel Pizzas in den Armen. Um etwas zu sehen, muss er den Kopf schräg halten. Der Fernseher läuft.

*Baraka baraka...* Wie spät ist es?... Schön weich, das arabische Sofa, schön weich... Habt ihr das neu? Nein, mit Perwoll gewaschen.

Ein babylonisches Stimmengewirr. Da heißt es, laut reden. *Inschallah... Ti do una pesciada!... Excusami, c'est bien?... Bi chair?... Alhamdulillah... Neri neri neri*, wechsle den Sender... Die ersten Tage sind immer die schwierigsten... *Garu, sigarette...* es ist hart, nicht zu rauchen.

»*Schkoun?*«, fragt meine Mutter.

Wer ist das?

Die Tante macht die Tür auf und kommt mit noch mehr Stühlen ins Wohnzimmer. Wir müssen zusammenrücken.

*Yalla! ... Schukran! ... Bismillah!*

Die Schüssel mit den Datteln ist sofort leer. Die Platten wandern von einem zum anderen, *schukran, grazie, merci*, Arme kreuzen sich über dem Tisch, *pardon*. Ich sage *no, no grazie*. Ich habe keinen großen Hunger. Zwei Msemmen und etwas Süßes reichen mir.

*Bleti.*

*Kul!* Nur keine falsche Bescheidenheit. Iss!

Während wir warten, dass die Harira abkühlt, wird geklatscht, und arabische Melodien werden angestimmt. Ein rasender Ramadan-Rhythmus, dem ich nicht folgen kann. *Ma bifham.* Ich schaue fern.

Am Tisch wird nicht gepfiffen und nicht gesungen, hätte Elvezia gesagt.

»Das sieht noch gar nicht gut aus«, wiederholt er. Ob ich die Vorlesung überhaupt besucht habe, will er wissen und blättert in meinem Testatbuch herum. Ich erkläre, dass das nicht möglich war, dass ich mir aber die Notizen einer Freundin besorgt hätte: sowohl die zur Erzähltheorie als auch die zur Anwendung auf Flauberts Roman. »Stört es Sie, wenn ich rauche?«, fragt er und zündet sich eine Vogue an. »Wollen Sie es nicht beim nächsten Prüfungstermin nochmals versuchen?«

Wie peinlich. Nachdem ich bis jetzt so glorreich und einwandfrei durchgekommen bin, stolpere ich ausgerechnet über die Französischprüfung.

Ich bitte um eine zweite Chance, vielleicht eher über die

Erzähltheorie. Der Professor bläst eine Rauchwolke über meiner Mähne aus und sagt:

»Was können Sie mir über *Sylvie* sagen?«

»Also, Gérard de Nerval wurde achtzehnhundertacht geboren, er lernte seine Mutter nie kennen«, und ich fahre auf Französisch fort, damit er merkt, dass ich seine Sprache höchstwahrscheinlich besser beherrsche als die anderen Kandidaten: »*Il passe sa petite enfance chez son grand-oncle dans le Valois.*«

Er unterbricht mich mit einer trockenen Geste, *no no*. Wieso nein? Stimmt doch, und ich folge mit dem Blick der aufsteigenden Rauchwolke.

Ich soll die Biografie vergessen und auf *Sylvie* zu sprechen kommen.

Nach einer kurzen Stille, in der ich versuche, mir etwas in Erinnerung zu rufen, und er mich anraucht, murmle ich leise:

»Es wurde achtzehnhundertvierundsechzig publiziert, wenn ich mich nicht irre.«

»Vierundfünfzig!«, fällt er mir ins Wort und schiebt mir das Testatbuch zu.

Auf der anderen Seite der Wand die metallische Melodie von *We are the champions*. Ich lese schneller, ohne zu verstehen. Stopp, ich halte inne. Lege den Finger auf das Ende des Verses.

Zähle eins, zwei, drei… Er geht nicht ran. Ich klappe das Buch zu, den Zeigefinger dazwischen. Ich schaue links das Blau im Fenster an. Die Zimmerdecke. Den schwarzen Fernsehbildschirm. Die Tür. Es hört nicht auf.

Ich schiebe einen Bleistift anstelle des Fingers ins Buch, lege die *Göttliche Komödie* aufs Bett und stehe genervt auf. Jetzt höre ich ihn noch lauter, diesen Klingelton, diesen Scheißklingelton.

Sein Handy vibriert und leuchtet auf dem Esstisch im Wohnzimmer, neben seinen Schlüsseln und den Zigaretten meiner Mutter.

Hört er es nicht?

Das dauert mir zu lange, ich verliere Zeit und meine Konzentration. Ich gehe zum Schlafzimmer, reiße die Tür auf, richte den Blick auf die Bettkante und frage:

»Sorry, aber willst du nicht rangehen?«

Durch die halb geschlossenen Rollläden fällt ein staubiger Lichtstrahl quer durchs Zimmer. Das Fenster steht weit offen, die Vorhänge sind zur Seite geschoben.

»Doch«, antwortet er mit gerötetem Gesicht und wuscheligen Haaren, während er von meiner Mutter heruntersteigt und sich mit dem Laken bedeckt.

Sie zieht es sich bis zum Kinn und blickt mich verlegen an. Meine Schwester in ihrem Bettchen hat soeben die Augen geöffnet.

»Papi, gehst du nicht ans Telefon?«

»*Bleti*«, fängt er an. Dann verstehe ich nichts mehr.

Ich gehe aus dem Zimmer und ziehe die Tür absichtlich sorgfältig zu. So wie es ihm gefällt. Wenn ich zu Hause Lärm mache, wird er wütend.

Immer wieder dreht er sich um, scheint drauf und dran zu sein, mich einzuwechseln. Doch er sagt nichts. Senkt den Kopf, fasst sich ans Kinn, überlegt und fängt wieder an, Befehle Richtung Mannschaft zu rufen.

Es scheint eine herrliche Sonne, ein milder Tag. Der Platz ist eben – der Rasen perfekt gemäht.

Ich will rein. Seit über einer halben Stunde wärme ich mich auf. Wir verlieren, es läuft nicht. Frische Kräfte sind gefragt, Fantasie, technisches Können. Ich bin gefragt.

Worauf wartet er? Die gegnerischen Innenverteidiger

sind langsamer als die italienische Bürokratie. Ich könnte sie sogar einbeinig in Schwierigkeiten bringen. Noch ein paar Sprints mit plötzlichen Richtungswechseln. Dann bleibe ich stehen und widme mich den Dehnübungen. Mustere ihn.

Wir machen keinen Druck, alles zu vorhersehbar. Die Gegner wissen immer schon, was unser Mittelstürmer vorhat.

Der Trainer schickt die ganze Ersatzbank zum Aufwärmen.

Warum?

Jetzt ruft er den Ersatztorhüter.

Hmm…

Und wechselt ihn ein.

Hmm…

In den Sturm.

Jetzt reicht's, keine Sekunde länger mach ich das mit. Die Entscheidung ist unwiderruflich: Juary, Bouderbala, Tigana, Mapuata, Gullit, Milla, Ince, Hadji, Dermitdemzöpfchen, Derschwarze, Derneger hängt die Schuhe an den Nagel.

Da haben wir's, der Mann meiner Mutter ist aufgewacht. Wütend herumfuchtelnd taucht er in der Küche auf. Er brüllt, dass wir keinen Respekt hätten, sonntagmorgens brauche er seine Ruhe, Herrgott noch mal. Wenn er in Fahrt kommt, verliert er die Kontrolle über seine Atmung. Dann sieht es so aus, als könnte er jeden Moment den Erstickungstod sterben. Er brüllt mich und meine Mutter an: dass es so nicht mehr weitergehe. Doch hier war niemand respektlos. Wir haben uns bloß unterhalten, zum Teil sogar im Flüsterton. Ich habe mir nichts zuschulden kommen lassen, keinen Lärm gemacht.

Schon eine Weile nutzt er jede Gelegenheit, um zu diskutieren und zu streiten, vor allem, seit ich in die Schweiz zurückgekehrt bin. Ich lasse mich fast nie provozieren.

Meine Mutter redet auf ihn ein, auf Arabisch. Er fällt ihr ins Wort und wettert auf Italienisch weiter. Rastet in der engen Küche aus.

Sollen sie doch ohne mich streiten. Ich stehe mit betont gleichgültiger Miene auf, mein Frühstück nehme ich mit ins Zimmer. Ganz außer Atem zeigt er auf mich und fragt:

»Warum ziehst du nicht endlich aus?«

Ich wende den Blick ab und kehre *Pazza Inter Amala* pfeifend in mein Zimmer zurück. Doch ich vergesse die Tasse.

Sie machen auf Arabisch weiter, nicht mehr ganz so laut wie zuvor. Bis sie sagt:

»Er ist mein Sohn.«


Ohne großes Theater lässt der Zöllner die Deutschen und die beiden Russinnen passieren. Ich bin an der Reihe. Grüße:

»Bonjour.«

Er lächelt und antwortet »Salam Aleikum«.

»Bonjour«, wiederhole ich etwas bestimmter.

Ich kenne diesen verdutzten Blick. Warum, wird er sich fragen. Er fügt nichts Weiteres an. Nimmt meinen Pass in die Hand, senkt den Kopf und blättert. Ich beobachte ihn, von einer unbegründeten Angst erfasst. Ich habe nichts zu verbergen. Nicht einmal eine blonde Haarsträhne. Ich bin kein Verbrecher. Mein Blick bleibt an seinem Mund hängen, am dunklen, grau melierten Schnauz, an den gelblichen, schiefen Zähnen. An der stümperhaften Rasur.

Etwas scheint ihn zu amüsieren. Er lächelt wieder, klappt den Pass zu und fängt an zu sprechen. Auf Arabisch. Unaufhaltsam.

Was sagt er?

Ich finde den Mut, ihn zu unterbrechen. Hebe den Arm und kläre auf:

»*Je ne parle pas arabe.*«

*Aschno?* Staunen. Ein Marokkaner, der kein Arabisch spricht? Er fährt fort, in seiner Sprache. Warum? *Alesch?*

Was sagt er?

Ich verstehe ihn, der trockenen Geste wegen. Er klopft mir zweimal leicht mit dem Pass auf die Brust. Wenn du den hier hast, *musst* du Arabisch sprechen.

Von draußen die aufgeregte und zornige Stimme des Wachmanns, der vom Onkel beauftragt wurde, auf den neuen Mercedes aufzupassen. Er ist vor dem Haus geparkt, wo die Kinder Fußball spielen. Der Onkel stellt abrupt das Teeglas auf dem Tischchen ab, läuft zum Fenster und schiebt die Vorhänge zur Seite, um sich hinauslehnen.

Die Großmutter will wissen, was los ist. Er brummt etwas, das ich nicht verstehe, verwirft die Hände, flucht. Dann entschließt er sich, runterzugehen.

Obwohl er weg ist, hört die Großmutter nicht auf, mit ihm zu sprechen. In klagendem Tonfall. Vielleicht weist sie ihn zurecht, weil er das Teetrinken unterbrochen hat. Nur sie hat das Recht dazu.

Ich recke den Hals und schiele hinunter. Verstehe: Ein Kind hat seinen dreckigen Rücken an die Wagentür gelehnt und die Scheibe schmutzig gemacht. Der Onkel gibt den Tarif durch, befiehlt dem Wachmann, sie zu putzen, und kommt wieder hoch.

Er nimmt die Hände vom Lenkrad, um mich auf die Moschee Hassan II. aufmerksam zu machen. Die größte Marokkos, sagt er, die drittgrößte weltweit. Das interessiert mich *uelu*, nicht die Bohne, aber ich täusche Interesse vor und gebe mir Mühe, das Gespräch am Laufen zu halten. Ich frage ihn, welche die zwei größten seien. Er weiß es nicht, es ist unwichtig. Themenwechsel: Wie läuft das Studium, wie lange noch bis zum Abschluss, welche Berufsvorstellungen? Ich bleibe vage, auch weil ich nicht genau weiß, was ich auf seine Fragen antworten soll: Das Studium laufe gut, noch zwei Jahre, vielleicht weniger, Sportjournalist oder Lehrer, ich hätte mich noch nicht entschieden. Er lächelt und grinst dann, die Vorstellung, sein Neffe – ein Marokkaner – könnte Italienschlehrer werden, amüsiert ihn.

»Ich weiß es wirklich noch nicht«, wiederhole ich, damit er mich nicht weiter löchert.

Wir biegen auf die Strandpromenade ein. Er fährt langsamer, überblickt die Lage, bereit, sich auf den ersten freien Parkplatz zu stürzen.

Er hat es eilig. Muss sich um eine Angelegenheit kümmern. Heute kann er mir keine Gesellschaft leisten. Er palavert mit der Ticketverkäuferin – ich verstehe nur *wehed*, eins –, dann bezahlt er und fordert mich auf, ihm zu folgen.

Er geht zügig voran, mit einem klaren Ziel vor Augen.

»Wohin gehen wir?«, frage ich von hinten.

»Komm.«

Ein Weg voller Windungen und Wendungen. Er will seine Mokassins nicht im Sand schmutzig machen. Wir lassen die Duschen und Kabinen hinter uns und erreichen über einen asphaltierten Steg das Ziel. Das dort, das sei mein Platz.

Er erklärt dem Barmann seine neue Aufgabe, ich verstehe, was er sagt: aufpassen, dass mir nichts Unerfreuliches zustößt, auch wenn ich kein Arabisch spräche, sei ich kein Blödmann, ich würde an der Universität studieren. Der Barmann nickt artig, steckt den Geldschein in die Hosentasche und lächelt mir zu. Er wirkt sympathisch.

Ich lese, lerne für die Prüfung – moderne und zeitgenössische italienische Literatur – Montales *Ossi di seppia* –, gehe ans Telefon, wenn der Onkel anruft, und betrachte den Ozean. Ich beobachte die Marokkaner, jene, die mir nicht ähnlich sehen, und vor allem die schönen Marokkanerinnen, die *zuina* sind. Auch die, die einen Burkini tragen.
Meeresluft.
Der flache Horizont.
*Uns aber lässt du in Staunen auf der Erde zurück.*
Blaue, im Meerwind wehende Sonnenschirme.

Die Freundin des Onkels arbeitet im vierten Stock eines heruntergekommenen Wohnhauses. Es ist schon spät, zwischen neun und zehn. Wir sind nicht in der Schweiz.
Sie empfängt uns mit einem strahlenden Lächeln, das ein makelloses Gebiss offenbart. Nach dem Begrüßungstrara informiert der Onkel sie, dass ich kein Arabisch spreche, *uelu*, gar keins. Ihr Lächeln erlischt, sie macht große Augen und fragt sich, wie das möglich sei.

Eine verschleierte Frau in einer blauen Dschellaba schreitet durch den Warteraum. Sie würdigt uns keines Blicks.
Ich bin an der Reihe.
Ich nehme auf der Liege Platz. Die Freundin des Onkels setzt sich, zieht sich die Handschuhe über, stellt das Licht ein, legt die Schutzmaske an und beginnt, meine Zähne zu untersuchen.
Er schaut vom Fenster aus zu: ein Auge auf den städtischen Verkehr, das andere auf die Beine, die unter dem Kittel hervorschauen.

Als sie ihm die Rechnung vorlegt, sagt er mir, dass man in der Schweiz dafür nicht einmal das Shampoo beim Friseur bekäme.

Der Onkel parkt den Mercedes ein paar Zentimeter vor den kleinen, quadratischen Tischen, die über den ganzen Gehweg verteilt stehen. Er nimmt zwei Stühle und stellt sie nebeneinander auf, wo eigentlich nur Platz für einen wäre. Den dritten Stuhl aber stellt er auf die gegenüberliegende Seite. Die Aufteilung ist klar: Sie beide in Richtung Straße, um den Frauen nachzuschauen, ich gegenüber, um zuzuschauen, wie sie den Frauen nachschauen. Der Kellner lehnt den Schrubber an die Scheibe und tritt an unseren Tisch. Er begrüßt uns in strikt hierarchischer Reihenfolge, mit dem obligaten Begrüßungstrara. Zumindest bis er sich mir zuwendet.

Der Onkel rasselt rasch die gewohnte Leier herunter, ohne ihm Zeit zu lassen, lange darüber nachzudenken oder gar etwas dazu zu sagen. Er bestellt unsere drei Kaffees, sagt nicht *kahwa*, sondern *Lavaza*. Seine Anweisungen unterstreicht er mit Handbewegungen: Mit Daumen und Zeigefinger gibt er das genaue Volumen eines Espresso Ristretto an. Dann folgt ein Wirbel für die luftige Konsistenz des Schaums, der das Schwarze ganz überdecken soll. Dann die geballte Faust für den stimulierenden Effekt. Und schließlich streckt er den Zeigefinger warnend in die Höhe, mit ihm sei nicht zu spaßen.

Der Kellner beruhigt ihn, *mischin muschkil*, kein Problem: Er versteht es, den Kaffee so zuzubereiten, wie der Onkel ihn wünscht.

Ihr Blick wie synchronisiert. Beide schauen nach links.

Ein Klaps auf die Schulter, die Augenbraue hochgezogen, der Hals verrenkt. Ich muss mich umdrehen. Zwei bildhübsche Frauen, beide Café crème. Sie tragen *Islamic fashion*. Lange, taillierte blaue Kleider mit bestickten Ärmeln. An ihren Handgelenken schimmern Armreifen. Die Absätze schauen hervor, glänzende Schuhe, passend zur Tasche und zum Schleier. Zwei schöne, geschminkte Gesichter. Der Onkel fragt mich, ob sie mir gefallen. Ja, antworte ich, sie sind hübsch.

»Welche gefällt dir besser?«, fragt er und wirft ungeduldig einen prüfenden Blick ins Barinnere.

»Sind beide hübsch.«

Jetzt will er wissen, ob ich dunkle oder grüne Augen lieber mag. Die Farbe spiele keine Rolle, erwidere ich. Er lächelt kurz, dann verfinstert sich seine Miene, um dem Kellner zu verstehen zu geben, dass er sich beeilen soll, dass er keine Zeit zu verlieren habe. Anschließend sagt er:

»Du magst große Brüste, nicht wahr?«

Und er übersetzt für den Freund, der nickt und mit den Händen eine riesige Brust andeutet. Sie bringen mich in Verlegenheit.

Aber der Kaffee könnte nicht besser sein.

Die Häuser werden seltener – das weiße Casablanca –, bis sie ganz aufhören. Hinter dem Rauchglas Kulissenwechsel. Terra incognita. Jenseits des Autofensters ziehen keine Hochhäuser Fünf-Sterne-Hotels Banken Leuchtreklamen Cafés Restaurants mehr vorbei. Auch keine verschneiten oder sattgrünen Berge, nur dürre Felder Ziegen erschöpfte ausgezehrte Esel verwaiste Schubkarren und Baracken. Die Straße ist holprig.

Könnte ich wie dieser Beduine dort leben, mitten in dieser Einöde? Wie vergeht hier für ihn die Zeit? Was würde aus mir werden? Was wäre aus mir geworden? Wer wäre ich heute? Wer?

Ich verliere mich…

Der Asphalt ist aufgeweicht. Eine Gluthitze. Ich beobachte den einzigen *marrakchi* auf dem ganzen Platz: ein altes, eingefallenes Männlein, das am Fuße einer Palme zusammengekauert mit einem Maiskolben herumspielt.

Mir kommen die farbenprächtigen Fotos und Postkarten in den Sinn, die würzigen Gerüche, die ich vom Hörensagen kenne, die Rhythmen der afrikanischen Trommeln, die in Europa gezeigten Dokumentarfilme, und ich frage mich, in welcher merkwürdigen Fata Morgana ich mich eigentlich gerade befinde.

Es wird Abend. Der Djemaa-el-Fna-Platz hat sich in eine Welt aus bunten Klängen und Gerüchen verwandelt: eine fesselnde, mitreißende Welt. Ich sehe einen bärtigen Geschichtenerzähler mit drolligem Turban auf dem Kopf, der eine Kinderschar um sich versammelt hat.

Sind das die Menschen meines Schlags? Die Menschen, die mir ähnlich sind?

»*Eschi!*«, klingt es.

Komm! Ich? Ein Schlangenbeschwörer möchte mir sein Viech um den Hals legen.

»*Eschi!*«, höre ich erneut.

Ein Fisch frittierender Mann deutet auf seine Tische und lässt nicht locker, ich soll Platz nehmen. Schickt mir einen Jungen auf den Hals, der mich überzeugen soll.

Worauf warte ich?

»*Eschi, eschi!*«, gestikulieren sie.

Berühren mich.

»*La, la*«, flüstere ich und gehe weiter.

Muss man sich unter die Leute mischen, um einander zu erkennen?

Und diese da? Wer sind die?

Sie tragen goldene, mit winzigen bunten Muscheln behängte Westen. Weiße Dschellabas. Schmutzige Turnschuhe. Merkwürdige blaue Kopfbedeckungen. Sie musizieren und tanzen um mich herum. Ob sie schlechte Geister vertreiben wollen? Mich von meinem Afrikafieber heilen?

Rauch und Merguezgeruch.

Die Sprechstunde des Professors ist zwischen zwei und drei. Ich bin der Erste, eine halbe Stunde zu früh, damit ich nicht anstehen oder ein andermal wiederkommen muss. Ich warte hier im Korridor, neben der Tür.

Nach und nach trudeln weitere Studenten ein. Immer mehr. Der Gang füllt sich, manche geben auf.

Da kommt er, endlich. Mit mehr als zwanzig Minuten Verspätung. Der Professor bahnt sich einen Weg durch die Studenten, die zur Seite weichen und ihm Platz machen. Er zieht einen kleinen Rollkoffer hinter sich her, geht schnellen Schritts zur Tür und grüßt freundlich. Sein Lächeln hat etwas Kindliches. Während er in der Tasche seines Mantels nach seinem Schlüssel kramt, teilt er uns mit, dass er um zehn vor drei einen Termin habe.

Zum Glück war ich so schlau, früh zu kommen.

Er hat eine Idee:

»Woher kommen Sie?«

Marokko oder Schweiz? Ich sage Schweiz.

»Ursprünglich?«

»Ach so, Marokko«, und tue so, als wäre ich verlegen, weil ich seine Frage nicht verstanden hätte.

Er will wissen, ob ich nie in Betracht gezogen hätte, über

den Einfluss der arabischen Philosophie im Mittelalter – auf Dante vielleicht – zu schreiben.

Mohammed, Averroes, Avicenna und so weiter? Daran habe ich nie gedacht. Es interessiert mich nicht. Ich sage es ihm. Dann füge ich an, dass ich zeitgenössische Autoren bevorzuge.

»Verstehe«, kommentiert er und nickt wohlwollend. »Zum Beispiel?«

»Sbarbaro oder... Montale.«

Montale nicht, den könne man sofort ausschließen, wurde schon alles gesagt. Eher noch Sbarbaro. Er denkt darüber nach.

»Warum nicht... Sie könnten sich den Übersetzungen widmen. Das ist ein fast gänzlich unerforschtes Gebiet.«

Ich schaue ihn verdutzt an, hin- und hergerissen, ich weiß nicht, was ich sagen soll. Abzulehnen traue ich mich nicht. Er könnte es schlecht aufnehmen.

Ich schweige, blicke um mich.


Meine Schwester macht die Cola-Flasche auf und schenkt sich ein Glas ein. Sie sitzt auf dem Sofa.

Ich sage, dass wir zuerst den ganzen Einkauf ausladen müssen.

Keine Reaktion. Als hätte ich nichts gesagt. Ich beharre: »Los, komm!«

Sie zeigt mir den Mittelfinger, mit rosarot lackiertem Nagel. Also gut, ich gehe ins Wohnzimmer, verpasse ihr eine Nuss in den Nacken und sage ihr durch zusammengebissene Zähne, dass sie das nie wieder tun soll. Sie schreit vor geheucheltem Schmerz auf und rennt zu Mama, um ihr alles zu petzen.


»Du hast sie geschlagen?«

Meine Mutter ist überrascht. Ich war nie aggressiv, gewaltbereit schon gar nicht. Habe mich nie geprügelt, nie eine gelbe Karte kassiert.

Während ich alles bis ins kleinste Detail wiedergebe, meine Verteidigung vortrage, taucht ihr Mann auf.

Er eilt zu meiner Schwester und vergewissert sich, dass seinem Geschöpf nichts zugestoßen ist. Flüstert ihr auf Arabisch aufmunternde Worte ins Ohr, massiert ihr den Nacken.

»Du fasst meine Tochter nie mehr an!«, platzt es aus ihm heraus, und er kommt drohend näher.

»Verstanden?«

Auf dem Bauch Ciceros *De amicitia*, die *Tantucci*-Grammatik an der Bettkante angelehnt, auf dem Teppich das Wörterbuch. Ich habe die Wände mit Grammatik tapeziert – fette Buchstaben, die ich auch vom Bett aus gut lesen kann: die fünf lateinischen Deklinationsklassen, die Stammformen, Zeit- und Ortsadverbien, die *Consecutio temporum* und die verfluchten Relativsätze.

Ich schließe die Augen und gehe die Formen im Kopf durch. *Rosa, rosae* ... Dativ und Ablativ Plural haben in allen Deklinationen die gleiche Endung ... Unregelmäßig in der dritten ... *Sus, suis* ... Schau mal einer an ... Ich glaube, ich hab's ... *Acer, acris, acre*.

Monatelange Einsamkeit. Die letzte große Anstrengung vor der Diplomarbeit. *Per aspera ad astra*.

Ich warte draußen auf meinen Freund, oben an der Treppe. Von neun bis eins habe ich gelernt. Jetzt bin ich erschöpft und zufrieden. Ich muss mich mit Licht und Luft erholen. Atme den Frühling ein.

Ich beobachte das geschäftige Hin und Her der Studenten. Mich beeindruckt vor allem, wie aufwendig sie sich kleiden. Fast eine Modenschau. Ein jähes Gefühl der Verachtung überkommt mich, dann sehe ich mich selbst als jugendlichen Alpen-Popper und unterdrücke diese Regung.

Ich kann mich an sie erinnern, auch wenn wir uns noch nie unterhalten haben. Sie bleibt stehen, um ein wenig zu plaudern. Schon am Gymnasium trug sie oft Schwarz, schon damals elegante Kleider und raffinierte Kombinationen. Absätze, ein Cardigan und etwas Schmuck. Der gleiche Haarschnitt, das Haar dunkel und glatt. Die gleichen schwarzen Augen. Sie spricht zu mir, als würden wir uns schon lange kennen. Ich mache es ihr nach. Wir graben Anekdoten aus der Schulzeit aus, von Mitschülern und Lehrern, die wir beide kennen. Sie ist nicht nur hübsch, sondern auch nett.

»Wow!«, ruft sie lächelnd aus, als sie erfährt, dass ich Literatur studiere. »Wie toll!«

Heute Abend hat die Tante entschieden, mich ins Exil zu schicken. Umso besser.

»Ist angenehmer für dich«, sagt sie und stellt das Couscous auf den Tisch im europäischen Teil des Wohnzimmers.

Hier sind die beigen, blumenverzierten Vorhänge das einzig Afrikanische, der Rest ist aus schwedischer oder japanischer Produktion.

Sie aber sitzen dort drüben auf dem arabischen Sofa oder auf Poufs, dicht gedrängt um den kleinen, geschnitzten Tisch aus Zedernholz. Essen mit den Händen, alle aus derselben Schale. An den Wänden hängen zwei Bilder aus Marokko: ein kämpfender Maure, der seinem Ross die Sporen gibt, und eine nähende Maghrebinerin. Sie sind laut, das übliche Sprachenwirrwarr, zuweilen fallen sie sich gegenseitig ins Wort, prusten los.

Von meinem Platz aus kann ich den Fernseher nicht sehen. Ich höre, dass ein Film läuft. Nur im Hintergrund, niemand sieht wirklich hin.

Ich esse im Stillen, mit Besteck.

Äße ich mit den Händen, würde ich mein Glas schmutzig machen, sage ich mir. Die arabischen Tische finde ich ohnehin unbequem, vor allem in Kombination mit so hohen Sofas. Da muss man sich krümmen wie ein Croissant, das drückt einem den Magen zusammen. Es wird ihnen die Verdauung ruinieren, auf lange Sicht vielleicht auch Rückenschmerzen bescheren.

Die Tante steht auf und kommt zu mir rüber. Sie will wissen, wie das Couscous schmeckt, *comme il faut?* Sie streicht mir über die Schulter. Ich strecke den Daumen in die Höhe. Sie ist zufrieden, lächelt und sagt:

»Mit vielen Kichererbsen und Karotten, so wie du es am liebsten magst.«

Im Wohnzimmer steht der Rauch: Er reizt meine Augen, haftet an meinen Kleidern, dringt mir in die Haare. Ich bin fertig. Möchte gehen. Halte mich zurück, um nicht unhöflich zu sein. Öffne die Balkontür. Zähle die Minuten.

Ich höre zu, ohne etwas zu verstehen, und hoffe, dass mich niemand irgendetwas fragt. Dass sie mich nicht wieder mit dieser Geschichte mit dem Schlüssel nerven.

Ich blicke auf: Sie schreitet durch die Bibliothek. Die schönsten Beine, die ich je gesehen habe. Blonder als feines Gold. Sie trägt bestimmt mehr als zweitausend Franken am Leib.

Ich lege den Stift ab und spitze die Ohren. Ich höre, wie sie redet, nach einem Buch fragt, das sie im Regal nicht finden kann. Sie wirkt gereizt.

Ich höre, wie sie zurückkommt, ihre Absätze auf dem Fußboden. Ich tue so, als würde ich lesen, und versuche gleichzeitig, mitzuverfolgen, wohin sie geht. Sie nähert sich. Geht hinter mir durch, läuft um die Tische herum und setzt sich auf der gegenüberliegenden Seite hin, drei Plätze von mir entfernt.

Ich habe richtig gesehen: zwei wunderschöne Beine, ein schlanker Körper.

Sie kramt in ihrer Handtasche. Ich nutze die Gelegenheit, um sie mir genauer anzuschauen. Nur ein wenig Busen fehlt ihr. Wenn sie sich in meine Richtung dreht… dann grüße ich sie.

Ein französisches Näschen. Die Haut weiß wie Milch. Rosige Lippen. Ich höre auf, sie zu mustern, behalte sie aber trotzdem im Auge.

Auch heute muss sie dort sein. Ich erkenne ihre Bücher. Niemand in der Nähe. Jetzt ist der richtige Moment.

Ich besetze schnell einen entfernten Tisch hinter dem Regal. Schreibe einen galanten Satz auf einen Zettel, packe damit ein Ferrero Rocher ein. Ich stehe auf und lege mein kleines Geschenk neben ihr Etui. Dann kehre ich an meinen Platz zurück und beginne zu lernen.

Ich kann mich nicht konzentrieren. Wird sie mitspielen?

Als ich aus der Kaffeepause zurückkehre, finde ich neben meinem Etui ein kleines, mit durchsichtigem Klebeband verschlossenes Päckchen.

War sie das? Hat sie es gefunden?

Ich öffne es.

Sie hat mir die Praline zurückgebracht. Warum?

Darauf steht: Ich glaube, das ist dir abhandengekommen.

Richtig, auch das Pronomen im richtigen Kasus.

Sie ruft uns von weitem. Ich lege die Hand an die Stirn, damit mich die Sonne nicht blendet. Wir laufen die Treppe hoch, sind auf dem Weg in die Bibliothek. Sie beschleunigt ihre Schritte und winkt, wir sollen auf sie warten.

Meint sie wirklich uns?

Es ist die Schwester der Freundin eines Studienkollegen, wir kennen sie nur vom Sehen. Wir gehen ihr entgegen.

»Habt ihr gehört?«, fragt sie, noch bevor sie uns erreicht hat.

Sie kann es kaum erwarten, die Neuigkeit loszuwerden. Wir blicken sie fragend an.

»Sie haben Amerika angegriffen!«

Wer? Was?

Sie berichtet uns, dass ein Terrorist ein Flugzeug entführt hat und in die Twin Towers geflogen ist.

»Islamisten?«, frage ich bestürzt.

Sie nickt. Dann erzählt sie weitere Details.

In der Bar will sie wissen, ob ich Muslim sei. Zu fünft starren sie mich an.

»Nein!«, gebe ich trocken zurück, um allen Missverständnissen vorzubeugen.

Es fällt ein feiner Regen. Ich trage meinen Trainingsanzug, eine Regenjacke und eine Mütze. Viele Zuschauer sind gekommen, drängen sich um das Geländer. Wir bestreiten das Derby. Ich höre, wie sie uns anfeuern, dazwischenrufen und beim Schiedsrichter protestieren. Sehe, wie ich die Arme verwerfe und Anweisungen gebe:

»Den Ball sichern! ... Schau nach vorne! ... Von innen decken!«

Heute spielen wir in Vier-vier-zwei-Aufstellung, mit drei defensiven Verteidigern und laufstarken Mittelfeldspielern, die gut die Räume schließen. Ich setze auf die taktische Disziplin der Mannschaft und auf die beiden Stürmer: einer klein und talentiert, mit außergewöhnlicher Technik, der andere ein frühreifer Koloss – Aguilera und Skuhravy. Wir gehen nicht als Favoriten ins Spiel. Treffen auf die in der Region führende Mannschaft, die aus ihren besten Spielern Profis macht. Und fünfmal die Woche trainiert.

Doch heute beherrschen wir das Feld, sind aggressiver, beißen und rennen wie hungrige Panther.

Wir gewinnen deutlich: fünf Volltreffer. Es regnet nur so Komplimente.

Kompromisslos. Ich habe mich geweigert zu helfen. Ich habe keine Zeit. Ich muss an meiner Diplomarbeit schreiben, Sbarbaro, Boine, Tozzi, Rebora, die deutschen Expressionisten studieren. Die Einleitung verfassen. Sollen sie alleine klarkommen. Es reicht, ich bin oft genug umgezogen.

Die Wohnung ist fast leer. Es bleibt nur noch mein Zimmer. Aus Trotz hat der Mann meiner Mutter entschieden, dass ich mich selbst darum kümmern muss. Er wird keinen Finger krümmen, keinen Wank tun, kompromisslos.

Es ist drückend heiß. Mein Freund und ich tragen den Schrank. Unser Plan ist es, ihn zusammengebaut zu transportieren, in einem Anhänger. Nur müssen wir ihn jetzt, nachdem wir festgestellt haben, dass er nicht in den Lift passt, zwei Treppen hochtragen. Das Problem ist die Kurve. Es passt nicht.

Mein Arm meine Schulter mein Knöchel reiben an der Wand, ich bin eingeklemmt, wir stellen ihn ab, wischen uns den Schweiß ab, überlegen, ich klettere hervor, wir kippen den Schrank, probieren es wieder. Schweiß und Gefluche.

Das Ding knarrt, gibt nach, das Klebeband, mit dem wir die Schranktüren fixiert haben, löst sich.

Wir hinterlassen eine schwarze Spur an der gelben Wand. Streifen den Türrahmen des Eingangs.

Der Mann meiner Mutter betastet ihn mit dem Finger, seufzt – ich höre den arabischen Singsang, das Gemurmel, mit dem meine Mutter ihm antwortet.

Ich wusste, dass er dazu bereit wäre: weil er schon immer nett und hilfsbereit war, weil wir Nachbarn sind, weil wir die gleiche Universität besucht haben und weil das Thema meiner Arbeit ihn interessiert. Tatsächlich hat er sofort zugesagt, mit Enthusiasmus und Neugierde.

Ein guter Lehrer. Er wird mir sicher nützliche Ratschläge geben können.

Ich bin aufgeregt. Am Morgen habe ich das Kapitel nochmals durchgelesen und viele Tipp- und ein paar Grammatikfehler gefunden, die mir peinlich sind.

Er empfängt mich mit seinem freundlichen Lächeln, etwas verlegen mit dem Kopf wackelnd. Dann führt er mich ins kleine Wohnzimmer und macht ein Fenster auf. Die Luft ist wirklich etwas stickig. Ich sehe überall Bücher, aber nicht die Titel. Er war gerade dabei, Arbeiten über Ariost zu korrigieren. Es tue mir leid, ihn unterbrochen zu haben.

»Es war Zeit für eine Pause«, winkt er freundlich ab und schlägt meine Diplomarbeit auf dem Tisch auf.

Ich höre ihm aufmerksam zu – die bibliografischen Tipps, Überlegungen zur Poesie Trakls...

Seine Redegewandtheit und Kultiviertheit beeindrucken mich. Von Zeit zu Zeit unterbricht er seine Ausführungen, um ein Kompliment einfließen zu lassen und einige meiner Gedankengänge positiv hervorzuheben.

Ich nicke, sage nur das Nötigste.

Auch beeindruckt mich, wie er es schafft, mir das Mittelmaß meiner Arbeit zu verstehen zu geben, ohne einen einzigen Kritikpunkt zu äußern.

Meine Schwester weint. Ich höre, wie sie die Nase hochzieht. Ich gehe nachsehen, was los ist. Sie sitzt auf dem neuen arabischen Sofa, die Knie an die Brust gepresst und das Gesicht in den Händen vergraben.

Ich hatte meine Mutter und ihren Mann gewarnt. Die seitenverkehrten S versprachen nichts Gutes. Sie kommt nicht mit, das ist offensichtlich, genauso wie die Unzulänglichkeit ihrer erzieherischen Maßnahmen.

Sie versuchen, sie zu trösten, streicheln sie, wischen ihr die Tränen ab und versichern ihr, dass sie überhaupt nicht wütend sind, dass es nicht schlimm sei, dass so was passieren könne. Meine Schwester wirft mir flüchtige, böse Blicke zu. Es wäre ihr lieber, wenn ich dem Drama nicht beiwohnen würde.

»Auch dein Bruder ist mal durchgefallen, weißt du?«, sagt meine Mutter.

Ihr Mann nickt.

Wir sitzen in einer Bar. Auf dem Tisch die *Gazzetta dello Sport*, in der ich beim Warten geblättert habe, ein Aschenbecher aus Glas, der Zucker und unsere Tassen. Ich stürze den Espresso in zwei Schlucken hinunter. Meine Freundin pustet auf ihren Kamillentee, drückt den Beutel aus und spielt mit dem Löffel. Ein später Sommernachmittag. Es ist noch hell.

»Welches Buch würdest du mir für die Ferien empfehlen?«

Sie mag es, über Literatur zu sprechen. Meine Lesetipps hört sie sich gerne an, sie hält mich für einen Experten. Das schmeichelt mir.

»Im Moment lese ich Philip Roth, aber dir würde ich seine Romane nicht empfehlen.«

Ich bin mir sicher, dass ihr all die Sexszenen nicht gefallen würden.

Ihr verdutzter Blick: Sie denkt, ich glaube, sie sei nicht auf der Höhe. Sie ist leicht zu verunsichern.

»Nein, nein«, stelle ich sofort klar. »So habe ich es nicht gemeint.« Dann erzähle ich ihr den Anfang von *Portnoys Beschwerden*.

Wieder Erstaunen: Sie fragt sich, was ich an einem solchen Buch finde.

»Früher oder später werden sie ihm den Nobelpreis geben«, sage ich, damit sie versteht, dass ich nicht von einem Pornografen, sondern von einem großen Schriftsteller rede.

Ich gehe in die Küche, um die Wasserflasche in den Kühlschrank zurückzustellen. Meine Mutter stellt den eingeseiften Topf in die Spüle, dreht den Wasserhahn zu, trocknet sich die Hände ab und schaut mich mit einem Hast-du-das-Neuste-schon-gehört-Blick an.

Ich will nicht abgelenkt werden. Im Zimmer wartet *Überzeugung und Rhetorik* von Michelstaedter auf mich. Ich ignoriere sie und setze eine gleichgültige Miene auf. Lege die Flasche ins Fach, stoße die Kühlschranktür zu und bin schon auf dem Weg zurück in mein Zimmer, als sie fragt:

»Glaubst du eigentlich?«

Hmm …

Ich bleibe stehen.

»Wer, ich?«

»Na, wer denn sonst?«

»Was sollte ich denn glauben, an wen sollte ich glauben? Nein, durch außerordentliche und ungewöhnliche Gunst des Schicksals bin ich Atheist.«

Ich blicke sie an, denke aber an meine Anspielung auf Machiavelli. Sie sagt nichts, ich weiß nicht, ob vor Erstaunen, vor Wut oder vor Schmerz.

Der Schmerz bricht aus ihr heraus. Die Trauer über die Schuld, mehr noch: über das Scheitern. Sie hat eine verlorene Seele vor sich, die weit weg von ihr und dem Glauben aufgewachsen ist, dazu verdammt, im Feuer der Gehenna zu verbrennen.

Ich gehe auf mein Zimmer und lese.

Ohne Unsicherheiten, bis zum Ziel. Ich fühle mich …

»Nicht zuletzt haben wir versucht, aufzuzeigen, wie manche Schriftsteller und Werke in der Vergangenheit zu Unrecht dem Expressionismus zugerechnet wurden …«

Zufrieden höre ich mir zu: besser als gestern Abend. Meine Stimme ist klar, es sind die Worte, die ich auswendig gelernt habe.

»Zwei Titel wollen wir besonders hervorheben: *Mein Karst* von Scipio Slataper und *Notturno* von Gabriele D'Annunzio. Was können wir also daraus schließen? Gibt es einen italienischen Expressionismus?«

Für diesen besonderen Anlass hat mir der Mann meiner Mutter eine Krawatte geliehen. Er ist früh aufgestanden und hat sie mir gebunden. Das war nett von ihm.

»Ich wage zu behaupten, dass es ihn geben könnte, aber ich meine auch, dass man ihn neu definieren müsste, nach breiteren, spezifisch italienischen Kriterien...«

Schneller Blick in die Runde, bis ich am kahlen Kopf des Vorsitzenden hängen bleibe, dann an der weißen Wand hinter ihm.

»Eine Neudefinition, die dem historisch-politischen, soziokulturellen und insbesondere literarischen Kontext Rechnung trägt...«

Ein tiefer Atemzug.

»Doch das wäre ein anderes Kapitel, eine andere Diplomarbeit.«

Ich drehe mich um. Sehe die glänzenden Augen meiner Mutter. Sie steht auf – sichtlich gerührt. Dann kommt sie auf mich zu, will mich umarmen, doch sie zögert – sie ist etwas unbeholfen. Sie weiß nicht, ob es angebracht ist. Ich deute auf den Ausgang.

Meine Freundin ist auch da. Sie hat darauf bestanden zu kommen. Sie streichelt meinen Arm und beglückwünscht mich zu meinem Vortrag.

Sobald wir draußen sind, drückt mir meine Mutter einen Kuss auf die Wange. Dann will sie wissen, wer da so herumkritisiert hat.

»Die Koreferentin«, antworte ich. »Sie hat nicht herumkritisiert.«

»Schien mir aber so«, kommentiert sie wenig überzeugt.

Wir gehen essen.

Ihr Mann hat eine Heimkinoanlage gekauft und eine Satellitenschüssel für die arabischen Sender installieren lassen.

Ich habe es mir auf dem Sofa gemütlich gemacht, lehne

an ein Kissen, die Beine auf der Sitzfläche ausgestreckt. Zappe herum ...

Schon wieder eine Schönheit, die, verzerrt und im silbern umrandeten Rechteck eingeklemmt, die Nachrichten vorliest, würdevoll wie ein Engel. Sie kündigt Sendungen über Tod und Hunger an. Ich verstehe sie nicht, doch die Mattscheibe fasziniert mich. Ich denke an diesen Marokkaner, der nur für kurze Zeit in die Heimat zurückgekehrt ist, so lange, wie er brauchte, um eine Frau zu finden, sie zu heiraten und hierherzubringen, denke an das, was uns trennt.

Ich schweife ab, träume ...

Wäre ich bereit, den Islam anzunehmen? Alles zurückzulassen? Nach Marokko zu fliegen? Für immer?

Je näher ich an den Bildschirm rücke, desto hässlicher wird sie, es flattert, als sie sich mit der Hand durch die Haare fährt: ein blendender Lichtschwall.

Nein.


»Ein fabelhaftes Werk«, sage ich zu ihr und gestikuliere. »Der Gipfel des mittelalterlichen Wissens« – ich kratze mich an meinem ungepflegten Bart –, »alles Elfsilbler im Kettenreim.«

Ich lese wieder Dantes *Inferno*. Bereite mich auf eine Stellvertretung vor, an derselben Schule, die ich selbst besucht habe.

Meine Mutter unterbricht mich stirnrunzelnd und fragt, ob Dante Mohammed wirklich dorthin gejagt habe, wo keine Sonne scheint.

»Achtundzwanzigster Gesang, Zwietrachtstifter. *Zwischen den Beinen hing das Eingeweide«*, und mein höhnisches Grinsen wird breiter, *»Der das, was man verzehrt, in Kot verwandelt.«* Sie bläst den Rauch in meine Richtung, zieht kräftig an der Zigarette, ringt nach Worten, legt den Kopf in den Nacken, atmet aus und hält dagegen, dass auch wir über ehrwürdige Schriftsteller verfügten. Wie Tahar Ben Jelloun.

Ich lüge:

»Noch nie gehört. Ich verschwende keine Zeit mit minderwertiger Literatur.«

Er sei weltberühmt und habe unzählige Preise gewonnen, sagt sie. Da ich nicht antworte, kommt sie wieder auf Alighieri zu sprechen und reimt sich zusammen, dass er wegen dieser Unverschämtheiten mit Sicherheit in der Hölle schmort.

»Zusammen mit Mohammed?«, frage ich und kann mir ein Kichern nicht verkneifen. Sie beschließt, sich diese Provokationen nicht länger gefallen zu lassen, geht aus dem Zimmer und knallt die Tür hinter sich zu.

Der besessene Blick der Tante. Sie dreht nicht mal die Lautstärke leiser: Ohrenbetäubend ertönt der Koran.

Sie murmelt zusammenhanglose, unverständliche Worte. Dann hält sie inne und rezitiert unverständliche Versfetzen. Plötzlich fängt sie wieder an zu reden.

Was sagt sie?

Ihr Tonfall ist klagend. Die Wohnung dunkel und stickig von Rauch.

Sie will, dass wir ins Wohnzimmer gehen.

Ich beobachte besorgt ihren schwerfälligen Gang, mit welcher Mühe sie einen Fuß vor den anderen setzt. Sie schleppt sich bis zum Sofa, versinkt in den Kissen und zündet sich die x-te Zigarette an.

Auf dem Tisch mehrere zusammengeknüllte Marlboro-Päckchen, Tabletten, das Feuerzeug, der überfüllte Aschenbecher, eine Wasserflasche, ein leeres Glas, eine Schachtel Pralinen.

Sie redet wirr. Ich schaffe es nicht mehr, ihr zu folgen, etwas einzuwerfen, die Koranverse machen es nicht leichter. Es ist mir unangenehm, am liebsten würde ich auf der Stelle verschwinden. Doch das würde sie kränken. Ich muss widerstehen. Sie hat sich immer über meine Besuche gefreut.

Ein bisschen Mitgefühl muss sein.

Endlich ein Moment der Klarheit: Sie fragt mich, ob ich etwas trinken möchte. Ich bejahe, gerne ein Glas Wasser. Ich mache das, sie soll doch sitzen bleiben.

Auf dem Küchentisch sehe ich noch mehr Tabletten. Im Waschbecken stapelt sich dreckiges, verkrustetes Geschirr. Die Schranktür hängt lose in den Angeln, lässt sich nicht mehr schließen. Ich nehme das einzige sauber aussehende Glas. Dann mache ich den Kühlschrank auf. Ein ekelhafter Gestank schlägt mir entgegen. Es ist kein Schwein, es sind verdorbene Lebensmittel. Ich halte die Luft an und stoße die Tür sofort wieder zu. Leitungswasser tut es auch.

Als ich ins Wohnzimmer zurückkehre, fällt mir auf, dass etwas fehlt. In der Ecke stand ein kleines, schwarzes Möbel.

Ich frage sie, was daraus geworden ist.

»Da waren falsche Bilder drauf«, verkündet sie streng.

Dann redet sie über Dschinn und den bösen Blick, über Bin Laden und darüber, wie ich mich verhalten müsste, um meine Seele zu retten.

Wir essen alle nebeneinander auf dem Sofa – die Augen wandern vom Teller zum Bildschirm, vom Bildschirm zum Teller –, um die marokkanischen Nachrichten zu verfolgen.

Ich sehe zahnlose Gesichter alter Männlein, die im Suq mit Waren handeln. Wie kalt es Familien haben, die ohne Heizung leben. Bilder einer Schule, eines kleinen Klassenzimmers, die Decke kurz vor dem Einsturz, die Wände rissig, darin acht Kinder, die das arabische Alphabet von einer kaputten Tafel ablesen. Ein kleines Mädchen geht mit Dschellaba, Schleier und gesenktem Haupt durch die Medina. Ein Bettler fleht auf einem Gehweg mit ausgestreckter Hand und in Allahs Namen um ein paar Dirham. In einem abgeschiedenen Dörfchen inmitten von Staub und Fliegen haust ein Bauer mit seiner vielköpfigen Familie, ohne Strom, ohne Fernseher.

Meine Mutter sagt was, ich verstehe es nicht. Ihr Mann ist gleicher Meinung.

Ich sehe adrette Karrierefrauen, geschminkt, geschmückt, mit züchtigen Dekolletés. Einen Universitätsprofessor, der eine Ausstellung marokkanischer Kunst eröffnet und einweiht. Ein Fußballspiel der Frauen-Nationalmannschaft gegen die USA. Wie ein Tierarzt in einem weißen Hemd erklärt, warum irgendwelche Pferde gestorben sind. Einen Ausschnitt aus einem Rapkonzert – ein langhaariger Maghrebiner mit Ohrringen, der auf der Bühne herumhüpft und der Menge ganz schön einheizt. Die Diplomfeier von Schulabgängern in Krawatte oder Dschellaba, Tailleur oder Jeans, in hoffnungsvoller Erwartung einer besseren Zukunft.

Altes, das standhält, und Neues, das sich seinen Weg bahnt, in ein und demselben Haus, in ein und derselben Person.

Auch meine Schwester gibt ihren Senf dazu. Auf Arabisch. Weil sie es gelernt hat.

Ich bleibe stumm, schaue und höre zu. Sehe mein Spiegelbild im Fensterglas. Wer bin ich? Wohin gehe ich?

Ein peitschender Wind wirbelt das Laub auf. Draußen drängen sich ein paar wenige Mutige um die Wärmepilze. Als ich durch die große Scheibe blicke, sehe ich, dass das

Lokal voll ist: die Tische besetzt, Gedränge vor dem Tresen, am Eingang stehen sie Schlange. Meine Freundin mit ihren hohen Absätzen streckt sich, um die Situation besser überblicken zu können, und fragt:

»Gehen wir woandershin?«

Gott sei Dank. Solche Orte mag ich nicht, nicht mehr. Zu voll, laut, dunkel, teuer. Ich habe das Lokal nur vorgeschlagen, weil ich dachte, es wäre nach ihrem Geschmack. Vielleicht habe ich mich getäuscht, oder sie hat gesehen, dass ich lieber woanders hingehen würde, oder sie hatte einfach keine Lust, anzustehen.

»Sehr gerne.«

Wir gehen in ein Lokal am See. Wie erwartet wenig los. Ich sehe eine kleine Gruppe Gymnasiasten und ein Paar um die fünfzig. Der Kellner empfängt uns mit einem Lächeln und einer Armbewegung, die »wo auch immer ihr wollt« bedeuten soll.

Sie bestellt wie üblich einen Kamillentee, ich ein Bier.

Heute Abend sprechen wir nicht über Literatur, sondern über unser vergangenes Liebesleben. Während sie mir ihren Exfreund beschreibt, fällt mir auf, dass er mir überhaupt nicht ähnlich ist, ebenso wenig wie sie irgendeiner meiner Exfreundinnen, und ich frage mich, ob das gut oder schlecht ist. Sie redet, fast ununterbrochen. Hält nur inne, um an ihrem Kamillentee zu nippen und zu fragen:

»Ich langweile dich doch nicht?«

Ich verneine und versichere, dass ich ihr gern zuhöre, dann hänge ich wieder meinen Gedanken nach... Sie sucht den Kontakt mit mir und schätzt mich... Vielleicht habe ich zu hohe Ansprüche... Was ist das Problem? Einfach, weil sie eine Frau ist?

Jetzt langweile ich mich doch. Es wäre mir bei weitem lieber, in meinem Zimmer zu liegen und zu lesen oder die Krimidoku im italienischen Fernsehen zu schauen.

Ich insistiere: Das muss ein Irrtum sein. Ich bitte ihn, es noch einmal zu überprüfen. Doch es gibt nichts zu überprüfen. Der Beamte zeigt mir das Dokument. Schwarz auf weiß.

Ist das ein Scherz?

Ich versuche meine Ungläubigkeit und Verlegenheit zu überspielen, bedanke mich für die Auskunft. Ich stelle mir schon vor, wie ich zu meiner Mutter sage:

»Wie kann es sein, dass ich erst auf die Gemeinde gehen muss, um zu erfahren, wie ich heiße? Und das nach fast dreißig Jahren?«

Ich habe soeben alle nötigen Papiere für das Einbürgerungsverfahren eingereicht. Ich habe soeben herausgefunden, dass der Name auf meiner Geburtsurkunde nicht derselbe ist wie auf den anderen Papieren.

»Ist dir überhaupt klar, was das bedeutet? Und jetzt? Soll ich den Rest meines Lebens damit verbringen, alle zu korrigieren, die meinen Namen falsch sagen?«

»Es macht doch keinen großen Unterschied«, ist ihre Verteidigung. Sie grinst mit der Zigarette in der Hand und bläst den Rauch nach oben. »Dein richtiger Name ist sowieso der arabische.« Mein richtiger Name.

El Aynaoui hat verloren, nach mehr als fünf Stunden, nachdem er bis zum letzten Punkt gekämpft hat – ein echter afrikanischer Löwe.

Marokko kann stolz sein, die Welt beklatscht die ehrenvolle Niederlage.

Meine Mutter fragt nach den Details, sie will wissen, ob

El Aynaoui wirklich so stark ist, wie alle sagen. Sie liegt unter einem weißen Laken auf dem Sofa. Auf dem Tisch der zusammengerollte Rosenkranz, ein Buch und eine Wasserflasche. Ich bleibe an der Wohnzimmertür stehen, den Rücken zur Wand.

Nein, antworte ich, El Aynaoui ist nicht so gut, wie alle sagen, sonst hätte er mehr gewonnen. Ja, er sei talentiert, habe einen starken Aufschlag, eine effiziente Vorhand, gut am Netz sei er auch. »Aber er ist kein Winner«, füge ich nach einer kurzen Pause an. »Geistig beschränkt. Eine nationale Eigenschaft.«

Sie denkt nach. Den letzten Kommentar versteht sie nicht. In der Stille kommt mir El Guerrouj in den Sinn, der rennt und gewinnt, hart wie eine Tajine. Sie fragt nicht weiter. Streckt den Arm aus, um nach dem Buch zu greifen.

In meinem Zimmer zähle ich alles mit El auf, das ich kenne: El Guerrouj, El Aynaoui, El Kebir, El Fna... Elvezia.

Ich renne so schnell ich kann, immer wieder in eine andere Richtung, im vergeblichen Versuch, meinem Schicksal davonzulaufen. Wie anstrengend. Meine Beweglichkeit und Kondition haben nachgelassen. Ich spüre sogar, wie mein Bauch hin und her wackelt. Sie aber sind jung und durchtrainiert. Ihnen macht es gar nichts aus, dass wir soeben ein Spiel gehabt haben. Ich provoziere sie:

»Bin ich euch etwa zu schnell?«

Ein milder Mainachmittag. Es weht ein leichter, angenehmer Wind. Ich trage den offiziellen Trainingsanzug.

Wir haben die Erwartungen erfüllt. Sind ins Finale gekommen: Haben die gefährlichsten Mannschaften eliminiert. Nach zwanzig Minuten war das Ergebnis schon klar.

Ich spüre, wie ich ins Keuchen komme. In der Hoffnung, dass sie aufgegeben haben, drehe ich mich um. Drei sehe ich noch, verschwitzt und lächelnd. Sie scheinen extra langsam zu laufen und bereit, mich jederzeit einzuholen.

Und mir eine Dusche zu verpassen. Ich sehe die vollen Wasserflaschen. Das große grüne Rechteck, in einwandfreiem Zustand. Die Laufbahn. Die blaue Matratze für den Hochsprung. Jemand sagt:

»Wir kriegen dich sowieso.«

Die leuchtenden Ziffern auf der Anzeigentafel: neunzig, sieben, null. Wir werden den Pokal in die Höhe stemmen.

Ein Knall, Spermien regnen herab, zeichnen gelbe Streifen an den Himmel. Die Menge klatscht, die Nasen in die Luft gestreckt. Im Dunkeln ein Meer rot-weißer Fähnchen. Bunte Vulkane beleuchten den See.

Ich spüre, wie mein Körper protestiert, der schon schmerzende Nacken, mein Hintern auf dem harten Holz. Ich bereue, aus meiner Höhle herausgekrochen zu sein. Nicht *Tausendundeine Nacht* weitergelesen zu haben, nur um mich als Schweizer zu fühlen, mir den Hals zu verdrehen und zuzusehen, wie Raketen am Himmel explodieren.

Warum? *Perché?*

Ich gehorche meinem müden Körper, verlagere mein Gewicht auf diesem Holzpferd und lasse meinen Blick schweifen. Den feierlichen Himmel ignoriere ich. Ich schaue mir die Menschen an, die hochschauen. Versuche mein Fremdsein zu bemessen.

Schauen heißt *schuf*.

Bum bum gelber Funke blaue Tropfen lila Würfel bum bum Ringe bum hell Schlangen Spaghetti Stachelschwein bum bum Tupfen wie Trauben. Feuer ohne Rauch.

Ruhe, psst, *skut*.
Beifall Pfiffe Jubel.
Der letzte Knall. Eine weiße Schlange.

Die Straßenbeleuchtung geht wieder an. Von neuem erstrahlt der Sternenhimmel, wolkenlos. Die am Seeufer versammelte Menschenmenge bewegt sich in Richtung Piazza. Man will wieder nach Hause, ist nur in die Stadt gekommen, um bei dieser bunten Knallerei dabei zu sein und die Schweiz zu spüren.

Ein Studierter auf einem Schaukelpferd. Doch ich steige nicht ab, noch nicht. Ich suche ein unschuldiges Land. *Libertà, concordia, amor, all'Elvezia serba ognor*, und ich galoppiere weiter.

Mein Freund und ich warten auf die Einschiffung. Ich erzähle ihm, dass ich sie inzwischen erkennen kann, die Fehlerquote sei minimal. Wie, könne ich ihm nicht erklären. Ich sehe und spüre es einfach. Er hört mir belustigt zu und nickt etwas überrascht. Ich habe das Gefühl, dass er es mir nicht wirklich abkauft. Also gehe ich ein paar Passagiere durch: um mich zu beweisen und den Marokkometer auf die Probe zu stellen.

Dieser Mann dort zum Beispiel ist garantiert kein Marokkaner, vielleicht Libanese oder Syrer. Bei diesen zwei Jugendlichen hingegen kann ich mit einiger Gewissheit sagen, dass sie Maghrebiner sind, vielleicht Algerier. Die jungen Frauen sind ganz sicher Marokkanerinnen.

Wenn man vom Teufel spricht.
Sie sehen uns, sehen mich. Als hätte ich sie gerufen.
Kommen auf uns zu.
Und sprechen. Arabisch.
Durch und durch Marokkanerinnen.

Die Großmutter ist beleidigt. Ich sehe ihr finsteres, betrübtes Gesicht, ihren gesenkten Blick. Höre ihr Brummen, das keine Widerrede duldet. Sie will nach Hause gebracht werden, sofort.

Das neue Heim des Onkels hat zwei arabische und ein europäisches Wohnzimmer, fünf Schlafzimmer, drei Badezimmer – seines mit Whirlpool-Badewanne – und eine geräumige, elegante Küche.

Er hat sich persönlich um jedes Detail der Einrichtung gekümmert – von den zwei riesigen Elefantenzähnen am Eingang über die bunten marokkanischen Vorhänge und die in Frankreich erworbenen Gemälde bis zu den Statuen aus Schwarzafrika –, ohne irgendwelche Kosten zu scheuen, in der ganzen Welt auf der Suche nach exklusiven Gegenständen. Jetzt hat er verlangt, dass zwischen sein kostbares Sofa und den extrabreiten Allerwertesten der Großmutter ein schützendes Laken gelegt werde.

Meine Schwester hat den Tisch gedeckt: Ich sehe Gabeln und Messer, die gar nicht gerade liegen, ein paar Gläser rechts, andere links und eins irgendwo dazwischen, die Servietten fehlen und in der Mitte nicht genug Platz für die große Schale.

Ich erkläre ihr, wie man es macht, und gebe mir Mühe, dabei nicht besserwisserisch zu klingen. Sie lächelt mir zu und versucht es zu richten. Zu Hause hätte sie mich angeschnauzt, hier traut sie sich nicht, auch weil sie weiß, dass ich recht haben könnte und sie dann blöd dastehen würde.

»Iss!«

Die Großmutter tritt an den Tisch und setzt eine zerknirschte Miene auf. Sie füllt den Teller meiner Schwester mit Thunfisch, hart gekochten Eiern und Gemüse und fordert sie zum Essen auf:

»*Kuuli!*«

»Willst du Model werden, wenn du groß bist?«, fragt der Onkel und blickt dabei prüfend auf ihre Rundungen.

»Du willst schön dünn sein, stimmt's?«

Sie nickt unsicher, man diskutiert darüber. Doch sie sprechen Arabisch, und ich verstehe nichts mehr.

Jetzt erkundigen sie sich nach der Schule, ob es besser gehe.

»Ein bisschen«, antwortet sie schüchtern.

»Hast du endlich angefangen zu lernen?«, will der Onkel wissen. »Du musst es so wie dein Bruder machen.« Sie geht auf eine Sonderschule, hat aber keine schwere Beeinträchtigung, darum ist sie dort Klassenbeste. So wird sie langsam sicherer, kann Selbstwertgefühl aufbauen. So weit, dass sie mit ihren Noten prahlen würde, ist sie aber noch nicht.

Sie belässt es bei einem knappen Ja. Der Onkel fragt auch, ob sie gut in Englisch sei, das sei heutzutage wichtig.

»Fünf, fünfeinhalb«, sagt sie und blickt zur Mutter, die ihr durch die Fransen fährt und fast entschuldigend kommentiert:

»Bei ihnen ist es einfacher.«

Er hält vor dem Eingang, wirft einen prüfenden Blick in den Rückspiegel und stellt die Warnblinkanlage an. Hinter uns stauen sich Autos, hupen, fahren vorbei.

Wir steigen aus. Der Onkel händigt dem Mann, der sich um das Parken seines Mercedes kümmern soll, die Schlüssel aus und gibt ihm ein paar Anweisungen.

An der Tür wird er mit den nie enden wollenden Begrüßungstrara, einem festen Händedruck und einem Klaps auf die Schulter empfangen.

Ich sehe schummrige Lichter, blaue Lämpchen. Wir werden an unseren Platz begleitet.

»Den besten«, kommentiert der Onkel.

An der einen Tischseite zwei Stühle, auf der anderen eine gepolsterte Bank mit weißem Bezug. Zuerst befiehlt er dem Kellner, die Stühle wegzubringen, dann zeigt er uns die richtige Anordnung: Wir müssen alle drei zur Tanzfläche ausgerichtet sein, sodass uns keine Marokkanerin entgeht.

Wenn ich wolle, würde er mir ein paar erstklassige Tricks beibringen, sagt er. Was das angeht, habe er sich ein solides Wissen angeeignet. Er behauptet, er könne Wunder vollbringen, nur mit seinem Blick. Unzählige Frauen habe er verführt, einfach indem er ihnen in die Augen schaute.

Jetzt behauptet er sogar, damit meine Hände in Bewegung bringen zu können, nur mit der Kraft seines Blicks. Wenn er auf die Hände schaut, könnten sie nicht still halten.

»Versuchen wir's«, erwidere ich, überzeugt, ihn auf den Boden der Tatsachen zurückzuholen.

Wir sitzen schon einige Minuten lang bei ihm zu Hause nebeneinander auf dem Sofa. Nichts, meine Hände bewegen sich nicht, abgesehen von diesem leichten Zittern aus reiner Erschöpfung.

Von seiner Stirn tropft der Schweiß. Bis es ihm zu blöd wird und er mir einen kleinen Klaps auf die Handfläche verpasst. Dann behauptet er, das Experiment funktioniere nicht, weil mir jemand den bösen Blick angehängt habe.

Sie kommt den kurzen, mit Fotos von König Mohammed VI. behängten Korridor entlang. Sie trägt ein ausgeschnittenes, knielanges rotes Kleid, Flipflops und ein Kettchen, das eine neckische Linie über die Brust legt.

Mein Blick bleibt an ihrem sonnengebräunten Dekolleté hängen. Ich bin wie gebannt, verzaubert. Ein paar Sekunden lang, dann blicke ich auf.

Auch sie schaut mir entgegen – ungeniert, beinah frech.

Ich möchte diese meergrünen Augen ergründen, versuche jedoch gleichzeitig, gedankenverloren auszusehen, sie glauben zu machen, dass mein Blick nur aus purem Zufall dort ruht.

Sie bleibt undurchschaubar. Setzt flüchtig zu einem überlegenen Lächeln an.

Jetzt ist sie nur noch einen Meter von mir entfernt – ich rieche ihr starkes Parfüm –, *et voilà*, ihr Blick scheint zu sagen:

»Was glaubst du denn, wer du bist? Ich hab gesehen, wie du mir auf die Titten gestarrt hast, und ich weiß, dass du mit deinem libidinösen Gesicht am liebsten darin versinken würdest, und ich möchte, dass du kapierst, dass ich es weiß.«

Als sie vorbeigeht, ziehe ich es vor, sie in der Spiegelung des glänzenden Fußbodens zu betrachten.

Ich nehme eine Abkühlung, dort wo ich stehen kann. Ich bin ein miserabler Schwimmer. Die Marokkaner laufen umher. Ich sehe, wie sie an den Beckenrand kommt. Aber nur unscharf, ohne Brille. Ich versuche, mehr zu erkennen, und gehe ihr entgegen.

Sie gibt mir ein Zeichen mit der Hand: *Eschi*, komm. Sie will mit mir sprechen.

Jetzt sehe ich sie besser. Ich laufe ein paar Meter auf den Zehenspitzen, das Wasser ist klar und frisch, es wird immer tiefer. Ich fange an zu schwimmen, versuche mich zu erinnern, ob ich von ihr geträumt habe, und rufe mir ein paar Bilder in Erinnerung – das Abendessen, ihr Gesicht, ihre

Stimme, der Abstand zwischen uns. Rasch bin ich bei ihr. Inzwischen hat sie sich an den Beckenrand gesetzt und lässt die Füße ins Wasser baumeln. Ich widerstehe dem Impuls, mich an ihre Knie zu lehnen. Lächle ihr zu, streiche mit der linken Hand meine Haare zurück und werfe einen flüchtigen Blick auf ihren flachen, braunen Bauch.

Große Lust, ihn abzulecken.

Sie hat über unsere Gespräche nachgedacht, sagt sie, vor allem darüber, dass ich – obwohl es meine Sprache sei – kein Arabisch spreche, und sie fordert mich auf, es zu lernen. Ohne sie zu unterbrechen, höre ich ihrer Belehrung zu, konzentriert wie ein strebsamer Schüler.

Sie redet autoritär und gewandt weiter, dass es hervorragende Übersetzungen der Heiligen Schriften gebe, dass es die Pflicht eines jeden Muslims sei, sich der Lektüre des Korans und dem Gebet zu widmen, »*absolument*«.

Doch hier schaue ich auf. Es siegt der Wille, etwas zu sagen.

»*Moi, je suis athée.*«

*Aschno?* Ihre grünen Augen beben.

Die Belehrung ist vorbei. Sie steht empört auf und schreitet hüftschwingend zum Liegestuhl.

Ich werfe einen letzten Blick dorthin, wo ihre Hand gerade den Badeanzug zurechtzupft.


Es ist Sonntag. Sie muss zur Moschee. Damit sie nicht in die Fußstapfen des Bruders tritt. Und die arabische Schrift und die Grundlagen des Islams lernt, den Unterschied von *halal* und *haram*. Ihr Vater sitzt vor einer Tasse Milchkaffee in der Küche und muntert sie auf:

»Du wirst so vieles verstehen«, sagt er entschlossen, weise wie ein Mufti. »*Fahimti?*«

Ja, sie versteht. Sie nickt demütig, obwohl es offensichtlich ist, dass sie viel lieber bis am Mittag in den Federn bleiben würde, dass der Prophet ihr schnuppe ist.

Heute Morgen mussten sie laut werden, um ihr Beine zu machen. Sie hat den Wecker nicht gestellt, diese Schlawinerin.

Außerdem soll sie Dschellaba und Hidschab tragen. Sie, die sich gern modisch anzieht, am liebsten Markenkleider. Vielleicht denkt sie an die unter dem Kopftuch versteckten rosaroten Haarspangen, an ihr wallendes Haar, an den Fußweg, bei dem sie womöglich den Blicken ihrer Freunde ausgesetzt sein wird.

Ich kann es mir nicht verkneifen:

»Das Kopftuch steht dir wirklich gut.«

»Warum muss er nicht in die Moschee?«, fragt sie zornig.

Niemand will ihr antworten. Meine Mutter murmelt etwas auf Arabisch. Dann versucht sie, das Thema zu wechseln. Sie sieht mich böse an.

Meine Schwester zieht schnaubend davon.


»Wenn einer das Männchen der Kuh ist, aber nicht der Vater des Kalbs, dann ist er ...?«

Heute amüsiere ich mich. Die Leute bleiben stehen und antworten mir gerne:

»Ein Rind?«

Auf dem Parkplatz eines Einkaufszentrums hole ich Antworten von Passanten ein. Später werde ich in den Sender zurückkehren und das aufgenommene Material schneiden. Es ist früher Morgen, die Sonne steht noch tief. Ich höre die ankommenden und manövrierenden Autos.

Mein Vorstellungsgespräch für eine Stelle als Radioredaktor war erfolgreich. Ich habe soeben mit der Probezeit begonnen.

»Ein Rind, ja, aber eins ohne Kinder ... Das wäre?«

Es gibt erfahrene Kollegen, sie sind sympathisch und hilfsbereit. Alles Wesentliche lerne ich dank ihnen. Hier kann ich kreativ sein, das gefällt mir, auch wenn ich mich oft mit Angelegenheiten herumschlagen muss, die ich nicht so spannend finde, wie die Lokalnachrichten. Und es kommt selten vor, dass ich mich mit Literatur beschäftigen kann.

Ich möchte den ganzen Tag über Bücher sprechen. Ich möchte unterrichten.

»Der Ochse sind Sie!«

Wir spielen auswärts. Die Mannschaften der Alpennordseite sind verbissen. Rennen und strengen sich an wie kleine Soldaten. Und wir haben drei läppische Unentschieden hinter uns. Heute müssen wir gewinnen, um den Anschluss an die Spitze nicht zu verlieren.

Wir stehen in neuer Aufstellung auf dem Feld, wegen einiger Verletzungen und weil unser bester Verteidiger lieber im Bett geblieben ist. Das übliche defensive Vier-vier-zwei-System, Angriffe eher über links.

Wir geraten sofort in Rückstand: ein Tor, ungültig wegen eines Abseits so groß wie eine *kasbah*. Warum hat er nicht gepfiffen?

»*Schiri?*«

Wir protestieren. Unser deutschsprachiger Kapitän versucht, sich Gehör zu verschaffen. Wortlos schüttelt der Schiedsrichter den Kopf und verteilt ein paar gelbe Karten.

Wir spielen schlecht. Haben keine klare Taktik, machen zu viele Fehler in der Verteidigung. Der Körpereinsatz und die guten Ideen der anderen machen uns zu schaffen.

Doch da kommt der Ausgleich.

»Los, Jungs, gebt euch einen Ruck!«, versuche ich sie wachzurütteln.

Stattdessen kassieren wir ein zweites Tor: dieses Mal nach einem Eckball.

»Soll etwa ich decken?«, beklage ich mich und lasse die Arme herunterbaumeln.

Meine Nerven. Die Verteidiger sind unkonzentriert, die Mittelfeldspieler laufen nicht genug, die Stürmer verlieren sich in unnötigen Kunststückchen.

Und der Schiedsrichter pfeift nur in eine Richtung.

»Der übliche parteiische *zücchin*«, kommentiert ein Vater am Spielfeldrand.

Wieder fragwürdige Entscheidungen. Wieder Proteste, wieder gelbe und rote Karten. Jetzt sind wir in doppelter Unterzahl.

»*Schiri!*«, protestiere auch ich. »*Warum?*«

Ich möchte ihm ordentlich meine Meinung sagen, aber Goethes Sprache ist mir immer ein Rätsel geblieben, vom Schweizerdeutschen ganz zu schweigen.

»*Nein, Schiri!*«, gestikuliere ich und protestiere auf Italienisch weiter.

Er kommt auf mich zu und zeigt mir den Weg zu den Umkleidekabinen.

»*Wie bitte?*«

Da lang.

Bevor ich rausgehe, schicke ich ihn zum Teufel.

Nein, *la*, wie sie sagen würden, kein Ramadan, auch dieses Jahr nicht. Was hätte es für einen Sinn?

Ich bleibe hier, in meinem Raum und meiner Zeit. Lasse die Rollläden herunter und lege mich aufs Bett. Das Alleinsein und die Dunkelheit meiner Höhle sind mir lieber. Ruhe,

bevor sich das Wohnzimmer mit Verwandten und Familien-
freunden füllt, die maghrebinische Lieder mit ohrenbetäubenden Trillern anstimmen werden.

*Bismillah!*
Der Duft von frisch gebackenen Msemmen zieht in
mein Zimmer. Ich schließe die Augen – das Licht, das durch
den Spalt unter der Tür hindurchdringt, stört mich – und
atme tief ein. Ich mag es, sie mit Nutella zu bestreichen, ein-
zurollen und in Milchkaffee zu tunken.
Ob sie daran denken, mir welche auf die Seite zu legen?
Für mein Frühstück morgen früh?
Ich werde nur aus dem Zimmer gehen, um mir mein
Abendessen zu holen – eine Schüssel Harira und etwas Süßes –,
später, in der Hoffnung, dass sie nicht bis tief in die Nacht
bleiben. Damit sie mich nicht fragen, wann ich heirate. Und
auch nicht nach dem Schlüssel. Dem Schlüssel in der Milch.

Der Schweiß rinnt mir herunter. Ich schaue mich um, versuche, die Reaktion des Publikums an Gesichtern oder Gesten abzulesen.
»Im Dunkeln auf dem Bett ausgestreckt, spitze ich
meine Ohren und lausche durch die Wand hindurch allen
Geräuschen, die aus dem Wohnzimmer kommen. Ich höre
arabische Musik. Höre das Gefluche des Manns meiner
Mutter: Scheiße …«
Eine Frau grummelt, vielleicht war ihr das Schimpfwort
zu viel. Ich kann ihre Lippen nicht lesen, sie sitzt zu weit weg.

Sie lächeln, nicken. Ich bin hier geboren. Genau hier, damals stand hier ein Krankenhaus. Wo heute die Universität
ist. Wo meine Erzählung jetzt vorgelesen und ausgezeichnet
wird. Was für eine Geschichte.

»Meine Familie muss verstehen, dass ich mir in Marokko etwas fremd vorkomme. Sie müssen es verstehen. Weil es so ist. Das ist alles.«

»Ich bin Marokkaner. Ich bin nicht Marokkaner. Afrika, was ist das?«

»Ein erstickter Schrei, der nicht aus mir herauswill ...«
    Es gefällt mir.

»Vielleicht wird es mir endlich gelingen, gut zu hören, zu hören und zu begreifen, dass mein Problem eigentlich nur ein Hörproblem ist.«
    *Ein Hörproblem.*

Meine Mutter wirft einen Blick auf den Strauß und gibt sich der Illusion hin, ich hätte ihr Blumen gekauft. Sie lächelt überrascht und erkundigt sich. Ich erwidere, dass ich einen Literaturwettbewerb gewonnen habe, das sei Teil des Preises. Auch ich lächle. Dann trete ich ein und laufe, leicht verlegen, Richtung Küche.
    Sie schließt die Tür hinter mir und fragt, was für ein Wettbewerb. Ich kann mich schlecht vor einer Erklärung drücken, auch wenn ich mich bereits entschieden habe, nur das Nötigste preiszugeben. Ich spekuliere darauf, dass weder das Lesen noch die Literatur sie interessieren. Die Blumen lege ich auf den Tisch.
    »Ich hab was Kleines geschrieben«, antworte ich beiläufig, mit gesenktem Blick.
    Sie kommt zu mir in die Küche und will Details hören.
    »Eine Erzählung, nichts Großes«, und ich greife wieder nach dem Blumenstrauß, um etwas in den Händen zu halten.

Sie würde es gerne lesen, sagt sie. Dann gratuliert sie mir, gibt mir einen Kuss auf die Wange und ruft ihren Mann, damit auch er von meinem Erfolg erfährt. Sie ist glücklich und stolz, fast wie am Tag meiner Diplomfeier. Doch diese Freude lässt sich nicht mit ihr teilen. Ich werde alles versuchen, dass sie die Erzählung nicht unter die Augen bekommt. Ich kann mir ihre Reaktion schon vorstellen. Ich will keinen Ärger.

»Ich gebe sie dir ... in den nächsten Tagen.«

Aufschieben, Zeit vergehen lassen. Sie wird es wieder vergessen. So ist sie: vergesslich.

Der Mann meiner Mutter kommt in die Küche geschlurft. Er sieht müde und verschlafen aus. Hat die ganze Nacht in der Fabrik gearbeitet.

Sie erzählt ihm vom Preis. Ich sehe, wie er sich freut, mir mehrmals gratuliert. Dann setzt er sich hin und möchte ein Gespräch anfangen. So viel Enthusiasmus und Interesse seinerseits, das hätte ich nicht gedacht. Es freut mich, ich bedanke mich, aber auch mit ihm habe ich nicht vor, die Sache zu vertiefen.

Meine Mutter stellt die Blumen in eine Vase. Sie witzeln auf Arabisch, dann dreht er sich zu mir um und will wissen, ob ich nur Blumen gewonnen hätte, nutzlose Blumen, scheint er sagen zu wollen. Es besteht die Gefahr, den Preis mit ihnen teilen zu müssen.

Ich lüge.

»Büchergutscheine«, antworte ich mit einem verkrampften Lächeln.

Dann entschuldige ich mich und gehe in mein Zimmer.


Die vier Wände rücken näher und näher, mein Zimmer wird immer enger. Die Regale vermehren sich, biegen sich unter der Last der doppelten Buchreihen und Videokassetten. Seit ein paar Monaten sammle ich auch Autorenfilme. *Ugetsu - Erzählungen unter dem Regenmond* von Mizoguchi fehlt mir noch.

Kein Platz nirgends. Bleibt nichts anderes übrig, als das Maßband hervorzuholen und sich was einfallen zu lassen: Wo kann man noch was dazwischenquetschen, wo noch Zentimeter dazugewinnen. Verschenken, verkaufen und wegwerfen. Der Schrank quillt über. Schuhhaufen unter dem Bett.

Ich atme Staub und Miasmen ein.

Auf dem Bett lese ich im *Morandini*-Filmlexikon die Sterne nach. *Einer flog über das Kuckucksnest* hätte aber vier verdient.

Meine Mutter beklagt sich, sie weiß nicht mehr, wo sie meine Hemden hinhängen soll. Sie behauptet, ich sei unordentlich. Man käme gar nicht mehr durch.

»Es ist das aufgeräumteste Zimmer in der ganzen Wohnung«, erwidere ich, überzeugt davon, eine unumstößliche Wahrheit ausgesprochen zu haben.

»Und der Staub?«

Da hat sie recht.


Die Tür steht weit offen. Ich trete näher heran und werfe einen Blick hinein. Ich sehe niemanden. Die Bänke in Hufeisenform.

Und jetzt?

Ich überprüfe zum hundertsten Mal die Raumnummer, obwohl ich sicher bin, richtig zu sein. Wenige Minuten noch. Ich warte hier, neben der Tür. Gehe die verschiedenen Phasen, den Aufbau der Stunde noch einmal durch.


Zuerst entferntes Stimmengewirr – irgendwo werden Stühle gezogen verschoben gegeneinandergestoßen –, dann das

Klingeln der Pausenglocke. Da wären wir also. Meine Anspannung steigt. Ich will keine wertvolle Zeit verlieren und beschließe, einzutreten, um das Material vorzubereiten: Blätter, Notizen, Stifte, Tafel, Hellraumprojektor.

Ich strecke den Kopf zur Tür raus. Langsam füllt sich der Korridor, die Schülerschar: Manche wechseln den Raum, andere gehen aufs Klo oder hüpfen die Treppe hinunter.

Warum kommen sie nicht?

Ich gehe um das Lehrerpult herum, ordne die Kreiden nach Farben.

Da kommen die drei Kommissionsmitglieder. Sie grüßen, Guten Tag, sehr erfreut, Vorname und Name, Händeschütteln. Nehmen rechts, am Rand der Reihe Platz. Wir tauschen Blicke aus, müssen uns noch gedulden.

Der Schulleiter meint, sie sollten jeden Moment kommen. Ich bemühe mich, ein lockeres Lächeln aufzusetzen. Gebe mich ruhig und selbstsicher.


Keuchend und verschwitzt trudeln sie nach und nach ein. Einer informiert mich, dass sie zu spät sind, weil die Sportstunde länger gedauert hat.

Ist es besser, anzufangen oder zu warten, bis alle da sind? Vielleicht werde ich den letzten Teil der Stunde opfern müssen, oder ich könnte den ersten Teil abkürzen.

Ich plaudere ein wenig mit denen, die schon dasitzen. Vielleicht kann ich ja ihr Vertrauen und ihre Sympathie gewinnen.

»Wie ist die Sportstunde gelaufen?«

In der Zwischenzeit verteile ich das Blatt mit dem Gedicht von Cavalcanti. Ein Mädchen, das sich hinter den Kommissionsmitgliedern zu ihrem Platz vorkämpft, sagt, dass ihre Freundin »noch föhnen muss«.

Sie hören nicht zu, ihre Neugierde hat gerade mal dazu gereicht, herauszufinden, wen sie da vor sich haben. Wenige schreiben auf, was ich sage, manche schwatzen, schauen woanders hin, malen herum. »Nicht mehr der Hof von Federico dem Zweiten, aber die kommunale Welt des Kontinents ... Eine Gruppe toskanischer Freunde, fast alle aus Florenz ...«

Das Mädchen am vordersten Tisch macht Physikhausaufgaben. Sie bittet ihre Nachbarin um Hilfe, die sich weder für Physik noch für den *Dolce Stil Novo* zu interessieren scheint.

»Den Knoten, der den Notar, Guitton und mich noch ferne von jenem süßen neuen Stil gehalten.«

Schweißperlen treten mir auf die Stirn, und unter den Achseln spüre ich mein feuchtes Hemd. Ich habe Angst, zu scheitern. Versuche, sie miteinzubeziehen:

»Warum wurde das Wort Amor mit einem Großbuchstaben geschrieben?«

Jemand hebt die Hand und antwortet:

»Handelt es sich um ein personifiziertes Gefühl?«

Sie machen mit, nehmen am Unterricht teil. Gott sei Dank.

»Die sehr gut strukturierte Unterrichtsstunde wurde klar und effizient durchgeführt ...«

»Es ist ihm gelungen, eine anfangs abgelenkte und wenig Bereitschaft zeigende Klasse miteinzubeziehen und ihr auch in methodologischer Hinsicht bedeutendes Wissen zu vermitteln ...«

Ich gehe mit einem guten Gefühl hinaus.

Sie ist wütend. Ich begrüße sie noch auf der Schwelle und versuche, möglichst unschuldig auszusehen mit meiner Tasche voller Bücher. Dann frage ich:

»Was ist los?«

Schweigen, sie lächelt nicht, bewegt sich nicht, scheint wie versteinert. Ich trete ein. Es ist warm, muffig. Das Frittieröl vom Mittag, und die Heizung sollte man runterstellen. Ich drehe mich um, blicke sie nochmals an, in der Hoffnung, dass sie endlich etwas sagt, wenigstens ein Hallo.

»Was ist los?«, wiederhole ich, diesmal leicht beunruhigt, dass etwas Schlimmes passiert sein könnte. Vielleicht ist jemand krank. Die Großmutter? Die Tante?

Ich höre eine Faust auf den Küchentisch schlagen, das Klappern des Geschirrs, einen Stuhl, der auf den Fliesen aufprallt, und die schweren Schritte des Manns meiner Mutter.

Mit hasserfüllten Augen taucht er auf. Noch im Pyjama, ungekämmt. In seiner Linken hält er ein Blatt. In seiner Rechten einen gelben Leuchtstift. Er keucht, als wäre er eben einen 100-Meter-Lauf gerannt. Klopft mit dem Leuchtstift auf das Blatt und kommt mit großen Schritten auf mich zu.

Ich spüre, wie Angst in mir hochsteigt, und lasse die Tasche fallen. Meine Mutter schreit Nein und stellt sich mit ausgestreckten Armen zwischen uns.

»Das ist nicht gut!«, brüllt er und zeigt mit dem verknitterten Blatt auf mich.

»Beruhige dich«, sagt sie. »Beruhige dich.« Dann fährt sie auf Arabisch fort.

»Dein Sohn ist ein Arschloch!« Er kommt auf mich zu. »Ich, ich habe allen immer nur Gutes über dich erzählt!«

Sofort kann ich ihn mir am Tisch in einer Bar im Stadtzentrum vorstellen, angeberisch, vor einem Campari Soda, zusammen mit seinen marokkanischen Freunden.

»Das ist gar nicht gut!« Mit zitternden Händen streicht er das Blatt flach. »Warum hast du diesen Mist geschrieben?«

Ich weiß nicht, was ich antworten soll.

»Gar nicht gut…«, wiederholt er und zeigt mit dem Finger auf zwei mit leuchtendem Gelb unterstrichene Zeilen. »Sag's auch du deinem Sohn«, fügt er hinzu und richtet den Leuchtstift auf sie.

Die Gefahr eines körperlichen Angriffs scheint erst einmal abgewendet. Meine Mutter rückt von mir weg, blickt mich finster an und will wissen, warum, warum ich unsere Familienangelegenheiten breittreten muss.

»Warum hast du geschrieben, dass ich fluche?«, fragt er.

»Weil es stimmt.«

»Erinnerst du dich?«

Nur lose, undeutliche, zeitlich nicht verankerte Fetzen: das leere Schwimmbecken, die Hecke, eine Holzbank in der Küche, die Treppe im Inneren des Hauses.

»Du hast geweint.«

Ich frage, warum.

»Weil der Igel davongelaufen ist.«

Davongelaufen. Ich hatte ihn lieb gewonnen. Habe sie genötigt, ihn zu suchen. Alle.

»Wen alle?«

Sie, ihren Mann, meine Mutter und zwei weitere Schwestern. Sie erzählt mir, dass wir eine Zeit lang zusammen in einer kleinen Villa wohnten. Ich war drei Jahre alt. Elvezia war krank geworden.

Elvezia.

»Deine Mutter wohnte im unteren Stock.«

Unten. Und dann?

Doch ich frage nicht weiter. Die Tante zündet sich eine Zigarette an. Dann sagt sie:

»Und an die Geschichte mit dem Schlüssel kannst du dich erinnern?«

Es tut weh: Weil wir den Sieg verdient gehabt hätten, weil unsere Erzrivalen den Pokal in die Höhe stemmen werden und weil es meine letzte Saison sein wird, wie ich entschieden habe.

Es ist Pfingstmontag. Ich sehe das fast völlig im Schatten liegende Stadion. Soeben ist das Finale des internationalen, von unserem Verein organisierten Turniers abgepfiffen worden – ein Höhepunkt der Saison. Wir haben im Elfmeterschießen verloren.

Ich sitze auf der Bank und gehe das Spiel im Kopf noch einmal durch. Neben mir eine leere Trinkflasche und die Tafel, auf der ich die zweiundzwanzig Magnete verteilt habe. Ich denke nochmals an die Wahl der fünf Elfmeterschützen und an diesen Ball, der in den Nachspielminuten den Pfosten gestreift hat.

Höre den Applaus: Er gilt uns.

Sobald das Schild mit der neuen Geschwindigkeitsbegrenzung kommt, fahre ich langsamer. Schalte den Scheibenwischer aus und blicke auf das Armaturenbrett.

Wieder ein Golf – diesmal ein neuer –, wieder einmal Geld, das ich mir von den Verwandten geliehen habe. Doch endlich arbeite ich. Bald werde ich meine Schulden begleichen können.

Die Rücklichter eines Lastwagens im Dunkel des Tunnels. Er fährt langsam. Ich bin ganz nah hinter ihm, zu nah. Es ist gefährlich. Ich muss abbremsen, den Sicherheitsabstand einhalten. Oder überholen. Ich setze den Blinker, beschleunige und setze zum Manöver an. Damit ich nicht zu spät komme.

Der Rückspiegel leuchtet auf. Es kommt einer. Licht scheint ins Auto. Ich blicke auf. Der Fahrer hinter mir macht das Fernlicht ein und aus, gestikuliert, verwirft die Hände. Er ist in Eile. Ohne zu blinken, mache ich ihm Platz. Und sehe, wie er davonbraust. Ein dunkler Mercedes, viel schneller unterwegs als erlaubt. Ich wünsche ihm eine saftige Buße und den Entzug des Führerscheins. Dann beschleunige ich. Auf genau hundert.

Damit ich nicht zu spät komme.

Die Straße führt bergab. Es regnet in Strömen. Die Windschutzscheibe beschlägt.

In Sichtweite die rote Backsteinmauer. Ich gehe durch den ersten Stock und suche den Raum. Absteigende Nummern. Im Computerbereich ein paar Jugendliche, die surfen und spielen. Andere sitzen, liegen im Korridor auf den Bänken, fast alle mit dröhnender Musik in den Ohren. Ganz hinten, im Rechteck des Fensters, wirbelt Laub umher. Man sieht den Wind. Ich bin glücklich, euphorisch sogar. Die ersten zwei Stunden Pirandello, dann werde ich eine Liste mit Romanen vorstellen, die man gelesen haben muss. Ich habe die Stunde sorgfältig vorbereitet, abwechselnd Lektüre und Diskussion. Ich gehe die Einleitung noch einmal durch. Ich will reden, ohne auf die Notizen schauen zu müssen. Habe sie auswendig gelernt, verinnerlicht. Geburtsort und Datum: Girgenti, achtzehnhundertsiebenundsechzig. Tod: Rom, neunzehnhundertsechsunddreißig. Die Theaterkarriere. Die Entwicklung seiner Poetik. Sein *umorismo*. Wir werden über die ersten Sätze von *Einer, keiner, hunderttausend* sprechen.

Seid ihr das Bild, das die anderen von euch haben?

Neben der Tür sitzt ein Junge auf dem Boden und mus-

tert mich. Als ich den Schlüssel ins Türschloss stecke, fragt
er, ob ich der Italienischlehrer sei. Kein Guten Morgen.

»Guten Morgen«, sage ich, nicke und lächle.

»Ich dachte, Sie würden Englisch unterrichten!«

Eine schwere, rüttelnde Hand auf der Schulter. Schwielige,
fettverschmierte Finger. Ich drehe mich um.

Lächle ihm zu. Es freut mich, ihn wiederzusehen. Wie
viele Jahre ist es her? Seine Augen glänzen. Schneeweiße
Zähne. Der Kopf ist kahl rasiert, vielleicht, um die ersten
Anzeichen einer Glatze zu kaschieren. Ein verwaschenes
T-Shirt mit einem Bild von Valentino Rossi, zerrissene Jeans
und abgewetzte Turnschuhe.

Er spricht Dialekt mit mir, ganz ungeniert, als wäre die
Zeit stehen geblieben. Ich bin zurückhaltend, antworte leise:

»*Uela lì*«, nur will der Dialekt dann doch nicht aus mir
he-russprudeln, bleibt gefangen, zensiert. Die Zeit ist nicht
stehen geblieben. Ich rede italienisch. Versuche aber, die
Distanz zwischen uns klein zu halten, indem ich auf das
Register achte – salopp, Lokalkolorit, Zugeständnisse an die
Vulgärsprache. Ich erzähle ein wenig von mir, von meinem
Studium und von meiner Arbeit.

Er bricht in höhnisches Lachen aus. Darauf wäre er nie
gekommen. Ich an einem Lehrerpult, das nimmt dir doch
keiner ab. Er stößt mir freundschaftlich die Faust gegen die
Brust.

Dann will er wissen, ob ich viele Frauen abschleppe.

Wir gehen in eine Bar und bestellen zwei Bier. Trinken sie
draußen, im Innenhof des gut besuchten Lokals.

Von Zeit zu Zeit schiebt er die rechte Hand in die Hosentasche und kratzt sich am Sack. Dann schnuppert er an
seinen Fingern. Eine alte Angewohnheit.

Er erzählt mir von seiner Autowerkstatt. Bringt mich auf den neusten Stand, was in den letzten Jahren oben so gelaufen ist. Hochzeiten, Geburten und Todesfälle. Das Dorf im Wandel.

Ich höre ihm gerne zu.

Ich sage wenig, immer weniger. Wir schaffen es nicht, das Gespräch am Laufen zu halten. Zeit, sich zu verabschieden. Wir sollten ein Essen organisieren, sind wir uns einig, vielleicht im Dorf oben.

»*Volentera*«, sagt er in Dialekt.

»*Volentieri*«, erwidere ich auf Italienisch.

*Volentera.*

»Sie, sprechen Sie Arabisch?«

Ich erkläre den hypermetrischen Reim zwischen den Versen sechzehn und achtzehn des Gedichts *In limine* der *Ossi di seppia*. Ich mustere sie und frage:

»Willst du dazu etwas sagen?«

Dann ziehe ich die Hand aus der Hosentasche und nehme Montales Gedichte von links nach rechts.

»Können Sie das, Arabisch?«, fragt sie, nimmt einen Stift aus dem Etui und beginnt, Muster auf ein weißes Blatt zu kritzeln.

Ich würde gern antworten, dass es nicht der richtige Moment sei, dass sie den Unterricht nicht unterbrechen solle, einfach aus Neugier, außerdem gehe sie das nichts an, sie täte besser daran, Notizen zu machen. Stattdessen erkundige ich mich geduldig, warum sie das ausgerechnet jetzt fragt, eher überrascht als genervt.

»Wann soll ich Sie denn sonst fragen?«, erwidert sie, den Kopf tief haltend, und streicht sich die Haare hinters Ohr.

Sie zeichnet ein riesiges, blutendes Herz. Es gelingt mir, den Tonfall zu verändern, meine Stimme wird tiefer, ich blicke ihr direkt in die Augen:

»Ich war konzentriert, jetzt habe ich wegen dir den Faden verloren.«

Sie erwidert gleichgültig:

»Sie sagten, dass es ohne das Ne ein normaler Reim wäre.«

»Ja, genau, richtig«, pflichte ich ihr bei und füge an, »wie dem auch sei, wenn du es wirklich wissen willst, ja, ich kann mich ganz gut durchschlagen«, wobei ich mir bewusst bin, gerade zwei Fehler auf einmal zu begehen.

Es bricht ein großes Durcheinander aus:

»Ist es schwierig?... Können Sie es auch schreiben?... Meinen Namen?... Können Sie uns ein paar Wörter beibringen?«

Um da wieder herauszukommen, werde ich laut. *Basta*, es reicht, Ruhe. Ich diktiere das Reimschema.

Wie absurd. Meine Mutter versucht mir einzureden, dass dort immer drei auf einmal gehen, mit wenigen Tagen Abstand. Es sei schon vor ein paar Monaten passiert, erzählt sie, das könne kein Zufall sein. Ich schüttle den Kopf und grinse. Sie fährt fort:

»Und jetzt sind wieder zwei gestorben.«

Wir sitzen Seite an Seite auf dem arabischen Sofa. Über das Abendessen gebeugt, den Blick starr auf dem Fernseher. In den Tellern verkochte Nudeln mit einer Unmenge an Soße, so wie es ihnen schmeckt. Kann sein, dass es tatsächlich eine Art kausalen Zusammenhang gibt. Es ist nicht absurd zu glauben, dass der Tod, gerade eines älteren Menschen, bei den anderen etwas auslösen kann. Absurd ist es zu glauben, dass es immer genau drei sein müssen.

Warum auch?

Sie kümmert sich um die Alten, während ich mich um die Jungen kümmere. Ob das etwas zu bedeuten hat?

Ich esse die Pasta fertig und gehe wieder nach Hause.

Ich lege ihm den Fall dar, im besten geschmeidigen und gepflegten Italienisch. Der Junge sei sehr undiszipliniert, erkläre ich, es wäre angebracht, die Familie zu einem Gespräch zu bitten.

Ich zeige ihm eine Kopie des jüngsten Aufsatzes, damit er sich ein Bild von seinem mangelhaften sprachlichen Ausdruck machen kann und dazu auch gleich von der langen Liste an Vergehen, mit denen sich der Schüler darin brüstet.

Der Direktor setzt seine Brille auf und beginnt zu lesen. Ohne vom Blatt aufzuschauen, sagt er nach wenigen Zeilen:

»Diese Jugendlichen aus gewissen Ländern machen immer Probleme.«

Hmm...

Die Tante ist überrascht, mich zu sehen. Schon lange besuche ich sie nicht mehr regelmäßig. Sie freut sich. Möchte, dass ich hereinkomme und ein wenig plaudere. Ich wollte ihr bloß einen Teller zurückbringen, den sie meiner Mutter mitgegeben hatte.

Ich denke schon an eine Ausrede, um ihre Einladung abzulehnen, lieber würde ich ihr den Teller zurückgeben und wieder gehen. Doch ihre Bitte ist so herzzerreißend, dass ich nicht anders kann, als den Fuß über die Schwelle zu setzen.

»Na gut, fünf Minuten«, sage ich und strecke ihr den Teller hin.

Sie stellt ihn auf den Küchentisch. Dann schleppt sie sich ins Wohnzimmer, zündet ein Räucherstäbchen an, um den Zigarettengeruch zu überdecken, und bietet mir den Sessel an. Sie setzt sich aufs Sofa.

Im Fernsehen ein italienischer Sender.

»Na, wie läuft's?«, fragt sie strahlend. »Gehorchen dir deine Schüler?«

Ich antworte stockend, die Worte kommen nicht. Sie sorgt dafür, dass ich sitzen bleibe. Erzählt und erzählt, segelt durch die Zeiten.

Schaut zurück ...

»Erinnerst du dich, als wir dich fragten, wen du lieber magst? Da warst du noch klein. Du hast mir die Arme entgegengestreckt, mich hattest du am liebsten.«

Auf die Gegenwart ...

»In Marokko fragen sie immer nach dir. Die Großmutter will ein Foto von dir, wie du vor der Klasse stehst.«

In die Zukunft ...

»Warum schreibst du nicht ein Buch?«


Ein Morgen Ende Juni. Es ist heiß. Die Schule ist wie ausgestorben. So habe ich sie noch nie gesehen. Im Korridor schabt der Hauswart Kaugummis von den Bänken. Er hat sie hinausgestellt, um die Zimmer zu bohnern. Umgedreht, aufeinandergestapelt. Zwei Jungs lernen im Schneidersitz auf dem Boden. Ein Lehrerkollege schlürft einen Kaffee vor dem Getränkeautomaten und wartet darauf, dass die Notenkonferenz beginnt.


Die Tür geht auf. Die Kollegen strömen aus dem Raum. Ihre Laune lässt sich an den Gesichtern ablesen. Ich gehe als Erster hinein, einige sind an ihrem Platz geblieben. Die Tische bilden ein Quadrat, der stellvertretende Direktor sitzt schon da. Er ist hell gekleidet, ein verschwitztes Lacoste-Hemd und Leinenhosen. Er winkt mich neben sich, ausgerechnet. Ich muss die Sitzung leiten. Als ich Platz genommen habe, beugt er sich herüber und flüstert mir ins Ohr:

»Ein paar Dozenten sind *longh come la fam*.«

Dann schaut er nachdenklich ins Leere.

»Oh, Verzeihung«, fährt er mit entschuldigendem Tonfall fort. »Wahrscheinlich verstehst du keinen Dialekt, oder?«

»Ziehen alles in die Länge«, antworte ich, habe verstanden, *come vün da chì*, wie einer von hier, und lächle ihm zu.

»Ach, wirklich?«, fragt er freudig überrascht. »Aber du bist nicht von hier, oder?«

»Ich habe marokkanische Wurzeln, bin aber hier aufgewachsen, in einem Bergdorf.«

»Alle Achtung!«

Ich bedanke mich.

»Dann sprichst du also auch Arabisch?«

Zum Glück schließt jemand die Tür. Es kann losgehen. Der stellvertretende Direktor will keine Zeit verlieren.

Meine Mutter zieht eine Espressotasse aus der Schachtel und hält sie mir hin. Einen Moment lang schaue ich ihr in die Augen, lange genug, um ihren Gemütszustand zu erfassen – die ungewohnte Fürsorglichkeit, ihre sanfte Stimme, ihre entspannten Züge. Das Tässchen ist weiß, mit gelbem Dekor. Ich gehe um den Stand herum und schaue es mir aus der Nähe an.

Sie seien hübsch und nicht teuer, sagt sie mir. Hier auf dem Markt könne man ganz leicht sparen. Sie erklärt mir die Unterschiede zwischen den Töpfen: welche sich zum Beispiel am besten zum Frittieren eignen.

Ich kaufe einen Topf für die Pasta.

Sie will wissen, ob ich während meiner Studienzeit ein paar Gerichte gelernt habe.

»Ich werde welche lernen«, antworte ich.

Drei weiße Badetücher.

Die Vorhänge kommen aus Marokko. Sie kümmert sich darum.

Ich versuche mich zu erinnern, wann wir das letzte Mal einen Tag so zusammen verbracht haben.

Ich stoße zufällig darauf, beim Aufräumen einer Schublade. Die Neugierde, darin zu blättern, siegt. Wie ein unbeholfener Grenzbeamter drehe ich ihn in den Händen, bis ich begreife, welches die vordere Seite ist.

Zwischen den Seiten zwei verknitterte Geldscheine – zwanzig und fünfzig Dirham. Auf beiden Scheinen neben der Büste des Königs zwei Bauten, die mir unbekannt sind.

Ich betrachte mein zwanzigjähriges Ich: glatte Haut und volles Haar. Damals trug ich noch keine Brille.

Ich betrachte und studiere die arabischen Wörter. Vergleiche sie mit den französischen. Meinen Namen schreibt man so. Ich versuche, ihn auf einem weißen, karierten Papier abzuschreiben. Vier Versuche, jeder sieht anders aus, und alle sind zittrig – wie Elvezias Unterschriften auf meinen Zeugnissen.

Ich sehe die eingeklebten Visa für Italien: Tourismus, dann Studium, dann wieder Tourismus. Eine Reise nach Marokko. Eine in die Tschechische Republik.

Der Botschafter hat in lateinischer Schrift unterschrieben.

Der Pass läuft in wenigen Monaten ab. Ich habe nicht vor, ihn zu verlängern. Wozu?

Sie fragt, ob ich wirklich an diesen Quatsch mit den Affen glaube.

»Heute lässt sich sagen, dass die evolutionistischen Theorien wissenschaftlich gesehen die überzeugendsten sind«, erkläre ich und nehme einen Schluck Wasser.

Sie macht mir Vorhaltungen, ich sei überheblich, gestikuliert, ich sei ein Besserwisser, seufzt, ich solle von meinem hohen Ross herunterkommen. Als sie mit dem Auflisten meiner Sünden fertig ist, frage ich, ob sie die Heilige Schrift denn wörtlich auslege.

»Natürlich.«

Natürlich. Ich gebe zu bedenken, dass Schlangen nicht sprechen können. Sie möchte über die Fehler der Wissenschaft diskutieren. Doch sie kann nicht mal einen einzigen benennen. Also zähle ich ein paar Erfindungen auf, die das Leben auf dem Planeten verbessert haben. Sie unterbricht mich, überzeugt davon, mich in Bedrängnis zu bringen:

»Man kann auch ohne Wissenschaft leben.«

»Man kann auch ohne Gott leben.«


*Mein Vater war für mich der Übeltäter …*

Ich schließe Sabas *Canzoniere* und lasse das Buch auf den Teppich fallen.

Jetzt mustere ich die Decke.

War mein Vater für mich der Übeltäter?

Er ist bloß ein Geist, der aus einem Brunnen aufsteigt, ein Trugbild. Ich schaffe es nicht mal, ihn altern zu lassen, ihn mir mit einer Krankheit oder in einem Spital vorzustellen.

Ist er wie meine Mutter *ein Erdenpilger?* Migriert, um sich ein neues Leben aufzubauen?

In diesem *warmen und listigen Lächeln* habe ich kein dringendes Fluchtbedürfnis gesehen. Sich eine attraktive junge Frau ins Bett zu holen, ist für einen älteren Mann etwas, worauf er stolz ist, eine Eroberung, von der man seinen

Freunden bei einer Tasse Tee berichten kann. Sie zu schwängern, ein Versehen und ein Ärgernis.

Starr sitzt er da, mit uns am Tisch.

»Werd nicht wie dein Vater, mahnte sie.«

Ich wünschte mir, jemand würde mir von ihm erzählen, von seinen guten und schlechten Taten. Vermittelte mir eine klare, konkrete Vorstellung. Ich fühle mich hilflos.

Ich überlege lange. Lese die Speisekarte noch einmal. Verwerfe und ziehe wieder in Betracht. Es kommt mir dumm vor, es wird ungenießbar sein, auf keinen Fall vergleichbar mit jenem, das ich bei der Tante essen könnte. Doch am Ende überwiegen die Sehnsucht und das Verlangen nach diesen Düften.

Das Grauen wird mir bewusst, noch bevor ich überhaupt probiert habe. Ich stochere mit der Gabelspitze darin herum, nehme eine Nase, um mir sicher zu sein. Ich rufe die Kellnerin und frage, ohne meinen Ärger zu verbergen:

»Entschuldigen Sie, ist das Schinken?«

»Ja«, sagt sie seelenruhig. »Mögen Sie keinen Schinken?«

Sie ist freundlich, doch ihre Ignoranz ärgert mich, weshalb ich ihr den Lehrer herauskehrend nicht die Leviten, aber die Hamza lese. Sie sollte wohl wissen, dass Couscous ein traditionelles maghrebinisches Gericht ist. Dass Maghrebiner tendenziell Muslime sind. Dass Muslime kein Schweinefleisch essen, jeder wisse das. Nichts gegen Fusion-Küche und Neuinterpretationen, aber es gebe eine Grenze, und diese sei hier überschritten. Sie solle das dem Koch ausrichten.

Sie entschuldigt sich, untröstlich, gibt zu, dass sie nicht

daran gedacht habe, in der Tat, ich hätte recht. Sie nimmt mir das Schwein vom Tisch und sagt:

»Ich lass es sofort rausnehmen.«

Nein nein, soll das ein Scherz sein? »Bringen Sie mir die *Pizzoccheri*.«

Ein Augustmorgen, ein Feiertag. Hoch über den Dächern ist ein wolkiger Himmel zu erkennen. Vor mir die Villeroy & Boch-Tasse, die sorgfältig zusammengelegte Papierserviette und ein Teller, auf dem ich den Zwieback mit Butter und Erdbeermarmelade vorbereitet habe.

Ich warte, dass der Milchkaffee abkühlt, brav, ohne mit dem Stuhl zu schaukeln, die Hände auf dem Tisch und den Rücken gerade. Ich habe ja Ferien. Und gar keine Eile.

Puste drauf, hätte Elvezia gesagt.

Hier im Wohnzimmer habe ich wenig Licht. Obwohl ich das Sofa ans Fenster gestellt habe. Obwohl die Vorhänge durchsichtig sind.

Ich rücke die beiden kleinen Kissen unter meinem Nacken zurecht, strecke mich aus und klappe *La vita del Petrarca* auf. Diesen Sommer habe ich mir vorgenommen, mich der eingehenden Lektüre der drei Großmeister zu widmen. Ich fange mit dem Buch an, das mich am wenigsten reizt. Ich bin unkonzentriert. Schon der erste Satz entgleitet mir, ohne dass ich mich an seinen Inhalt erinnern könnte. Vielleicht habe ich heute keine Lust zu lesen.

Warum fortfahren? Es hat keinen Sinn.

Doch ich mache trotzdem weiter. Es wird eine Epistel zitiert, die mit den Worten *Salve, Terra santissima, cara a Dio* beginnt. Vermutlich wäre es wichtig, die Fußnote zu konsultieren, die Version in der Originalsprache. Doch ich verzichte, die Faulheit siegt.

Schnell und unkonzentriert weiter – dritter vierter fünfter Satz. Es bleibt nichts hängen. Ich halte inne. Schiebe den Finger zwischen die Seiten, lege das Buch auf meinen Magen und starre auf den ausgeschalteten Fernseher.

Soll ich ihn anmachen? Keine Lust.

Dann betrachte ich den Stapel Romane auf dem Schreibtisch: mein Programm für den Sommer. Ich überlege, die Lektüre von Ernest Wilkins zu verschieben, um mich etwas weniger Anspruchsvollem zu widmen. Niccolò Ammanitis neuer Roman? Eigentlich habe ich ja Ferien.

Nein, ich mache weiter, und verstehe nichts.

Warum nicht? Ich lese zu schnell. Vielleicht ist es die Tatsache, dass ich erst spät mit dem Lesen angefangen habe, die mir diese Hast aufzwingt. Ich will aufholen. Doch so hole ich gar nichts auf. Ganz im Gegenteil, ich verliere nur noch mehr Zeit. Ich lese das Kapitel zu Ende.

Und wenn mein Lesehunger nur ein Zeichen einer inneren Leere wäre, die ich zu füllen versuche? Mein soziales Leben verkümmert zusehends. Meiner Familie gehe ich aus dem Weg. Freundschaften pflege ich auch nicht, weder die langjährigen noch die jüngeren. Ich umwerbe keine Frauen mehr, lasse mich nicht umwerben. Beschränke mich darauf, zu bewundern. Mit dem Sport habe ich auch aufgehört. Von Tag zu Tag nehme ich zu.

Ich beginne ein neues Kapitel. Stadt, nur Stadt. Dann Worte Daten Namen. Weiter, trotzdem. Es spielt keine Rolle. Heute läuft es so. Ich zähle die Seiten bis zum Ende.

Kultiviere die Trägheit.


Ich lese die prämierte Erzählung wieder. Sie gefällt mir nicht mehr. Vielleicht ist der Moment gekommen, neue Seiten zu besudeln, die schwarze Saat zu säen.

*Ein Hörproblem.* Auch Elvezia war stur, hörte schlecht.

Wir sitzen im Sessel. Ich blicke ins Objektiv, lächelnd, posiere. Trage ein weißes T-Shirt. Alles andere ist entweder nicht im Blickfeld oder wird von meiner Mutter verdeckt. Direkt über meinem Kopf ein Oval aus Licht – eine Spiegelung auf einem beigen Vorhang. An den Sessel erinnere ich mich nicht, das Haus erkenne ich nicht, zu welchem Anlass das Foto geschossen wurde, weiß ich auch nicht mehr. Ich kann nur den Zeitpunkt rekonstruieren: ungefähr Ende der Achtzigerjahre.

Meine Mutter ist halb weggedreht. Sie streckt ihre Beine auf meinen aus. Den linken Arm hat sie mir um die Schultern gelegt, sie fuchtelt mit den Fingern. Der rechte Arm hingegen liegt angewinkelt auf ihrem Oberschenkel. Zwischen dem Zeige- und dem Mittelfinger eine erloschene Zigarette. Sie trägt ein knielanges, grauschwarzes Glitzerkleid. Man kann ihre dunklen Nylonstrümpfe erkennen. Dazu viel Schmuck, eine Goldkette, Armbänder, funkelnde Ringe. Die dichte Mähne verdeckt ihre Ohren.

Sie sagt etwas. Ihr Lächeln ist angespannt. Ein Schneidezahn abgebrochen. Sie blickt in die Ferne.

Ich ordne die Bücher neu. Jetzt habe ich mehr Platz. Kein erzwungenes Nebeneinander und keine doppelten Reihen mehr. Ich gebe auch die das Auge ansprechende, aber unpraktische Ordnung nach Verlag zugunsten einer alphabetischen und thematischen auf. Italienische Literatur: Von A wie Aleramo bis V wie Volponi, von *Una donna* bis *Ich, der Unterzeichnete*. Mindestens ein Buch eines Schriftstellers mit Z sollte ich mir kaufen, vielleicht die Gedichte von Valentino Zeichen.

Der Fernseher läuft. Ich kann die Musik hören.

Um sicherzugehen, sage ich mehrmals das Alphabet auf, vor allem wenn es um J oder Y geht. Wie peinlich. Und es ist mir peinlich, ein Buch von Jovanotti gekauft zu haben, vor allem, weil ich es zwischen Jacopone da Todi und Tommaso Landolfi platzieren muss. Und den Roman von Moccia, den ich geschenkt bekommen habe? Zwischen Metastasio und Montale.

Ich versuche abzuschätzen, wann ich weitere Regalbretter anbringen muss. Wie viele Bücher kaufe ich im Monat? Ich messe und rechne...

Plötzlich steht sie da, lehnt im Türrahmen zum Wohnzimmer. In der Hand ein durchsichtiges Säckchen, in dem ich Msemmen erkennen kann. Ich schaue sie überrascht an. Frage dann verärgert:

»Was machst du hier?«

Ich erwarte keine Antwort. Ich lasse sie wissen, dass niemand ohne zu klingeln einfach eintreten darf, nicht einmal sie. Ich habe ihr den Schlüssel nur für Notfälle gegeben. Sie kommt ins Zimmer und lässt ihn auf den Schreibtisch fallen.

»Dann behalt ihn, ich will ihn nicht mehr!«, ruft sie aus, dreht sich um und schlägt die Tür hinter sich zu.

Ich sitze im Schneidersitz auf dem Tisch und lasse die Arme hängen. Ich trage meinen Lieblingspullover – ein weißer Best Company –, dunkle, elegante Hosen und Reebok-Turnschuhe. Ich sehe das Goldkettchen, das Armband und den Ring. Blicke ins Objektiv, lächle, ohne den schrägen Schneidezahn zu zeigen.

Hinter mir erkennt man ein Bullauge – das einzige Fenster. Die Wände sind beige. Links eine Ecke des Betts.

Ferien in Paris. Zusammen mit meiner Mutter und dem Onkel. Ich bin glücklich. Wir übernachten in einem Hotel, in einem Zimmer weit oben – wenn ich hochschaue, kann ich das Giebeldach sehen. Ob in einem Doppel- oder Dreibettzimmer, weiß ich nicht mehr.

Ich bin glücklich.

Ich lausche aufmerksam, schließe die Augen ... Nichts, nur die Metallrohre des Centre Pompidou. Wie es plötzlich wieder hell wird, wenn die Metro den Untergrund verlässt.

Es klingelt. Ich lege den Bleistift aufs Sofa und verstecke das Buch von Ben Jelloun unter der Decke. Schalte den Fernseher an und gehe zur Tür.

Meine Mutter übergibt mir die gebügelten Hemden. Es sind viele. Sie will mir helfen, sie ordentlich in den Schrank zu hängen. Ich solle aufpassen, sie nicht zu zerknittern. Sie streckt mir eins nach dem anderen hin.

Schaut sich um, macht einen Hals, linst hierhin und dorthin, versucht, die Unterhaltung in die Länge zu ziehen.

Sie zögert, erwartet, dass ich ihr einen Kaffee anbiete. Ich habe keine Lust, mache nicht mit. Gehe ins Wohnzimmer zurück, setze mich aufs Sofa und starre auf die Bilder, die über den Bildschirm flimmern.

Warum verhalte ich mich so?

Mein Rücken ist dem Objektiv zugewandt, ich stehe vor dem Spiegel. Fünf oder sechs werde ich sein. Trage eine Jeans-Latzhose und ein blaues T-Shirt mit Rollkragen. Die Hände sind auf dem Bauch verschränkt. Ich bin barfuß.

Der Spiegel hat die Form eines abgeschnittenen Damenfingers und steht in der Ecke eines Raums, den ich nicht erkenne. Zusammmen mit einem Stück des Fensters spiegle ich mich in diesem gläsernen Fingernagel – weiße, durchsichtige Vorhänge, heruntergelassene Rollläden.

Neben dem Spiegel an der Wand steht ein hoher Glas-
schrank mit vier Etagen. In der untersten sieht man zwei
Gläser und zwei große Flaschen. Auf der zweiten, auf der
Höhe meiner Schultern, zwei antike Objekte, vielleicht
Bügeleisen. Auf den letzten beiden sind Mineralien aufge-
reiht. Manchmal habe ich eins rausgenommen, um es an-
zufassen. Braun geäderter Fußbodenbelag. Ich lächle nicht.
Starre auf das Spiegelbild desjenigen, der das Foto knipst.

Ich darf den Blick auf keinen Fall auf sie richten: strikte
Selbstbeherrschung, volle Kontrolle. Zu viele Augen schauen
mich an. Sie sitzt in der Mitte der zweiten Reihe. Seit einigen
Wochen weiß man, dass sie ein Kind erwartet. Ich stehe auf,
korrigiere, gestikuliere am Lehrerpult.

»Alles, was selten ist, ist teuer. Dass etwas billig ist, ist
selten. Also ist Billiges teuer.«

Sie schüttelt den Kopf, weil sie es noch immer nicht
verstanden hat. Ein Trugschluss kommt nach dem anderen,
logisches Argumentieren funktioniert nicht immer.

Zur Veranschaulichung schreibe ich ein Schema an die
Tafel. Wiederhole, mit anderen Worten. Sie wendet sich an
ihre Banknachbarin. Ich kann mir einen kurzen Blick nicht
verkneifen. Und den Gedanken, sie will es nicht mehr geheim
halten, sonst würde sie nicht so eng anliegende Kleider tragen.

Sie bleibt dabei:

»Das stimmt doch gar nicht. Man kann etwas Billiges
finden, das überhaupt nicht teuer ist.«

Ich kann meine Konsternation nicht mehr verbergen.

»Das ist eben meine Meinung«, fügt sie an.

Sie glaubt, sich auf die Meinungsfreiheit berufen zu
können. Ich erkläre ihr, dass es hier nicht um Meinung,
sondern um Logik gehe.

Sie verzieht das Gesicht, stöhnt genervt auf, hält mitten

im Satz inne, verliert die Geduld und sagt, dass ich es gut sein lassen soll, dass die Stunde hoffentlich bald vorbei sei.

Die Pausenglocke erlöst uns.

Ich bleibe in der Klasse, stehe vor der Fensterfront. Betrachte den Himmel – *mit offenen, festen Flügeln.* Siebzehn, erst siebzehn Jahre alt.

»Warum machst du das?«, fragt meine Mutter.

Ich habe nicht daran gedacht, auch dieses Jahr nicht. Ich *wollte* wohl nicht daran denken.

»Wenigstens eine kleine Aufmerksamkeit«, fügt sie betrübt hinzu.

Ich weiß, dass sie recht hat. Warum halte ich meine Schwester hartnäckig auf Distanz?

Jeder Tag, der vorübergeht, ist ein verlorener Tag. Es ist spät, aber noch nicht zu spät. Es bräuchte nicht viel: eine Einladung zu einem Abendessen, eine ausgestreckte Hand, eine Umarmung. Meine Mutter hat so recht, dass ich es nicht einmal schaffe, eine schlechte Ausrede zu erfinden.

Ich breite nur die Arme aus und überlege, wie ich das Thema wechseln kann.

Sie insistiert:

»Hast du ihr wenigstens per SMS gratuliert?«

Ich blicke zu Boden.

Bleibe still.

Jetzt fallen dichtere Flocken, immer mehr offene Regenschirme. Auf der Bühne steht eine lokale Band. Ich wünschte, der Lärm und das Gedröhne hätten bald ein Ende. Am liebsten würde ich gehen, doch ich bleibe.

Schön, der Schnee, schön.

Ich schaue mich nach bekannten Gesichtern um – ein Arbeitskollege, ein Freund, eine Frau zum Anhimmeln. Ein hüpfender Busen im Weiß.

Noch eine Stunde bis Mitternacht. Die Piazza ist erst halb gefüllt. Platz zum Atmen, kein Gedränge. Man muss einfach aufpassen, genau hinsehen, die Bahnen der anderen einkalkulieren.

Mir ist kalt an den Füßen. Ich habe die falschen Schuhe an. Um mich aufzuwärmen, muss ich mich bewegen.

Ich stecke die Hände in die Taschen und berühre mein Handy, dann ziehe ich es heraus.

Das Display ist schwarz.

Ich trete an einen Stand. Der Verkäufer ist in eine dunkle Daunenjacke gemummelt und trägt einen breitkrempigen Hut. Ich bestelle ein Bier. Was ist es wohl? Das Bedürfnis, die Minuten mit irgendeinem Tun zu füllen, und auch der Versuch, das geltende, wenn auch trügerische Bild einer sich amüsierenden Person abzugeben, die an einem Ereignis weltweiter Bedeutung teilnimmt. Auch ich trinke und proste dem neuen Jahr zu, so wie alle. Obwohl mich der Gedanke eigentlich stört, mein Geld so auszugeben.

Ich spaziere mit dem Glas in der Hand herum. Leere es in kleinen Schlucken, damit es länger hält.

Treibe durch das laute, dampfende Menschengewühl.

Schnee, Schnee, Schnee, und jetzt ist die Piazza voll.

Ich überlege es mir anders und fliehe vor dem Mitternachtsfeuerwerk. Bin nicht in Feierlaune. Ab nach Hause.

Ich laufe. Smokings und Damenkostüme kommen mir entgegen, Champagnerflaschen und bunte Luftschlangen.

Begegne einem Bekannten und tue so, als würde ich ihn nicht sehen, fixiere einen Punkt in der Ferne.

Gleich werde ich das Schaukelpferd sehen. Sein weißes Fell.

Abmontiert, verschwunden.

Ich laufe schneller. Gehe gegen den Strom, arbeite mich durch die eilende Menschenmenge, die den Countdown nicht verpassen will. Bitte um Entschuldigung und drängle.

Meine Mutter wirft mir vor, wir würden schon eine ganze Weile nicht mehr miteinander sprechen, sie sagt es immer wieder mit anderen Worten und fuchtelt mit dem Besteck. Der Ton wird immer klagender, gekränkter.

»Ist es dir wenigstens aufgefallen?«, fragt sie, nachdem sie vergeblich auf einen Kommentar von mir gewartet hat.

Heute Abend will sie offenbar ihrem Ärger Luft machen. Ich antworte, ohne mich besorgt zu zeigen:

»Klar.«

»Und das sagst du mir so? Kommt dir das normal vor?«

Ich schaue auf meinen Teller, so wie es mir Elvezia beigebracht hat, und sage:

»Es ist die Realität, die tatsächliche Wahrheit, um mit Machiavelli zu reden. Viele stellen sich Mütter und Söhne vor, die sich nie gesehen und nicht gekannt haben.«

Sie bleibt ein paar Sekunden lang still und versucht zu verstehen. Dann setzt sie zum Gegenangriff an:

»Etwas funktioniert nicht in deinem Kopf.«

Ich erwidere, dass alle Menschen etwas im Kopf hätten, das nicht funktionieren würde, manche mehr, manche weniger, auch sie.

»Was willst du damit sagen?«

Ich zögere, den Kopf gesenkt, und zeichne mit der Messerspitze Buchstaben auf den Teller.

Sie will es wissen.

Soll ich es sagen?

Sie will es wirklich wissen.

Beharrt darauf.

Ich wache auf. Suche einen Anhaltspunkt: um die Dunkelheit, die mich umgibt, zu deuten. Wo bin ich? Der orange Knopf des Fernsehers ist aus. Um mich herum alles schwarz.

Ich weine. Kann nicht aufhören. Wische meine Wangen mit der Handfläche, dann die Hand an der Bettdecke ab. Ich schluchze. Ein schlechter Geschmack im Mund. Ich will weinen. Will nicht aufhören. Ich will mich ausweinen. Ich befreie mich aus der Enge der Bettdecke. Knülle sie zusammen und schleudere sie auf den Holzboden.

Ich schwitze, schwitze und weine. Stehe zu schnell auf – taumle, orientierungslos.

Die Angst vor der Dunkelheit.

Ich taste mich zum Lichtschalter vor.

Im Bad stürze ich mich auf den Spiegel wie ein Süchtiger auf den Stoff. Zahnpastaflecken auf dem Glas.

Das dringende Bedürfnis, die Tränen auf meinem Gesicht zu sehen.

Ich mustere die geröteten, schlaftrunkenen Augen. Noch näher, um besser sehen zu können – rote Äderchen, röter denn je.

Ich lausche der Musik. Lausche dem Priester, der nur Stuss von sich gibt:

»Wahrlich, wahrlich, ich sage euch ...«

Ich sage euch doch, dass ich mich nicht erinnern kann. Wie oft muss ich es noch wiederholen? Sie möchten wissen, warum ich ihn dort reingeworfen habe, wie zum Teufel ich auf diese Idee gekommen wäre, was ich mir dabei gedacht hätte. Ich hätte jemanden umbringen können.

Sie wärmte mir die Kondensmilch auf – süße Wonne, die ich aus dem Fläschchen einsog. Ich drückte auf ihre hervorstehenden Adern, wenn ich auf ihrem Schoß saß. Nun alles vor dem Hintergrund der Orgel, dem Feuer, das den Sarg verschluckte. Sie nähte mir Fasnachtskostüme – jedes Jahr ein neues. Einmal war ich Gargamel, ganz in Schwarz.

Ich beuge mich vor, bis ich das eiskalte Glas an meiner heißen, verschwitzten Stirn spüre.

Wenn ich noch schlief, strich sie Zwieback mit Marmelade. Mittagessen um zwölf, Abendessen um sieben.

Cordon bleu. Angebrannte Polentakruste. *Polenta e cünili*, Kaninchen mit Polenta. Karamellpudding. Der Geruch frischer *Formaggini*. Und von Landjägern.

Der Spiegel beschlägt. Atem, der nach Angst riecht.

Ich trete zurück, mit der Faust wische ich mich aus. Die Filme mit Jerry Lewis. Mit Bud Spencer und Terence Hill. *George und Mildred. Die kleinen Strolche.* Die Gutenachtgeschichten. Die Wichtigtuer aus *Drive In.* »Skandalös.« *Spiel ohne Grenzen.*

Ohne Grenzen.

Die Mitternachtsmesse.

Die Musik ist verstummt. Der Priester deutet auf den Ausgang. Die Leute zerstreuen sich. Ich schließe die Augen und horche:

»*A podi pü tegnìt*, ich kann dich nicht mehr bei mir behalten. Du musst zurück... Du musst zu deiner Mutter zurück. Ich komme dir nicht mehr hinterher. Wenn ich nicht krank wäre...«

Wenn das Wörtchen wenn nicht wäre...

Sie erzählen mir, wie wir alle bei der Tante waren, ein Abend in der Familie. Man isst, plaudert, raucht. Es wird spät. Ich schlafe schon. Die ersten wollen gehen. Doch es gibt ein Problem: Der Schlüssel der Wohnungstür ist unauffindbar. Es wird überall gesucht, man überlegt, stellt Vermutungen an, beschuldigt sich gegenseitig. Dann geben sie auf.

Sie finden ihn erst am nächsten Morgen, erzählen sie, als sie die Milch in den Topf gießen.

Die Jahre vergehen, die Vergangenheit rückt in die Ferne, verblasst, doch sie hören nicht auf, mich auszufragen, wollen eine Antwort, vor allem meine Mutter. Ich schweige, auch wenn ich sie jetzt gefunden habe.

Ich öffne die Augen wieder, wische mir mit dem Handrücken die Nase ab, bereit, gegen die Dämonen anzukämpfen, die diese lange Nacht bevölkern werden.

Du musst Schäfchen zählen, hallt Elvezias Echo nach.

*Das Echo verliert sich in der Stille. Straßenlaternen werfen matte Schatten. Ich schalte mein Handy aus.*

*Scüsam, entschuldige, ich weiß selbst nicht, warum ich so lange ge-braucht habe, um herzukommen. Manches lässt sich nie ganz ergrün-den. Wie oft habe ich darüber nachgedacht,* per nagót, *für nichts und wieder nichts.*

*Ein Hund bellt. Die Klinke des Tors ist verschneit. Ich sehe das ange-lehnte Tor. Verpasse ihm einen heftigen Tritt. So mache ich mir die Hände nicht nass. Es geht nur schwer auf, zitteriges Quietschen. Ich stoße es mit dem Arm auf. Auch ich zittere. Stille, ein Hund.*

*A t'ho dii almén grazie, habe ich wenigstens Danke gesagt, an dem Tag, als ich meine Koffer gepackt habe? Wohl eher nicht, oder? Manchmal habe ich versucht, mich zu erinnern, aber nein, nichts, keine Chance,* un böcc negro, *ein schwarzes Loch. Wenn es hätte anders sein können, wäre ich am liebsten bis zum Schluss bei dir ge-blieben,* fin a la fin.

*Obwohl alles von Schnee bedeckt ist, weiß ich jetzt, wo ich sie finde. Ich suche mit dem Blick den direktesten Weg. Mache einen langen Schritt, sinke ein und ziehe den Fuß wieder raus. Entschlossen renne ich durch den Schnee, über die Toten, zu ihrem Grabstein. Unerschro-cken. Mit der Linken sorge ich dafür, dass der Roman nicht aus der Manteltasche fällt.*

*Ich bin nicht nur hier, um dir zu sagen, dass ich ganz genau weiß, was du alles für mich getan hast. Heute ist dein Geburtstag, und ich hab dir was Kleines mitgebracht. Nein, Blumen würden zu schnell verwelken, und außerdem ist es eiskalt, es schneit. Schau,* varda chì, *jetzt packe ich es dir aus, ohne das Papier zu zerreißen, damit du nicht wütend wirst. Heute wird dir vorgelesen, Elvezia,* pian pianìn, *so wie du mir früher vorgelesen hast, als ich klein war und auf deinem Schoß saß, neben dem Ofen...*

# Im Text verwendete arabische Wörter

| | |
|---|---|
| alesch | warum |
| aschno | was |
| bawual | Pisser / Bettnässer |
| bzaf | zu viel |
| che'ib | hässlich |
| chubs | Brot |
| dar | Haus |
| garu | Zigarette |
| hamza | Schriftzeichen der arabischen Schrift |
| helluf | Schwein |
| hmar | Esel |
| kabira (f) / kabir (m) | groß |
| kasbah | Burg- oder Festungsanlage |
| kass | Glas |
| kahwa | Kaffee |
| la | nein |
| schuf | schauen |
| schukran | danke |
| suchun | heiß |
| sukkar | Zucker |
| uelu | nichts / gar nichts |
| yalla | los, auf geht's |

| | |
|---|---|
| zuina (f) / zuin (m) | schön |
| wahid, schusch, tlata, raba'a, chamza, sitta, saba'a, tamania, tisa'a | eins, zwei, drei, vier, fünf, sechs, sieben, acht, neun |
| bleti | warte |
| eschi | komm |
| fahimt (m) / fahimti (f) | verstehst du? |
| kul | iss |
| ma Bifham | ich verstehe nicht |
| msatti | bist du verrückt |
| schkun | wer ist es? |
| skut (m)/ skuti (f) | sei still |
| Alhamdulillah | Gott sei Dank |
| Baraka Baraka | sei gesegnet |
| bi chair | gut (bei Gesundheit) |
| Bismillah | im Namen Gottes (Eingangsformel für Gebete) |
| Inschallah | so Gott will |
| mischin muschkil | kein Problem |
| neri neri neri | Ramadan-Ausruf |
| Salam Aleikum | seid gegrüßt |

Foto: Andrea Mazzoni

**Alexandre Hmine,** geboren 1976 in Lugano, hat in Pavia Literatur studiert und unterrichtet heute Italienisch an einem Gymnasium in Lugano. Sein nun auf Deutsch vorliegender Debütroman wurde mit dem Studer/Ganz-Preis für das beste Debüt des Jahres und 2019 mit dem Schweizer Literaturpreis ausgezeichnet.

**Marina Galli,** geboren 1993, ist dreisprachig in Basel aufgewachsen und hat in Zürich, Venedig und Lausanne Geschichte, Vergleichende Romanische Sprachwissenschaft und Italienische Literaturwissenschaft studiert. Aktuell schließt sie ihren Master mit Spezialisierung in literarischer Übersetzung am Centre de Traduction littéraire ab.

EDITION BLAU
Rotpunktverlag